醫統江山

第二輯

卷5 黑白大戰

石章魚 著

國家無法提供給
百姓賴以為生的衣食
那麼必將面臨
民心離散的結局

目錄

第一章

決戰之時

諸葛觀棋道：「上天註定的事情，大人也無法改變。」
他微笑道：「上大對大人真是不錯，可大人卻為何要鬥天呢？」
胡小天哈哈大笑，說了一句讓諸葛觀棋目瞪口呆的話：
「我虐上天千百遍，上天待我如初戀！」
諸葛觀棋忽然明白了天命所致的真正意義，
有些事和氣運真的有關係。

大雍的第二批糧草已經運達，東梁郡還剩下三千名俘虜，這最後的三千名俘虜卻普遍都是南陽水寨的大小將領，好的留到最後，胡小天要提防大雍來一招壯士斷臂，捨棄剩下的俘虜，突然發起進攻。突襲東洛倉的佈局也已開始展開，參與突襲的將士分批潛入東洛倉附近，化整為零，等到進攻當晚再行集結。

山雨欲來風滿樓，東梁郡的百姓似乎也嗅到了某種不安，最近這段時間，城內散佈著許多傳言，最多的就是很快又要打仗了。

傳言卻是胡小天在諸葛觀棋的提醒下故意散播出去的，余天星的計畫他並沒有向諸葛觀棋隱瞞，在胡小天看來，余天星的計畫很完美，幾乎無懈可擊，但是他相信諸葛觀棋可以看出其中的疏漏，會進行補充，諸葛觀棋似乎也甘於做這種背後的工作，他並不想拋頭露面，更不想和余天星爭功，甚至到現在為止他都未曾向胡小天明確表示要加入他的陣營。

消息散播出去之後，很快就有東梁郡的百姓開始撤離，短短的七天之內，竟然有一萬人湧向大雍的邊界，胡小天也是在後來才明白諸葛觀棋這樣做的用意，雖然他們計畫突襲東洛倉的人不多，但是將士的調動仍然會引起外界的疑心，利用東梁郡逃離的百姓來掩護他們的排兵佈陣，這才是一招妙棋，由此可見，余天星在全盤考慮方面仍然稍遜諸葛觀棋一籌。

當然也有不少人湧向武興郡，東梁郡的商人們對這座城池的未來越來越悲觀了，上次的勝利並未帶給他們信心，其中也有例外者，比如胡中陽，他從上次的戰鬥之中充分認識到胡小天的能力，在胡小天拿下武興郡之後，他對胡小天已經心悅誠服了。

胡小天出門巡城的時候，胡中陽剛好來找他，胡小天邀請胡中陽與他同行，兩人並轡行進在東梁郡寬闊的街道之上，看到兩旁道路上有不少匆忙趕路的百姓。

胡中陽道：「城主，這些天有一萬多人離開了東梁郡。」說這話時他的表情顯得有些凝重，他對東梁郡的狀況也不樂觀，本以為胡小天會選擇退守武興郡，可直到現在還沒看到胡小天有任何動作。

胡小天微笑道：「該走的始終都是要走的，這些百姓心不在我這邊，強留他們也沒用。」

胡中陽道：「大雍的邊境線仍然不願對他們開放，很多人都變得進退兩難。」

胡小天道：「只要他們願意回來，我仍然雙手歡迎。」

胡中陽道：「最近外界的流言很多，都說又要打仗了！」

胡小天笑道：「該來的始終要來！」

胡中陽道：「城主沒有退守武興郡的打算嗎？」

胡小天道：「我若走了，你怎麼辦？」

胡中陽被胡小天的這句話說得一怔，除了他們都姓胡，好像沒有更深的感情了，如果說胡小天為自己留下，根本不可能，胡中陽笑道：「草民誠惶誠恐！」

胡小天道：「我一直奇怪，你究竟做什麼生意？手裡到底還有什麼寶貝？」

胡中陽道：「低買高賣的生意，總之從不做虧本的買賣！」

胡小天被他的回答逗笑了。

胡中陽道：「若是大雍捲土重來怎麼辦？」

胡小天道：「真要是打過來，咱們就只有守城了，守不住就退到武興郡嘍！」

胡中陽點了點頭，臉上的表情顯得有些失落，看來形勢終究無法逆轉，東梁郡最終還是要被放棄。

胡小天道：「你放心吧，就算到了武興郡也有你的一席之地。」胡中陽乃是有功之人，胡小天當然要給他派送一顆定心丸。

胡中陽道：「多謝城主！」

胡小天道：「你到底怎麼起家的？」

胡中陽禁不住笑了起來，然後壓低聲音向胡小天道：「實不相瞞，這雙手就是我的本錢，伸手是本，縮手是利。」

胡小天有些明白了，這胡中陽十有八九是個打家劫舍的強盜，怪不得積累了這麼多的財富，他正想說話，目光卻定格在遠方，迎面有兩名騎士風塵僕僕向這邊而來，那兩人也在同時看到了胡小天，兩人臉上的表情顯得異常激動，同時翻鞍下馬，雙雙跪倒在地面之上，同聲道：「公子，我們總算找到你了！」這兩人竟然是展鵬和高遠。

胡小天難以抑制內心的激動，他第一時間翻身下馬，來到兩人面前，展開臂膀將兩人擁入懷中。展鵬和胡小天的眼圈都有些發紅，高遠更是激動得淚流滿面。

展鵬道：「公子，對不起……」

胡小天拍了拍他們兩人的肩膀道：「回來就好！回來就好！」

幾人回到府邸之中，展鵬和高遠這才訴說離去之後發生的事情，他們跟隨胡不為登船之後，前往羅宋開闢海上糧運通道，在南津島補給之後，船隊就改變了航向，展鵬、高遠和慕容飛煙等人原本以為是為了躲避風浪，可是隨後他們的飲食之中就被人下了麻藥，被囚禁於底艙，方才知道途中發生了變故，等他們重見天日之時，發現船隊抵達了天香國，掌控船隊的是蕭天穆。

開始的時候他們還擔心胡不為的下落，後來方才意識到蕭天穆和胡不為串謀設計了這個圈套，幾人被關押在天香國的地牢之中，本以為必死無疑，可是在兩個月前，突然將他們釋放。

胡小天心中暗忖，按照時間推算，或許周默也抵達天香國了，難道釋放展鵬和高遠是他所為？

果然不出胡小天所料，展鵬道：「我們見到了周默，方才知道，他和蕭天穆一直都是為胡大人效力。」雖然知道胡不為背叛了胡小天，展鵬也不好表達過多的憤怒，仍然以胡大人相稱。

胡小天道：「周默怎麼說？」

展鵬道：「他什麼都沒說，只是帶我們去見了胡大人。」

胡小天點了點頭道：「他還好吧？」想起胡不為對自己和母親所做的一切，胡小天怒火焚胸，如此絕情怎麼配為人父！

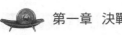

展鵬道：「他放我們離開，並將公子的消息告訴我們，讓我們來投奔公子，還讓我們給公子帶一句話。」

「什麼話？」

展鵬道：「他說……」

「說什麼？」

展鵬咬了咬嘴唇道：「他說，對不起你們母子！」

胡小天的唇角泛起一絲冷笑，胡不為一手將自己和母親推入絕境，現在竟然輕描淡寫地說句對不起就完了？胡小天緩緩走到窗前，推開格窗，深深吸了口氣道：「飛煙呢？」

展鵬道：「我們離開之時，周大……」他和周默過去相交莫逆，險些習慣性地將周大哥叫出來，可馬上就意識到不妥，改口道：「周默說她和安平公主都沒死，天香國太后龍宣嬌是安平公主的姑母，對她非常疼愛，她們兩個應該都被軟禁了，但是絕沒有危險。」

高遠道：「公子，我怎麼都想不到周……周默他和蕭天穆會做出這種事！」

胡小天淡淡笑了笑，這段時間以來，他甚至不願去想這兩位結拜兄弟的事情，心中最大的牽掛就是龍曦月和慕容飛煙，如今知道兩人平安的消息，心中安穩了許多，雖然勞燕分飛，可至少知道她們仍然活在這個世上。

胡小天望向窗外的天空，一隻迷失隊伍的孤雁正從高空中掠過，竭力飛向江南，牠飛翔的速度很慢，不知能否支持牠順利到達目的地。胡小天輕聲道：「回來就好！」像是對展鵬和高遠所說，又像是在自言自語。

展鵬道：「公子，你放心，我一定會將慕容姑娘解救回來。」他深受重托，卻沒有完成胡小天交給他的使命，自然覺得愧對胡小天。

胡小天搖了搖頭道：「他們之所以敢動我的人，就是以為我奈何不了他們，我要讓他們認識到我們的實力，要讓他們害怕，要讓他們心存忌憚，不敢再傷害我的親人，我的朋友！」

離開東梁郡之日，胡小天特地前往諸葛觀棋家中。諸葛觀棋正從桂花樹下刨開

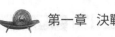

泥土，將那罈珍藏多年的美酒拿了出來。

胡小天笑道：「觀棋兄想喝酒也不叫我！」

諸葛觀棋微笑道：「這罈酒取出來就是為了給大人壯行！」

胡小天道：「你怎麼知道我一定會來？」

諸葛觀棋道：「不知道，所以才提前準備著。」

胡小天意味深長道：「這天下間還有能瞞過觀棋兄的事情？」

諸葛觀棋笑道：「觀棋也是凡人，若是什麼都能看透，怎會如此清貧。」

「有些人就甘於清貧，觀棋兄的境界早已超然物外！」

諸葛觀棋哈哈笑了起來，將那罈酒從土坑裡抱了出來，放在院內石桌之上，揚聲道：「凌雪，拿碗來！」

胡小天搖了搖頭道：「不用，這罈酒還是等我回來慶功的時候再喝。」

諸葛觀棋點了點頭：「也好！」

胡小天道：「我這就走了，觀棋兄還有什麼建議嗎？」

諸葛觀棋道：「再完美的計畫也要看天意。」

胡小天道：「依你之見，天意如何呢？」

諸葛觀棋抬起頭來，湛藍色的天空高遠廣闊，天空中一絲雲都沒有。

胡小天學著他的樣子抬起頭看了看天空：「天氣不錯！」忽然想起自己送給

七七的那枚碧玉貔貅，如果戴在身邊也能預知風雨，天氣太好倒也算不上好事。

諸葛觀棋道：「後天就是最後一批俘虜交換之日了？」

胡小天點了點頭道：「很可能就是決戰之時。」

諸葛觀棋微笑道：「不是可能，是註定，上天註定的事情很難改變。」

胡小天道：「難道觀棋兄沒有聽說過人定勝天的說法？」

諸葛觀棋道：「天地無限，生死有限，大人又何必一定要與天鬥？與其鬥天，不如讓天時站在你的一邊。」

胡小天笑道：「與天鬥其樂無窮！」

諸葛觀棋道：「其實每個人都是在跟自己鬥，如果明天有雪，大人能讓這場雪停歇嗎？」

胡小天微微一怔，目光變得明亮起來：「明天有雪？」再度抬起頭望著天空，沒有一絲雲在，怎麼看都不像有雪的樣子。

諸葛觀棋道：「上天註定的事情，大人也無法改變。」他微笑道：「總覺得上天對大人真是不錯，可大人卻為何要鬥天呢？」

胡小天哈哈大笑，說了一句讓諸葛觀棋目瞪口呆的話：「我虐上天千百遍，上天待我如初戀！」

諸葛觀棋忽然明白了天命所致的真正意義，有些事和氣運真的有關係。

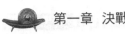

胡小天向諸葛觀棋抱了抱拳道：「觀棋兄等我回來，這罈酒留著慶功！」

諸葛觀棋道：「大人用八千人守城，有沒有想過如果大雍三線同時進軍攻城，東梁郡能守多久？」

胡小天道：「六個時辰應該沒有問題。」

諸葛觀棋搖了搖頭道：「如果秦陽明全力進攻，我看最多只能守兩個時辰。」

胡小天皺了皺眉頭，這可不是什麼好消息，不過諸葛觀棋是不是過於悲觀了。

諸葛觀棋道：「東梁郡的北門和東門最為薄弱，雖然有護城河，但是大雍有橋車、雲梯、還有攻城錘，最樂觀的估計東梁郡能守兩個時辰。」

胡小天道：「人質交換之後，我就馬上展開行動。」

諸葛觀棋道：「大人有這樣的想法，對方一樣有這樣的想法，所以時間的把控才是關鍵，無論大人能否攻克東洛倉，在雍軍發起進攻的同時，一定要放出偷襲東洛倉的消息。」

胡小天眉頭緊皺，若是戰鬥開始就放出偷襲東洛倉的消息，秦陽明必然會分出一部分兵馬前往東洛倉緊急救援，從東梁郡到東洛倉緊急行軍的話不過兩個時辰，那麼趙武晟和熊天霸率領的五千軍豈不是壓力倍增。

諸葛觀棋道：「白臘口才是關鍵，必須要巧妙將消息洩露出去，要讓秦陽明提起足夠的重視，分出半數兵力，這樣東梁郡才可以守得更久。」

胡小天道：「如果他們調集大軍，這五千人怎能擋得住他們的進攻？」

諸葛觀棋道：「無論如何都要拖上一個時辰，這樣大人才有足夠的時間完成突襲。如果四個時辰內無法攻克東洛倉，大人務必要及時撤退，不然必定陷入雍軍的包圍圈中。」

這麼短的時間內攻下東洛倉，對胡小天而言無疑是一個極其艱難的任務，胡小天道：「攻下東洛倉呢？」

諸葛觀棋道：「趙將軍引領的五千軍無論勝敗，拖到一個時辰之後馬上向東洛倉撤退，如果大人如願拿下東洛倉，可順利進入東洛倉共同防禦，如果攻城失敗，就發出信號全線撤離。」諸葛觀棋正色道：「對大人來說，時間就是一切，任何一個步驟都要控制在規定的時間內，如有偏差，後果不堪設想。」

胡小天道：「如果提前進攻東洛倉呢？」

諸葛觀棋搖了搖頭道：「早了不行，晚了也不行！天時地利人和，天時占了第一位，大人務必要把握時機。」

與此同時，邵遠城內一場軍機會議正在召開，邵遠主將秦陽明指著牆上的地圖道：「後日午時就是最後一批俘虜交換之時，也是咱們攻打東梁郡之時。」

秦陽明的手指從邵遠向東梁郡畫了一道軌跡：「我親領兩萬五千軍從北部進

發，三個時辰之內，必達東梁郡，常凡奇！」

東洛倉守將常凡奇出列，他身高過丈，赤髮虬鬚，威風凜凜，霸氣側漏：「末將在！」

秦陽明道：「你調撥一萬五千人交給黃信誠統領，從東北和我們同時進發，包抄東梁郡攻打西門！」

常凡奇道：「將軍，末將願親自領軍前往。」

秦陽明搖搖頭道：「東洛倉乃是重中之重，不容有失，必須由你親自坐鎮。」

常凡奇笑道：「將軍，你以為他們敢來攻打東洛倉嗎？就算他們敢來，沒有十萬兵馬也休想攻破我東洛倉的城牆。」他對東洛倉的城防充滿自信。

秦陽明道：「胡小天此人極其狡詐，此前能以三千人戰勝唐將軍的三萬精銳水師，足以證明他的能力，我們千萬不能輕敵，決不可重蹈唐將軍的覆轍。」

一旁副將楊先道：「將軍，南陽水寨那邊也已經確定了時間，交換的那些俘虜在離開東梁郡之後會馬上重新武裝起來，集結他們從水路向東梁郡進發，封堵他們逃往武興郡的後路。同時南陽水寨組織一萬七千人從陸路向東梁郡逼近，到時候可與我們同時抵達東梁郡，進攻東梁郡東門。」南陽水師捨棄擅長的水路而選擇陸路，其用意就是攻其不備出其不意。

秦陽明點了點頭道：「武興郡那邊有什麼動作？」

楊先道：「最近武興郡調動了不少兵馬前往東梁郡駐守，不過他們的主力仍在武興郡，應該提防我們趁虛而入。」

秦陽明道：「武興郡坐擁庸江天險，易守難攻，咱們沒必要冒這個險，此前一役已經損失了近兩萬精銳水軍，足以給我們敲響警鐘，絕不可貪功冒進，先拿下東梁郡，穩紮穩打才是常勝之道。」

常凡奇心中暗忖，秦陽明這次足足調動了近七萬人攻打東梁郡，東梁郡現在的守軍加起來也不過一萬餘人，勝利應該沒有任何懸念，他之所以不讓自己前往，應該是不想自己分攤他的戰功，也罷！也罷！常凡奇擁有這樣的想法也十分正常，新君上位，幾乎每個大雍將領都想有所表現，唐伯熙就是如此，想要拿下東梁郡向新君邀功，又怕別人分薄了他的功勞，所以沒有向任何友軍尋求陸路支援，乃至落到慘敗的下場。常凡奇雖然官階比秦陽明略低，他統帥的東洛倉守軍卻是相對獨立的團體，此次攻打東梁郡，完全是應秦陽明的請求配合支援。

秦陽明現在學了個乖，不但水陸並進，而且組織了七萬人的大軍，如此興師動眾的攻城，未免有些牛刀殺雞。常凡奇對秦陽明是不服氣的，雖然秦陽明戰功不少，可是此人作戰過於保守，沒有絕對的優勢，他是不會輕易出擊的。常凡奇雖然隸屬於秦陽明代為管轄，可是並不代表他認同秦陽明的實力。這次秦陽明調走了他的一萬五千人，還拒絕讓他親自領兵，常凡奇不由得生出為他人做嫁衣裳的想法。

什麼重中之重，什麼以防萬一，藉口，全都是藉口。

一場大雪如期而至，這讓胡小天不得不佩服朱觀棋看天象的本事，這斷簡直就是當世諸葛亮，別說活在當下，就算活在現代社會在氣象站也一定能夠謀到一個高薪職位。

因為這場可能存在的大雪，胡小天提前讓人準備了白色斗篷和衣物，隨同胡小天參與這場夜襲行動的眾人對此甚為不解，現在方才知道他的遠見卓識。降雪之後，天地無垠，白茫茫一片，如果穿著夜行衣反倒成為最醒目的部分，只怕還沒有靠近東洛倉，就已經被人當箭靶射死了。

剛剛回來的展鵬就加入了胡小天的這場夜襲行動，交換俘虜當日，他們在辰時就已經抵達了距離運河十里左右的山坳之中，一千名精銳武士分成十組分散潛伏，夜幕降臨之時他們才可展開行動。

梁英豪將一個捲了牛肉的薄餅送到胡小天面前，胡小天笑著接了過去，一口咬下去，硬梆梆的，口感實在不怎麼樣，為了避免暴露行藏，他們不能生火造飯，只能將就填飽肚子。

梁英豪笑道：「主公將就些，等咱們攻下東洛倉，去東洛倉大吃一頓。」

胡小天笑道：「咱們至少還有飽飯可吃，那些雍軍俘虜連飽飯都吃不上呢。」

一旁展鵬笑了起來，他想起胡小天安排給高遠的事情，那些被俘虜的雍軍每天只有一頓飯可吃，胡小天就是要最大程度地削弱他們的戰鬥力，臨行之前給了他們一頓飽飯，當然這頓飯是加了瀉藥的，只怕這些俘虜上船之後就會腹瀉不止。

梁英豪也想到了這件事笑道：「那些運糧船恐怕要成運糞船了。」

胡小天呵呵笑了起來，抬起頭看了看天空，雪已經下了一整夜，仍然沒有停歇的跡象，難怪朱觀棋會說天時站在自己的一邊，余天星雖然才華過人，但是他沒有朱觀棋這種預知天象的本事，胡小天暗暗下定決心，無論付出多大的努力都要將朱觀棋收為麾下。

這場突襲戰對時間的要求極其苛刻，胡小天雖然反覆強調，但是在缺乏鐘錶之類現代計時工具的條件下，他們只能依靠最原始的方法來估算時間，大雪為他們製造了隱藏行蹤的便利，卻也擋住了陽光，讓他們對時間的估計變得更加艱難。

這場雪讓情況發生了太多變化，謀事在人成事在天，胡小天抓起一把雪團成一個雪球，然後湊在嘴邊狠狠啃了一口。

展鵬道：「公子，如果咱們拿下了東洛倉，他們的大軍前來困住咱們，怎麼辦？」

胡小天微笑道：「東洛倉內有的是糧食，方圓八百里以內，東洛倉是供應糧草的中心，秦陽明的幾萬大軍在冰天雪地中不知能撐上幾天？」

梁英豪道：「他若是丟了東洛倉，恐怕連腦袋都要保不住了。」

胡小天道：「我不介意再送他一程。」

秦陽明大軍啟動的時間比計畫中提前了一個時辰，這場雪給行軍製造了障礙，他必須要在預定時間內抵達東梁郡，合圍東梁郡的計畫不容有變，秦陽明並沒有因為這場雪而感到心煩，下雪反倒是好事，可以最大限度地隱藏他們的行蹤，瑞雪兆豐年，也許這場雪對即將到來的戰鬥而言也是一個好兆頭。

秦陽明並不擔心他們的行蹤被暴露，七萬兵馬分從四路直取東梁郡，對方對這樣的行動不會毫無覺察。秦陽明甚至期待一場不戰而屈人之兵的勝利，希望胡小天知難而退，在得知己方大軍到來的消息之後棄城而逃，退守武興郡，這樣自己可以最大程度地避免人員傷亡。

距離東梁郡還有三十里，前方探馬來報：「報！啟稟秦大將軍，東梁郡目前並無撤兵武興郡的跡象。」

秦陽明皺了皺眉頭，這麼近的距離對方不可能沒有覺察，看來胡小天應該是決定死守東梁郡了，一場大戰在所難免。秦陽明道：「南陽水師方面近況如何？」

探馬道：「啟稟大將軍，水師距離下沙港還有十里水路，目前武興郡方面並未看到任何的反應。」

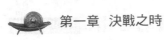

秦陽明滿面狐疑之色，他轉向身邊道：「翟遠你怎麼看？」

帳下謀士翟遠道：「將軍，武興郡方面應該是不敢冒險出兵。合圍之勢已經形成，東梁郡已成將軍囊中之物。」

秦陽明向那探子道：「再探！」他瞇起雙目望著天地間紛飛的飄雪，低聲道：「我總覺得哪裡不對，一切似乎進展得過於順利了。」

翟遠笑道：「將軍何需擔心，根據我的估算，東梁郡的守軍最多一萬五千人，武興郡就算現在發兵也已經來不及了，等他們意識到危險，我們的大軍已經攻破了東梁郡的城池。」

秦陽明道：「胡小天明明可以選擇退守武興郡，這才是得以保全自身實力的最佳方案，他因何沒有那麼做？」

身邊副將楊先道：「將軍，那胡小天剛剛戰勝了唐伯熙軍團，以少勝多，正在得意之時，內心難免膨脹，目空一切也有可能。」

秦陽明道：「他能夠擊敗唐伯熙引領的三萬精銳水師已經證明他絕非凡人，根本不會犯輕敵的毛病。」嘴上這麼說，心中卻也覺得有此可能。

翟遠道：「將軍，也許他以為可以堅守東梁郡不出，憑著交換俘虜得來的糧草跟咱們打一場持久戰。」

秦陽明緩緩點了點頭，其實他也是這樣想，胡小天應該是這樣打算，不過百密一疏，胡小天應該沒有認識到他們的真正實力，東梁郡的城牆絕對擋不住這次集結的七萬大軍。

三十艘戰船順水行進在庸江之上，風雪正急，這三十艘船剛剛送糧前往東梁郡，用糧食換回了四千俘虜，再加上船上原有的三千人，總人數也達到了七千，戰船向西逆水行進二十里後馬上折返回頭，四千名俘虜利用底艙的武器和盔甲全副武裝，重新集結的七千人要從水路封鎖下沙港。

劉允才今次抱著戴罪立功的想法而來，他們並不是這場戰鬥的主力，岸上有三路兵馬合圍，他們的任務是封鎖下沙港，斷絕胡小天的後路。這四千名俘虜在被俘的這段時間顯然遭受了不少的折磨，戰鬥力必然大打折扣，讓劉允才慶幸的是他們還拿得動武器，穿得起盔甲，可很快他的這點慶幸也變得煙消雲散了，這些用糧草贖回的士兵沒多久就開始上吐下瀉，戰船之上到處都瀰散著一股讓人作嘔的惡臭氣息，劉允才方才意識到他們中毒了，一定是胡小天在他們的飲食中做了手腳，削弱他們的戰鬥力。

夜幕降臨之時，秦陽明統領的兩萬五千人順利抵達東梁郡的北門，黃信誠從東洛倉出發，幾乎在同時抵達東梁郡的東門。南陽水寨副統領傅聰帶領的一萬七千名水師，捨棄舟楫，從陸路進發也已經抵達東梁郡的西門附近。劉允才統領的三十艘戰船，載著四千名上吐下瀉的水軍戰士也如期來到了下沙港，就算是只依靠著他們本來的三千人也要完成切斷胡小天退路的任務。四路大軍佈局已經完成，總兵力已經達到六萬四千人。

余天星站在東梁郡的城牆之上，仍然穿著破舊的棉袍，雙手扶著箭垛，望著遠方星星點點的戰火，雖然早已有了心理準備，仍然被如此規模龐大的進攻陣營震駭到了，余天星的手掌在箭垛上重重拍了一下，身邊唐鐵漢道：「余先生！四門全都有敵軍。最近的已經推進到距離咱們兩里左右。下沙港方面也被敵艦圍困，那些運糧的艦船去而復返。」

余天星點了點頭，一切都在他們的預估之內。胡中陽大步來到余天星面前，向他抱拳示意。

余天星道：「胡財東可佈置好了？」除了事先運走的三台投石車，剩下的七台投石車和六台攻城弩如今全都已經佈置完畢，只等對方進攻開始，展開遠距離打擊，他們的任務就是拖延，拖得時間越久，對東洛倉的戰局越是有利。

胡中陽道：「準備好了。」

余天星道：「只要敵軍推進到攻擊範圍內，馬上展開行動。」

隱藏在山丘之上的三台投石機同時開始發射，三塊巨石被投入飄滿飛雪的夜空，飛到盡頭，然後斜行下墜，越過東洛倉堅實高闊的城牆，直墜城內，兩塊巨石砸在房屋之上，房屋轟然倒塌，一塊巨石正砸在街道正中，不巧經行於此巡邏的衛隊被砸了個正著，六人當即喪命於巨石之下，巨石將死者砸得血肉橫飛，然後深陷於地面之內，劇烈的震動使得人仰馬翻，受驚的馬匹四散而逃。

突如其來的攻擊讓整個東洛倉陷入了惶恐之中，收到通報的常凡奇匆匆從府邸趕往現場，沒等他靠近現場，第二輪攻擊又已經到來，一塊巨石在他眼前飛過，落入東南側的馬廄之上，馬廄的棚頂被巨石砸得塌陷下去，巨石破出的大洞猶如一張醜陋的大嘴，將周圍的東西吞噬進去，地面的震動讓常凡奇下意識地後退了一步，他不可思議地睜大了雙眼，揮手拂去面前瀰漫的煙塵。

身邊兩名護衛衝上來護在他的身邊，惶恐道：「將軍快快離開此地，這裡不安全。」

常凡奇皺了皺眉頭，他指了指不遠處的城牆，快步向箭塔走去。如果不是親眼看到了這一幕，常凡奇不會相信敵人會大膽到偷襲東洛倉的地步，站在東洛倉的箭塔之上，在晴好的夜晚可以看清方圓五里以內的狀況，可是因為接連下了一天一夜的大雪，視線自然受到了很大的影響，一名將領來到常凡奇身邊稟報道：「將軍！石頭應該是從東洛倉西南方向飛來的……」話音未落，又有一塊巨石飛來，正中不遠處的箭塔，將箭塔的頂部砸得四分五裂，碎石亂飛，四射的亂石在落地時又砸傷了不少的士兵。

常凡奇瞪大了雙眼，望著巨石飛來的西南方向，他咬牙切齒道：「混帳，竟敢突襲東洛倉。」

「將軍，這樣下去不是辦法。」

常凡奇道：「他們的目標是箭塔，想要摧毀箭塔，然後再發起進攻。」遠處再度響起巨石落地的聲音，短時間內已經造成了數十人的傷亡。常凡奇道：「傳令下去，集結三千兵馬，隨同我殺出城去，摧毀他們的攻城武器。」

身邊副將劉廣雄道：「將軍，咱們出城會不會中了埋伏？」

常凡奇不屑道：「他們能有多少人？無非是仰仗武器遠攻之利，快去，如果任由他們進攻，東洛倉的城牆只怕損失就大了。」東洛倉最為倚重的就是堅固的城防，一旦城牆被破，那麼他們的優勢就完全喪失。

朱八率領手下利用投石機攻擊東洛倉，他們的任務並非攻城，而是要盡可能地吸引東洛倉守軍的注意力。在他們展開攻擊的同時，胡小天、展鵬、梁英豪三人率領一千名從武興郡精挑細選的精銳武士，從距離東洛倉水門五里處的地方潛入運河，沿著河道向東洛倉靠近。

雖然所有武士都配備了特製的水靠，可是河水冰冷刺骨，對他們的身體仍然是一個嚴酷的考驗。還好河面並未結冰，接近東洛倉排水暗渠的時候，不少武士都已凍得臉色發青，嘴唇烏紫。

梁英豪和胡小天率先進入暗渠之中，這條暗渠是東洛倉內部排汙之用，裡面佈滿生活污水，奇臭無比，乃是老鼠長蟲寄居之所，不過現在是冬季，蛇蟲都已冬眠，危險性減低了不少，眾人蒙上口鼻，一千人分成十隊依次進入暗渠，每組的首領拿出夜明珠用來照亮，胡小天深知暗渠之中空氣並不流通，所以準備了夜明珠用來照亮，嚴令不得點火，以免引爆暗渠。

梁英豪在前方帶路，走了沒幾步便遭遇了一道鐵柵欄，胡小天抽出藏鋒，用力揮出，鏘的一聲將兒臂粗細的柵欄斬斷，三下五除，破開了一個足以通行的大洞。

梁英豪率先越過柵欄，拉下面罩嗅了嗅污濁的氣息，他出身渾水幫，雖然沒有經過正式的軍事訓練，可是在挖掘地洞，探尋錯綜複雜的地下建築方面有著超強的能力，他可以輕易辨別出地下土質的鬆軟，判斷出地下的環境能否供人停留。梁英豪揮了揮手，示意大家繼續前進，暗渠中的空氣雖然污濁，可是並不會造成人體窒息。他們要在最短的時間內通過暗渠，進入東洛倉內。

攻城器械已經準備就緒，馬上就要在東西北三門同時發動攻擊，秦陽明站在一輛青銅戰車之上，雖然上方有青銅頂蓋遮擋，他的身上仍然不免沾染了不少的雪花，望著東梁郡城牆上方的點點烽火，秦陽明冷哼了一聲道：「擂鼓！」

咚！咚！咚……激越的擂鼓聲響徹在天地間，白茫茫連成一片的天地為之震顫，落雪也因此而亂了節奏，近七萬名雍軍將士在擂鼓聲中熱血沸騰，齊聲高呼，他們的戰意在不斷增強，在實力和人數遠超對方的前提下，這一仗還未開打，他們就似乎看到了勝利的曙光。

東梁郡的城牆之上，守城士兵有不少已經為之色變，雙方實力懸殊甚巨，可以說這場攻城戰的結局已經註定。雖然他們此前取得了庸江大捷，可這場勝利並不足以讓士兵們產生信心。

余天星點點頭，是時候擾亂對方軍心了，在唐鐵漢的率領下，眾人齊聲高呼。

秦陽明聽到了來自東梁郡城牆上的呼喊，低聲道：「他們在叫什麼？」

楊先道：「他們好像是在說已經佔領了東洛倉。」

秦陽明皺了皺眉頭，一旁翟先道：「將軍，應該是故意擾亂我們的軍心，他們哪有實力再分出人手去進攻東洛倉。」

楊先道：「不錯，就算他們進攻東洛倉，也無法攻破東洛倉堅固的城牆，常凡奇將軍乃當世猛將，豈會那麼容易被擊敗。」

秦陽明暗自思量，趁著他們進攻東梁郡之時，胡小天分出兵馬去攻打東洛倉，這種可能性他們早就考慮到，正因為如此，他才出於謹慎考慮讓常凡奇駐守東洛倉，秦陽明用兵力求無懈可擊，儘管他認為胡小天出兵東洛倉的可能性微乎其微，但是仍然做足了防禦措施。聽到對方士兵的呼喊，秦陽明的心境多少還是受了一些影響，東洛倉乃是大雍七大糧倉之一，其重要的戰略地位毋庸置疑，他這位邵遠守將，最重要的職責職責之一就是和東洛倉方面守望相助。

秦陽明當然清楚若是失去東洛倉意味著什麼？只怕連他都保不住腦袋，沉吟片刻之後，秦陽明果斷下令攻城，隊伍開始向東洛倉的方向推進，當走進對方的攻擊範圍時候，城樓上余天星揮動手中紅色三角旗，小旗在漫天雪花中飛舞，如同一簇跳動的鮮豔烈焰，這簇烈焰宣告著東梁郡防守戰正式拉開了帷幕，四台佈置在城牆拐角處的投石機啟動發射，巨石被投石機投向灰濛濛的天空，美麗而晶瑩的雪花精靈般躲避著巨石來勢洶洶的攻擊路線，巨石在灰色天空中變成一個黑色的小點，然後又因為重力的牽引下從最高處急速下墜。

雍軍看到這來自天空中的攻擊，紛紛向兩旁後退，仍然有數十名不及逃避的士兵被巨石砸中，血肉橫飛，在潔白無垠的雪地之上潑灑出觸目驚心的嬌豔，從天空中俯瞰，如同地表盛開出一叢叢的血色梅花。

七台投石車，四台裝置在城牆上，三台裝置在城內，這樣的組合可以進行中遠距離的打擊，雖然投石車威力巨大，但是畢竟每次攻擊都需要相距一定的時間，而且縱然能夠讓敵方造成死傷，其數量和敵軍的總數相比無非是九牛一毛，根本不可能動搖雍軍的根基。

雍軍在迅速向城牆逼近，推進到護城河的時候，將橋車推向岸邊，在護城河上臨時搭起一座座的橋樑，雍軍英勇無畏地越過橋車衝向對岸。

一支攻城弩準確命中了橋車，將其中的一輛橋車摧毀，然而有更多的橋車抵達了河岸。雍軍宛如潮水般越過護城河，向城牆下衝去。

派去打探情況的探子快馬來到秦陽明的身邊，戰場之上無需全禮，他躬身抱拳道：「將軍，剛剛收到確切戰報，東洛倉方面遭遇康軍攻擊，目前有多處起火，具體戰情不祥。」

秦陽明內心一沉，他最不想發生的事情終究還是發生了，胡小天果然跟自己來了一個聲東擊西的策略，趁著自己組織大軍攻擊東梁郡的時候，率領軍隊潛入東洛倉，進攻他們的戰略要地，如果東洛倉有失，只怕自己保不住項上人頭。

秦陽明向一旁翟遠望去，翟遠知道秦陽明是在徵求自己的意見，恭敬道：「此乃圍魏救趙之計，他們知道無力抵擋咱們的大軍攻城，所以才抽調出一批人馬去攻打東洛倉，東洛倉有常將軍統領的五千兵馬駐守，我看就算他們去攻城，一時半會也不可能攻入東洛倉。以我們目前的狀況，最多三個時辰可以拿下東梁郡，到時候再集結優勢兵力支援東洛倉。」

秦陽明雙眉緊皺，低聲道：「那胡小天詭計多端，不知抽調了多少人去攻打東洛倉。」

翟遠道：「根據我們掌握的情況，他最多抽調一萬人攻打東洛倉，不可能再多了。」

秦陽明抿了抿嘴唇，一萬人豈不是人數已經在東洛倉的兩倍以上，不怕一萬就怕萬一，若是胡小天當真攻破了東洛倉的城門，那麼自己就算佔領了東梁郡也無法抵消這個罪過，要知道東洛倉存放的糧草和物資為大雍的整個東南線提供補給，東洛倉若是被破，那就意味著他們東南各城包括庸江沿線水師都會面臨軍糧吃緊的窘境。秦陽明斟酌再三，轉向副將楊先道：「楊先，你馬上去通知黃信誠，暫停攻打東門的計畫，即刻返回東洛倉援助，務必要保證東洛倉萬無一失。」

「是！」

第二章

一夫當關之紫金大錘

黃誠信看到付平的腦袋被一錘轟開，無頭屍首墜落在地。
兩隻紫金大錘也向地面墜落，沒等大錘落地，
熊天霸雙錘揮出，擊打在這對紫金大錘上，
將兩隻勺子一樣的大錘砸得飛起，風車般旋轉，
伴隨著漫天飄雪向敵軍陣營落去。

翟遠聽到秦陽明的決定心中不由得暗歎，秦陽明實在是太保守了，東洛倉的城牆一等一的堅固，東洛倉守將常凡奇擁有萬夫莫當之勇，縱然是只有五千人，只要堅守城內不出，對方就算擁有十倍兵力，一時半會兒也無法攻破東洛倉的城門，他們應該集合優勢兵力先將東梁郡拿下再說，豈可臨陣改變計畫，削弱這邊的攻勢，這樣調兵的結果勢必讓攻擊力大打折扣，原本計畫三個時辰可以結束的攻城計畫很可能會大大延長。

翟遠的擔心並非多餘，在黃誠信收到秦陽明的命令之後，馬上率領一萬五千名將士撤離，即刻返回東洛倉，黃誠信乃是駐守東洛倉的副統領，對他來說，東洛倉的意義顯然要比東梁郡重要得多，今次前來進攻東梁郡乃是為了配合秦陽明的軍事行動，拿下東梁郡首功肯定記在秦陽明的頭上，可是如果東洛倉有所閃失，他和常凡奇肯定都要掉了腦袋。

黃誠信非常瞭解常凡奇的性子，知道這位主將雖然武力超群，可是性情衝動，萬一錯判形勢，做出錯誤的抉擇，很可能會導致無法彌補的大錯。所以黃誠信對回頭救援之事毫無異議，接到命令馬上出發。

余天星看到東門雍軍剛剛發起進攻就開始撤退，知道己方的計策已經開始奏效，心中暗暗佩服胡小天的遠見卓識，將攻打東洛倉的消息提前散佈出去是胡小天的主意，正是這個消息才不戰屈人之兵，進攻的人數減少了一萬五千人，讓他們的壓力大為減輕。余天星並不知道，其實想到這個主意的另有其人。

梁英豪做了一個手勢，指了指上方，上面是出口所在的位置，根據走動的距離估算，他們已經成功進入東洛倉的腹地，十名士兵將他們背負的工字型鐵樑組合在一起，很快就成為一道扶梯，梁英豪沿著扶梯而上，在確信上方並無動靜之後，他將上方的石板慢慢挪開。率先爬了上去，眾人逐一爬了上去，這裡應該是一座馬廄，污水遍地，泥濘不堪，雖然骯髒了一些，不過便於掩飾他們的行藏。

梁英豪展開一張羊皮紙，借著夜明珠的光芒迅速確定了他們所在地，指了指東側道：「這裡是堆放糧草的一處地方，我率領一百人去將此地引燃，因為這裡相對孤立，火勢不會蔓延到其他地方，火勢點燃後必然可以吸引城內守軍注意，我們放火後即刻離開，前往北門和東門附近這兩個點位放火，盡可能在城內製造混亂。」

胡小天低聲道：「一百人夠不夠？」

梁英豪道：「夠了！我們的主要任務是吸引敵方注意力，拿下城牆，攻破他們防守的任務由主公負責。」

胡小天點點頭，抬頭向城牆望去，城牆上共有八座高聳的箭塔，除了剛才被投石機誤打誤撞擊毀的一座，現在還剩下七座，想要佔據城牆，首先就要拿下七座箭塔，餘下的九百人分成九支小隊，七支小隊由展鵬統領分別潛入城牆之上，力爭在第一時間拿下七座箭塔，剩下的二百人在胡小天親自引領下負責在沿途阻殺敵人。幾人約定，等火起之後第一時間展開行動。

他們分手的時候，又有一塊巨石落在馬廄之上，馬廄部分坍塌，沙石積雪四處飛濺，還好沒有誤中他們自己人，看來朱八帶著那兩千名乞丐仍然在操縱投石機繼續發起遠程攻擊。

常凡奇率領三千兵馬出了東洛倉全速向西側山丘前進，他們已經判斷出攻擊是從山丘之上發出，常凡奇手握丈八蛇矛，赤髮虬鬚根根豎起，怪眼之中殺氣凜凜，胯下赤兔馬追風逐電般奔馳在雪地之上，宛如一道火焰在雪夜中穿行。

一名負責望風的乞丐氣喘吁吁來到朱八面前：「報！堂主……東洛倉西門處有約三千人正向我們而來！」

朱八點了點頭道：「撤！劉五、賈六，你們兩人帶二十名弟兄斷後，等他們進入山林後放火，其餘人隨同我一起即刻前往東洛倉。」

「是！」

火光突然從東洛倉內東北側躥升而起，失火的是囤放乾草的倉庫，距離馬廄不遠，這些乾草用來給馬匹提供過冬的草料，也是東洛倉內部八個草料場之一。

大火和濃煙頓時吸引了守城士兵的注意力，他們慌忙調撥人手向起火處趕去。

胡小天率領兩百名精銳武士潛伏在通往起火草場的必經之路兩側，沒過多久就看到一支五百人的隊伍匆匆到來，等到隊伍經過之時，胡小天用力揮手，兩百名武士同時扣動弩機，密集的弩箭向道路中心射去。駐守東洛倉的雍軍根本沒有想到會有敵人已經潛入了他們的內部，一時間驚慌失措，五百人竟然有半數被暗箭射中，現場慘叫聲哀嚎聲不斷。

胡小天抽出大劍藏鋒宛如出閘猛虎一般第一個衝了上去，一劍揮出，這一劍雖然沒有成功揮出劍氣，可是勢大力沉正砸在一名雍軍士兵的頭頂，胡小天的這一劍何其有力，直接將對方的頭盔破開，將裡面的頭顱劈成兩段。隨同胡小天負責伏擊任務的兩百名武士，全都是從庸江水師中精挑細選的好手，無不以一當十，膽色過人，在背水一戰的前提下，每個人都激發出了全部潛能，戰力爆發至頂點。

胡小天身先士卒，劍劍都不落空，再加上他不時激發的劍氣，簡直如同殺神再世，一幫雍軍士兵被他們殺得膽戰心驚，大半已經死在當場，剩下的數十人看到勢頭不妙，慌忙望風而逃，大叫道：「康軍攻城了！康軍攻城了！」

梁英豪率領那支一百人的小隊已經成功將另外兩個預定的起火點點燃，一時間東洛倉內濃煙滾滾火光衝天，他們選擇縱火的地方都不是東洛倉主倉所在，因為他們今天的目的是要奪城奪糧，而不是將東洛倉燒掉，糧草對他們在庸江站穩腳跟尤為重要，他們才不會做這種損人不利己的事情。

與此同時，展鵬率領餘下的七百人同時對七座箭塔展開了攻擊，他們這邊也是戰況最為慘烈的，箭塔特殊的位置決定易守難攻，每座箭塔之上駐守四名弓箭手，他們居高臨下佔據地利，在意識到被人襲擊之後馬上展開反擊，短時間內死在他們箭下的就有百人之多。

展鵬超一流的箭術在攻佔箭塔的行動中起到了關鍵作用，在付出一百一十人的慘重傷亡之後，他們終於成功控制了六座箭塔，佔領箭塔之後，就會在箭塔之上點燃火炬。

胡小天望著箭塔上的火炬，知道有六座都已經被他們佔領，還有一座箭塔在負隅頑抗，梁英豪此時率領一百人和胡小天的隊伍會合，他們這邊損失並不大，一共只有十三人戰死，六人輕傷，胡小天道：「我去拔了那座箭塔，你們去控制住西門，將吊橋升起，斷了常凡奇和那三千兵馬的後路。」

不等梁英豪阻止，胡小天已經騰空飛掠，轉瞬之間已經消失在夜色之中。

位於西北角的這座箭塔，聚集了六名弓手，他們瞄準下方密集發射，將前來突襲的雍軍不停逼退，箭塔下已經躺倒了三十多名雍軍的屍體。守衛箭塔的六名弓手已經意識到除了他們以外，其餘六座箭塔已經完全失去，現在那六座箭塔正在展鵬的指揮下，射殺守城的大雍士兵，城牆之上大勢已去。

這六名弓手抱定了與城共亡的準備，就在此時突然看到一道白影從城牆之上升騰而起，宛如騰雲駕霧一般貼著箭塔的高牆向頂端飛速爬升。

六名弓手慌忙彎弓搭箭，瞄準白衣人施射，這白衣人正是胡小天，他利用馭翔術飛到城牆之上，然後利用金蛛八步爬上箭塔。一手抓住箭塔磚石的縫隙，一手揮舞藏鋒，將射向他的羽箭盡數磕飛。

轉瞬之間已經來到箭塔之上，一名射手慌忙棄去弓箭，抓起一柄長矛向胡小天當頭戳去。胡小天將藏鋒狠狠插入箭塔的石縫之中，右手承擔全身的重量，身體一轉，左手穩穩抓住長矛，用力一帶，將對方的身體整個從箭塔之中拖了出來，然後棄去長矛，那名箭手慘叫著從箭塔之上跌落下去，重重墜落在城牆之上，摔得骨斷筋折，一命嗚呼。

胡小天把握住這難得時機，已經騰空進入箭塔之中，一名射手近距離射擊他的面門，胡小天頭部一偏，隨即藏鋒橫削而出，將對方的頭顱齊著脖根切了下來，一旦展開近戰，這些弓手就已經失去了優勢，胡小天宛如砍瓜切菜一般將幾名弓手盡數砍殺。將屍體拋出箭塔之外，然後點燃火炬。

城牆之上傳來齊聲歡呼，卻是其餘士兵看到胡小天身先士卒，成功佔領了最後一座箭塔，抑制不住內心的激動，大聲喝彩起來。

梁英豪率領一百名兄弟抵達西門，因為七座箭塔全部被他們控制，原本負責守門的雍軍大都被射殺當場，梁英豪他們根本沒有花費太大的功夫就已經將東洛倉西門控制。他下令升起吊橋，自從常凡奇率領三千人離去之後，雍軍方面並沒有及時將吊橋升起，準備隨時迎接常凡奇一行的凱旋歸來，此前誰也不會想到會有康軍從地底殺出，以迅雷不及掩耳之勢佔領了他們的東洛倉。

胡小天和展鵬會合後，清點人數，一共死傷一百六十人，剩下的八百四十人，分出六百四十人守住城牆和箭塔，由胡小天親自引領二百前往城內追殺雍軍殘部。

常凡奇率領三千軍剛剛進入山丘，就發現周圍山林起火，常凡奇大怒望著前方已經被點燃的三台投石機，知道對方的用意就是用來牽制己方的注意力，對方人馬在自己率部抵達之前已經撤退了。

常凡奇心中暗叫不妙，轉身望去看到東洛倉方向已經燃起熊熊火光，心中駭然，方知中了調虎離山之計，慌忙率領三千人匆匆向東洛倉趕去。

朱八率領的兩千名丐幫子弟經由後山離開，繞行東南，迂迴向東洛倉東門靠近，他們幾乎和常凡奇的兵馬一起抵達了東洛倉，只不過他們選擇的是東門，而常凡奇一行選擇的是最近的西門。

常凡奇來回奔襲，將三千名士兵折騰得已是筋疲力盡，等他們來到東洛倉西門，方才發現吊橋被高高吊起，城門之上飄揚著一幅大旗，金黃色的大旗之上繡著一個黑色的康字，氣得常凡奇哇呀呀大叫，挺起丈八蛇矛，暴吼道：「大膽賊子，爾等給我聽著，我乃東洛倉守將常凡奇是也！爾等奸詐小人，設計奪城，可敢堂堂正正跟我沙場一戰？」

展鵬和胡小天並立於城樓之上，看到常凡奇惱羞成怒的樣子，兩人同時笑了起來。胡小天揚聲道：「常凡奇！敗軍之將，何以言勇？你丟了東洛倉，回去也是死路一條，我勸你還是歸順於我，棄暗投明，至少還能保住一條性命。」

「放屁！胡小天，若是讓我抓住你，必然將你碎屍萬段，噬你肉，飲你血，方解心頭之恨！」

展鵬從身後解下長弓，彎弓搭箭，瞄準了常凡奇，咻！的就是一箭。

羽箭破空而出發出尖銳的嘶嘯，急速奔行造成的氣流讓飛雪紛紛閃避，常凡奇看到來箭，手中丈八蛇矛在空中攪動，正中羽箭，將這支全速射向自己的羽箭撥到一邊，羽箭錯失了方向，斜斜插入雪地之中。

說時遲那時快，展鵬第二箭又已經射出，這次瞄準的並非是常凡奇，而是他身邊副將，副將可沒有常凡奇的本領，眼看著那一箭到來，避無可避，噗的一聲，羽箭從咽喉射入，鏃尖從後頸透出，副將一個倒栽蔥從馬背上栽倒在雪地之上，顯然已經無法活命了。

常凡奇倒吸了一口冷氣，對方的射術之精真是讓人心寒，身後一幫將士看到副將被射死，嚇得一個個向後連退數步，只留下常凡奇一人仍然傲立於城門之前，常凡奇轉向兩旁看了看，怒道：「混帳！全都是一幫怕死的匹夫！」

他嘴裡雖然罵著這幫士兵，可是心中卻明白，現在東洛倉被人稀裡糊塗地佔據，僅憑著他們的三千士兵根本無法攻破東洛倉堅固的城門，更何況他們缺少犀利的攻城器械，如果採取強攻的辦法，恐怕有多少死多少。

胡小天有句話沒有說錯，他丟了東洛倉，回去也是死路一條，而今之計似乎唯有強攻，一時間常凡奇陷入矛盾之中，空有一身武藝卻只能望城興歎。

城牆內外卻是冰火兩重天，雙方的心境各不相同，城內雍軍士兵看到大勢已去，不少主動棄械投降，他們俘虜了一千二百人，二更時分，朱八率領的兩千名丐幫弟子經由東洛倉的東門進入城內，這樣一來他們駐守東洛倉的人馬已經達到了近三千人。

梁英豪壓著一名雍軍將領來到胡小天的面前，這名將領乃是東洛倉北倉統領蔣雲福，也是一個貪生怕死之輩，戰戰兢兢渾身如同篩糠一般，梁英豪在他屁股上踢了一腳道：「有什麼話快說！」

蔣雲福撲通一聲跪倒在胡小天面前道：「胡大人，小的蔣雲福乃東洛倉北倉統領，小人願棄暗投明，從今以後追隨大人，懇請大人饒了小的性命。」

胡小天冷笑道：「棄暗投明是好事，不過你多少也得有些誠意，不然我如何信你？」

蔣雲福道：「大人，那常凡奇的老娘還在東洛倉內，只要抓住他的老娘，不愁他不乖乖聽話！」

胡小天心中一怔，唇角泛起一絲冷笑，暗罵這蔣雲福卑鄙，為了自保，連這種招數都想出來了，他點了點頭道：「你去帶路，將常老夫人請過來。」他又向梁英豪道：「不得對老夫人無禮！」

「是！」

白臘口大雪飄飄，趙武晟站在山丘之上，靜靜觀望著下方道路的情景，此時斥候來報，約有一萬多雍軍從東梁郡方向全速向白臘口進軍，應該是前往東洛倉增援。

趙武晟點了點頭，正準備傳令下去做好迎擊的準備，此時又有斥候來報，卻是東洛倉方面傳來好消息，胡小天已經順利佔領了東洛倉。

趙武晟聽聞這個消息驚喜萬分，胡小天真乃神人也，他本來對這個大膽的計畫不敢抱有太多的厚望，卻想不到胡小天居然真將一切變成了現實，沒有人比趙武晟更懂得東洛倉在這一帶的戰略意義，佔領東洛倉就可以和東梁郡構築一條完整的防線，更重要的是，東洛倉內的糧草輜重足夠他們以後的立足發展。

趙武晟準備下令撤退，可根據剛才斥候的稟報，增援雍軍前進速度很快，恐怕他們無法順利完成撤離。

趙武晟斟酌再三，大聲道：「熊天霸！」

「在！」熊天霸威風凜凜出現在他的面前。

趙武晟道：「大人已經順利攻克東洛倉，我們即刻要前往東洛倉與大人會合，現在從東梁郡有一支萬餘人的援軍趕來，我等想要從容撤退就必須有人負責阻截，拖慢他們的行軍步伐。」

熊天霸笑道：「這有何難，趙將軍，小事情交給我吧！」

趙武晟用力點了點頭道：「好！你需要多少人馬？」

熊天霸道：「一百人足矣！」

「什麼？」趙武晟幾乎不能相信自己的耳朵。

熊天霸自然有他自己的道理：「既然是阻擊，多了也沒用，一百人就能夠守住白臘口，他們反正也不清楚俺們的底細，我拖得他們一刻，你們就多爭取一刻的時間，等差不多我帶這些兄弟就逃。」

趙武晟不禁笑了起來，熊天霸倒是個粗中有細的人物，表面上顯得魯莽，其實他對面臨的形勢，應該採取的戰略清楚得很。

趙武晟點了點頭道：「熊天霸，給你一百名輕騎兵，爾等只需拖慢他們行進的步伐，切忌不可貪功戀戰，務必要保證自身安全。」

熊天霸笑道：「放心吧，俺心裡有數！」

趙武晟此時方才留意到熊天霸坐騎乘的居然是胡小天的坐騎小灰，原來熊天霸缺少坐騎，胡小天此次出征之前將小灰借給了他。趙武晟向熊天霸點了點頭道：「我在東洛倉等你的好消息！」他馬上傳令撤軍。

黃誠信率領的這一萬五千軍從東洛倉冒雪趕到了東梁郡，可攻城剛剛開始，就得知東洛倉被攻的消息，又率領手下將士匆匆趕回東洛倉增援，這一萬五千名士兵疲於奔命，此時已經疲憊不堪，無不心中叫苦，卻不敢有絲毫怠慢，因為他們都清楚東洛倉的重要性，若是東洛倉丟了，恐怕大家都要倒楣。

前方就是白臘口，一旁副將向黃誠通道：「將軍，兄弟們全都又累又睏，已經有不少兄弟支撐不住倒下了，是不是休息一下再走？」

黃誠信怒道：「若是丟了東洛倉，咱們全都要死，跟不上的讓他們自生自滅，膽敢抗命逃走的斬立決，所有人繼續行軍，不得怠慢！」

白臘口處突然亮起了百餘支火炬，一員黑盔黑甲的武將縱馬奔上高崗，雙手各拎著一隻大鐵錘，衝著前方人潮湧動的雍軍隊伍大吼道：「呔！爾等給我聽著，東洛倉已經被我大康攻克，爾等識相的話給我有多遠滾多遠，誰敢越過這白臘口，就讓他成為俺家錘下之鬼！」

熊天霸的聲音如同炸雷一般，這白臘口本身地形特殊，入口大向裡卻是越來越小，如同一個喇叭般的形狀，擁有良好的擴音效果，熊天霸的聲音經過喇叭口的外放，更是如同霹靂一般震撼。

雍軍有一萬多人雖然心頭震撼，但是畢竟人多，不會產生太多的恐懼，可戰馬卻不同了，不少馬匹竟然被熊天霸的聲音所震懾，嚇得嗚律律嘶鳴起來，一匹戰馬突然受驚，猛然撅起後蹄，將馬鞍上的將領掀了下去，那將領措手不及，一頭栽倒在地上，剛巧撞在一旁岩石的稜角之上，竟然被撞得腦漿迸裂而死。

這樣一來雍軍驚懼更甚，這人究竟是什麼人物，竟然一嗓子就害死了他們的一名將領。

黃誠信勃然大怒，他沉聲道：「付平，去結果了他的性命！」身邊身高丈二的魁梧大將付平得令，催動胯下大黑馬，揮舞手中的雙錘向白臘口衝去。

付平也是東洛倉以勇猛著稱的大將，據稱武力僅次於常凡奇，更巧的是他使用的武器也是雙錘，不過他的這對是紫金錘，每一隻大錘的直徑都在一尺半左右，做工精美，夜色之下金燦燦極其奪目。

熊天霸看到人家的這對大錘頓時小眼睛亮了起來，人比人氣死人，娘的，人家這對大錘怎麼就這麼好看，比自己的這對錘大出足足一圈不止，而且還是金色，看來這貨力氣不小啊，這對大錘比我的似乎還要重上許多。

熊天霸也催馬迎上，大吼道：「來者何人？我熊天霸錘下不殺無名之將！」

熊天霸雖然武力強悍，可是他畢竟是初登沙場的小將，單論名氣和早已成名的付平根本無法相提並論。

黃誠信臉上露出一絲笑意，下令擂鼓助威，越過白臘口就接近東洛倉，是時候提振將士的士氣，一鼓作氣衝出白臘口，進入東洛倉，他並不相信東洛倉會落入康軍的手中，在黃誠信看來，東洛倉不會輕易失守，今夜就用熊天霸的鮮血來祭旗。

兩道黑影迅速接近，付平手中的那對紫金大錘捲起兩道金色狂飆，如同兩條盤旋揮舞的金龍直奔熊天霸而去，在氣勢上完全壓了熊天霸一頭。

熊天霸大吼一聲：「呔！給我開！」

噹的一聲，四隻大錘撞在一起，巨響震得眾人耳鳴不已，付平雖然沒有被熊天霸這一下震飛雙錘，可是雙臂已被震得發麻，虎口劇痛，竟然震裂出血，再看他的那對大錘，現在變成了勺子，錘頭憋了下去，熊天霸一看就樂了，本以為對方的力氣比自己大，錘比自己氣派，想不到原來這對大錘是空鏜的，剛一下就現了原形。

熊天霸笑歸笑，出手卻沒有絲毫猶豫，一錘向付平的面門砸了過去，付平還被剛才那一下震得手臂痠麻根本抬不起手臂，可熊天霸的大錘已經來到面前，付平望著那大錘在面前變成了一個巨大的黑影，這也是他在這世上看到的最後影像。

黃誠信看到付平的腦袋就這樣被一錘轟開，無頭屍首墜落在地上。兩隻紫金大錘也向地面墜落，沒等大錘落地，熊天霸雙錘揮出，擊打在這對紫金大錘之上，將兩隻勺子一樣的大錘砸得飛起，風車般旋轉，伴隨著漫天飄雪向敵軍陣營落去。

雍軍看到這兩隻大錘落下，嚇得向四周散去，連黃誠信也嚇得向後撤退，一隻大錘砸在人群之中，傳來一聲淒慘的大叫，另外一隻大錘竟然擊中了黃誠信坐騎的馬頭，將馬頭砸了個稀巴爛，黃誠信失足跌倒在雪地之上，摔得盔歪甲斜。

熊天霸大吼一聲：「八千兒郎，隨我衝啊！殺光這幫酒囊飯袋！吃他們的肉，喝他們的血！」身後一百名士兵舉起火把，搖旗吶喊，聲音經過白臘口放大，如同山崩海嘯。

那些雍軍本來就被嚇得膽戰心驚，此時內心防線已經完全崩塌，一個個還沒搞清楚狀況，轉身就逃。

黃誠信被身邊兩名副將扶起，大吼道：「穩住，不要驚慌，不要驚慌……」話沒說完已經被掉頭逃跑的一名搖旗官給撞倒在地，一時間無法控制，就聽到身邊士兵哭爹喊娘道：「太厲害了，他殺過來了，他們人太多了！」

兵敗如山倒，如果在白天，他們當然可以輕易識破熊天霸方的真相，可是現在這種狀況下，天黑雪大，視野受阻，再加上熊天霸剛才的神勇表現已經讓他們膽戰心驚，再聽到熊天霸那邊山呼海嘯般的呼喝聲，真以為中了對方的埋伏。前方士兵紛紛掉頭而逃，後方士兵搞不清到底發生了什麼狀況，看到前方往回跑，他們也跟著往回跑，很多來不及調頭的士兵被撞倒在地，還沒等爬起就被人踩踏在身上。

現場亂成一團，黃誠信的命令失去了效力。

熊天霸看到對方如此膿包，樂得哈哈大笑，縱馬飛出率領一百兒郎竟從後方追趕上來，風雪瀰漫，殺聲陣陣，那幫大雍士兵搞不清狀況，嚇得屁滾尿流。

熊天霸也不是傻子，他也不敢追得太近，只是在後面虛張聲勢。

黃誠信好不容易才制住那幫被嚇丟魂的將士，此時風雪稍有停歇，雪光映照，視野變得清晰起來，眾人回頭望去，卻見後方追來的哪有多少兵馬，方才知道上了對方的大當，黃誠信氣得七竅生煙，這會兒功夫已方因為踩踏竟然死了數十人，受傷者更是達到了千人之多。

整頓隊伍之後，重新組織向白臘口推進，等他們來到白臘口，熊天霸已經帶著那一百名兄弟揚長而去。

黎明在不知不覺中到來，東梁郡經過一夜的辛苦防守，成功擋住了雍軍的三次攻擊，後半夜雪停了，開始下起了凍雨，這讓雍軍將士苦不堪言。秦陽明發現這場攻城戰比他預想中要困難得多，天公不作美，始終沒有站在自己的一邊，而黎明時分剛剛確認了一個消息，東洛倉已經被胡小天奇襲擊破，這個消息讓秦陽明肝膽俱寒，他知道東洛倉失手意味著什麼。

謀士翟遠從秦陽明鐵青的面孔已經猜到他此時的心情，不敢主動說話，悄悄候在一旁。

秦陽明道：「我們的糧草能夠支持幾天？」

翟遠低聲道：「兩天！」

秦陽明望著不遠處東梁郡硝煙瀰漫的城樓，若是堅持攻城，一天之內或許能夠拿下東梁郡，可是過了這一天呢？東洛倉那邊怎麼辦？如果無法奪回東洛倉，那麼他們的軍需補給就會出現問題，縱然在兵力上遠勝於對方，又如何能夠在餓著肚子的前提下打仗？胡小天果然夠狠，釜底抽薪斷了他的後路。

副將楊先前來稟報，表情顯得有些慌張：「啟稟大將軍，武興郡方面有一百艘戰船正向東梁郡駛來，應該是派出增援的部隊。」

秦陽明的心情越發沉重了，武興郡敢於出兵，應該是聽說了東洛倉被拿下的消息，形勢變得對他們越來越不利了。他深深吸了一口氣，似乎想要將胸中的這口悶氣全都壓榨出去，可是這次的深呼吸非但沒有達到目的，反而讓他的內心變得越發沉重，沉重得就要窒息。

他轉向翟遠，翟遠慌忙垂下頭去。翟遠並不是害怕秦陽明的虎威，而是不想在這個時候出頭，對秦陽明的戰術佈置，他在心底一直都是暗自腹誹的，派出這樣規模的大軍，力求萬無一失，本來就是小題大做，東洛倉的失守也在翟遠意料之外，在他看來胡小天攻打東洛倉只存在理論上的可能，卻沒有想到對方真敢付諸實施，而且取得了成功。

「你怎麼看？」秦陽明從牙齒縫中擠出一番話，落到如此的窘境，他首先想到的並不是自責，而是埋怨身邊的這些謀士幕僚無用，居然猜不到對方的戰術。

翟遠道：「東洛倉不容有失，就算攻下東梁郡，失了東洛倉一樣無法向朝廷交代。」

秦陽明怒道：「這還用你說？我是問你，現在應該怎麼辦？」

翟遠道：「集結所有兵力攻打東洛倉，務必要在一天內奪回東洛倉。」

秦陽明咬了咬嘴唇，其實不用翟遠說，他也明白應該怎麼做，當前的局勢下，他哪裡還有其他的選擇？秦陽明用力閉上雙目，感受著冰雨點點滴滴拍落在他的面孔之上，他的面孔似乎已經麻木：「撤！」

余天星看到圍困在東北兩門的雍軍開始有序地向後撤退，知道對方已經落實了東洛倉被攻破的消息，這一消息必然摧垮了秦陽明的信心，讓他無心戀戰，接下來秦陽明所做的只有孤注一擲，集結大軍全力向東洛倉反撲，力求搶回東洛倉。

胡中陽和唐鐵漢都來到余天星的身邊，望著城門外漸漸退去的雍軍，他們的臉上都露出喜色，胡中陽道：「余先生，他們這就退了？」

余天星微笑道：「秦陽明沒有選擇，東洛倉已經被主公拿下，失去東洛倉，他們的軍隊就失去了補給，若是繼續留在這裡，就面臨無以為繼的尷尬境地，到時候別說是七萬，就算是七十萬大軍一樣不攻自潰！」

余天星的表情充滿信心，胡中陽心中暗歎，胡小天果真是洪福齊天的人物，不但老天爺幫他，而且他的身邊擁有余天星這樣多智近妖的大才，此前擊敗唐伯熙統領的三萬南陽水師尚覺得有些僥倖，可今次不費吹灰之力就退去了秦陽明近七萬大軍的合圍，此等謀略真是天下少有，胡小天身邊有這種謀士相助何愁大事不成？

胡中陽對胡小天拿下東洛倉一事仍然將信將疑，低聲道：「東洛倉被胡大人拿下了？」

余天星微笑點頭道：「千真萬確，如果一切順利，現在趙武晟將軍的五千人馬也已經進入東洛倉和主公會合了。」

常凡奇仍然守在西門前叫罵，此時一名探子過來向他稟報，卻是一支大軍已經抵達東洛倉西門，從西門進入城內。

常凡奇咬牙切齒，準備指揮手下向西門進軍，就算是血戰而死，他也要死在東洛倉，莫名其妙就丟失了東洛倉，明明是自己的地盤，現在自己卻被拒之門外，常凡奇有生以來從未受過如此挫敗。

正準備離去之時，卻聽身邊副將道：「將軍你看！」

常凡奇舉目望去，卻見城樓之上，幾位士兵陪著一位白髮蒼蒼的老太太正站在那裡，常凡奇看得真切，那老太太正是自己的母親，常老婦人年事已高，失明多年，看不到眼前的一切，輕聲道：「奇兒呢？奇兒呢？」

常凡奇擔心到了極點，卻不敢大聲叫嚷，生怕嚇到了娘親，他從小由母親養大，為人極其孝順，現在看到老娘被人控制，恨不能肋下生出雙翅，飛上城頭救出母親。

胡小天微笑向常凡奇點了點頭，攙扶住常老太太的手臂道：「常大娘，將軍正在城外操練呢，樓上風大，你們還不趕緊帶大娘下去避風取暖，若是讓常將軍看到，他一定會怪罪咱們的。」

常老太太道：「不是說奇兒在這裡嗎？」

胡小天笑道：「大娘，您先下去歇著，等將軍忙完，我請他即刻去見您。」

等到老太太離去之後，胡小天方才重新來到箭垛前，望著在城下怒目而視的常凡奇道：「常將軍，你可看到了？老夫人好得很，我一定會代你好好照看於她，你千萬不用擔心。」

常凡奇揚起手中丈八蛇矛，指著胡小天道：「胡小天，你這卑鄙小人，竟然抓我娘親，我必將你碎屍萬段、挫骨揚灰，方解心頭之恨。」

胡小天笑道：「聽聞常將軍是個孝子，胡某生來最敬重的就是忠臣孝子，可自古忠孝不能兩全，人在很多時候，卻不得不面對這樣的兩難抉擇。」他向展鵬使了個眼色。

展鵬彎弓搭箭，一箭向下方斜行射了過去，羽箭插入常凡奇馬前三丈左右的地面之中，馬前護衛衝上前去撿起那根羽箭，將羽箭拿回來呈上。常凡奇接過羽箭，箭桿之上縛著一支小小竹筒，取下擰開之後卻是一個紙條，上面寫著一行小字：「以秦陽明之命換老夫人之命！」

常凡奇倒吸了一口冷氣，合上紙條，看了看周圍，並沒有人敢靠近他偷看紙條上寫的什麼。這胡小天實在太狠了，竟然讓他殺了秦陽明來保住自己母親的性命。

胡小天在城樓上微笑道：「常將軍，我的心意你應該明白，苦海無邊回頭是岸，你丟了東洛倉，回去也是砍頭的死罪，不如歸順於我，我保你榮華富貴，一生平安。」他中氣十足，距離這麼遠，聲音清清楚楚傳到常凡奇的耳中。

常凡奇怒道：「卑鄙無恥！」他心中雖然怨恨，可是卻不敢下令發起進攻，此時一旁副將道：「將軍，人馬已經準備好了，要不要去東門阻擊康軍部隊？」

常凡奇惡狠狠瞪了他一眼：「這裡你當家還是我當家？」

「將軍……」

從東門進入東洛倉的乃是趙武晟和麾下的五千軍，胡小天方面在東洛倉的兵力已經增加到近八千人，有了蔣雲福這個投誠者的幫忙，他們很快就摸清了東洛倉的大致情況，這裡不但儲備著豐富的糧草，更有兩個武器庫，武器足夠裝備一支五萬人的軍隊。

在佔領東洛倉之後，他們不敢有絲毫懈怠，馬上開始佈置城防，用不了太久的時間，秦陽明方面的大軍就會先後抵達，此次前來他們必然孤注一擲，不惜一切攻打東洛倉。

胡小天方面開始進行輪流休息，根據他們初步掌握的情況，就算在這裡坐吃山空，他們八千人守上二十年也不會有任何的問題，有了東洛倉的糧草作為後盾，在依靠東洛倉堅固的城牆，巍峨高聳的箭樓，就算面對秦陽明方面的六萬大軍，他們也充滿了底氣，大雪之後就是凍雨，氣溫驟降，城內吃飽穿暖，而城外的這些雍軍很快就會出現糧草短缺，更何況這場突如其來的凍雨打濕了他們的棉衣，惡劣的氣候比起大軍的殺傷力更加強大，如果秦陽明堅持攻城，那麼雍軍的死傷必然慘重。

胡小天方面以逸待勞，常凡奇卻因為母親被胡小天控制而投鼠忌器，雖然繼續讓士兵叫罵，卻不敢輕易攻城，先趕來增援的是黃誠信帶來的一萬多兵馬，這些部隊隸屬於常凡奇的手下，看到東洛倉果然被康軍占去，黃誠信也是暗叫不妙，他也不敢輕易提出攻城。

直到正午時分，秦陽明的大軍也抵達了東洛倉，六萬大軍將東洛倉圍了個風雨不透，秦陽明下令暫時紮營造飯，將士們經過這一天一夜的奔波，體力全都處於嚴重透支的狀態，無法繼續進行攻城的任務，如果不讓他們休息調整，只怕很多人都會累倒。

胡小天故意讓人在城樓之上支起爐灶，飯菜的香氣隨風飄散，搞得東洛倉周圍到處都是，城外的雍軍士兵還沒有來得及吃飯，一個個餓得肚子咕咕直叫，聞到這飯菜的香味，饑餓感越發強烈了。

秦陽明將眾人叫到帳內，他沒有顧得上討論戰況，劈頭蓋臉就質問常凡奇道：「常凡奇，我讓你鎮守東洛倉，務必要小心謹慎，你因何擅自出擊，將東洛倉失去了？你可知罪？」

常凡奇心中也是憋了一肚子火，他豈能不明白秦陽明的目的何在？無非是惡人先告狀，把所有的責任都推到自己身上，他好解脫責任。常凡奇冷冷道：「秦大將軍，如果不是你下令攻打東梁郡，從東洛倉調走一萬五千人，東洛倉怎會失去？」

秦陽明怒道：「混帳！你失去東洛倉居然還拒不認罪，來人！將他給我捆了，先收押入監，等奪回東洛倉再交由皇上問罪。」

兩旁武士湧了上來，常凡奇怒吼道：「我看誰敢動我？」怒髮衝冠，凜冽的殺氣向周圍彌散開來，嚇得那幫武士慌忙停下腳步，望向秦陽明。

秦陽明怒道：「怎麼？你想造反嗎？我覺得這東洛倉因何會落入敵人之手，原來是你和他們暗中勾結，開門將他們迎了進去，逆賊，你當真好大的膽子。」

常凡奇聽到這裡，已經明白秦陽明是鐵了心要把自己推出去承擔責任，想起自己被胡小天抓住的老娘，再看到自己目前的困境，常凡奇點點頭道：「秦將軍，不用你們抓我，失去東洛倉是我的責任，我罪不容恕，只是我有一個請求，懇請秦將軍給我一個機會戴罪立功，這東洛倉從我的手上失去，我要親手將東洛倉奪回。」

秦陽明聽到他開始服軟，臉色也稍稍緩和，其實他也明白常凡奇不可能通敵賣國，只是眼前狀況下，必須要推出一個人承擔主要責任，秦陽明為了自保，所以才不得不這樣說。

常凡奇作戰勇猛，每逢戰事總是身先士卒，在軍中頗有人緣，交好的將領不少，看到眼前一幕，所有人都明白秦陽明要將主要的責任推給常凡奇，黃誠信身為東洛倉的副統領，心中也為常凡奇暗暗不值，慌忙出列道：「秦將軍，現在正是用人之際，不如給常將軍一個機會，讓他戴罪立功，將功贖罪，也好證明自身清白。」他這樣一說，周圍將領紛紛上前說情。

秦陽明聽到眾人說情，也不好將事情做得太絕，歎了口氣道：「常凡奇，不是我不念同僚的情分，而是國有國法，法不容情，如果今日無法奪回東洛倉，別說是你，在場的所有人都要被你連累。」

常凡奇心中暗恨，秦陽明啊秦陽明，你果然是要將所有的責任都推到我的身上，我常凡奇死不足惜，可是我豈能承受這不白之冤，如果不是你借兵攻打東梁郡，我豈會落到如此絕境？想起丟掉的東洛倉，可謂是萬念俱灰，可是又想到被胡小天控制的娘親，不由得想起胡小天剛才的那番話，忠孝不能兩全，我若是死了，我娘怎麼辦？

秦陽明看到常凡奇半天都沉默不語，只當他已經屈服，冷冷道：「常凡奇，你願意領兵攻城將功贖罪嗎？」

常凡奇毫無反應，直到秦陽明問他第二遍的時候，方才如夢初醒般哦了一聲，躬身抱拳道：「末將願往！」

秦陽明拿出一支令箭：「那好，我就給你一個將功折罪的機會。」

常凡奇上前跨出一步，接過令箭，眾人全都鬆了口氣，以為這件內部糾紛到此為止之時，卻想不到常凡奇忽然一抬腿，將隔在他和秦陽明之間的長案踹了出去，長案飛起重重撞在秦陽明的胸口，重擊之下，秦陽明胸口的肋骨被撞斷了三根，噗地噴出一口鮮血，不等眾人反應過來，常凡奇已經拍落秦陽明的頭盔，抓住他的髮髻，抽出匕首抵在他的咽喉之上。

眾將大驚失色，誰都沒想到會發生這樣的變化，眾人一個個刀劍在手，向中心圍攏而去，楊先怒吼道：「常凡奇，你好大的膽子，竟敢挾持主將，給我放開！」

黃誠信和常凡奇同為東洛倉守將，在心底還是傾向於他，慌忙道：「大家不要靠近，千萬不要傷了主帥的性命！」一邊又道：「常將軍，你不要衝動！」

秦陽明唇角滴血，雖被常凡奇控制，表現仍然鎮定，畢竟是坐鎮一方的大將，生死關頭仍表現出大將之風，他冷冷道：「常凡奇，你知道自己在做什麼？」

常凡奇手中匕首抵住他的咽喉，利用秦陽明的身體掩護住自己，充滿悲憤道：「我當然清楚自己在做什麼？攻打東梁郡是你的主意，你調走東洛倉的多半兵馬，集合三地之力，六萬之眾都無法拿下一個東梁郡，卻被人聲東擊西，趁機攻入東洛倉，我承認我中了他們的調虎離山之計，難道你就沒有半點責任？不是你好大喜功，作戰因循守舊，如何會造成現在的局面，勝了，功勞全都是你的，敗了，責任卻要由我們承擔，天下間哪有這等便宜的好事？」

常凡奇越說越是激動，手中匕首下壓，刺破了秦陽明的肌膚，一縷鮮血沿著刀口流了出來，秦陽明聞到自己的血腥味道，不由得有些心驚肉跳，低聲道：「常凡奇，你不要衝動……」

常凡奇道：「衝動又怎樣？今天就算是死，我也要拉你墊背。」他壓著秦陽明向賬外走去，走了幾步轉過身來，威脅眾將道：「全都給我乖乖退回去，誰敢跟上來，老子就一刀割了他的喉嚨！」

眾將投鼠忌器，只能眼睜睜看著常凡奇將秦陽明帶出了營帳。

黃誠信等人跟出賬外，常凡奇勒令眾人牽一輛戰車過來，他的馬前護衛閆聰跳上戰車，等到常凡奇將秦陽明押了上去，一抖韁繩竟然向東洛倉徑直衝去。

雍軍將士看到主將被制，而且出手的是常凡奇，所有人都不敢輕舉妄動，常凡奇擔心有人突施冷箭暗算自己，讓閆聰挑選己方的部隊中行進，東洛倉的這幫將士都是他的舊部，看到眼前情景，都自覺讓出一條通路，這些將士心中大都明白，常凡奇應該是老娘被人挾持，不得已做出這樣的事情，而且秦陽明逼人太甚，想要將所有的責任全都推到他的身上，常凡奇就算留下也是死路一條。

胡小天在城樓之上看到眼前情景，不由得心中大喜，他下令讓人放下吊橋。

雍軍雖然人數眾多，可是主將被擒，頓時失去了主見，這種時候誰也不願意出頭指揮作戰，其實如果有人肯站出來指揮大軍追殺常凡奇，或許有可能衝過吊橋進入東洛倉內，可惜他們一來擔心主將性命，二來除了秦陽明之外，無人擁有號召大軍的能力，竟然眼睜睜看著常凡奇駕車越過吊橋進入東洛倉內。

翟遠和楊先等人一個個面面相覷，黃誠信雖然對發生的一切心知肚明，可表面上還裝出一副無可奈何的樣子，歎了口氣道：「翟先生，現在應該如何？」

翟遠苦笑道：「你別問我，我也不知應該怎樣做。」

楊先道：「東洛倉被攻陷，秦將軍又被常凡奇給生擒，咱們是繼續攻城，還是退回去再說？」

翟遠道：「攻城？楊將軍以為咱們的軍糧還能夠支撐幾日？這場雨不知下到什麼時候，將士們全都苦不堪言，如果繼續撐下去，只怕還未攻城，將士們就要病倒大半。」

一旁南陽水寨副統領傅聰道：「此事非同小可，為防止大康水師趁虛而入，我等必須即刻返回南陽水寨駐守。」他第一個打起了退堂鼓。

楊先和翟遠對望了一眼，他搖了搖頭道：「為了避免傷亡，我們也只有先返回邵遠調整休息，等補充糧草軍資之後，再圖攻城。」

群龍無首，眾人誰都沒有心情繼續打這場攻城戰。

秦陽明被常凡奇從戰車之上推了下去，尚未站穩腳步，展鵬就率領幾名武士衝上來將他的甲冑卸去，五花大綁。

常凡奇將手中匕首扔在了地上，兩名武士衝上來抓住他的臂膀，常凡奇怒吼一聲，想要將兩人甩開，展鵬怒道：「你不要娘親的性命了嗎？」

常凡奇咬牙切齒，滿腔悲憤，怒吼道：「胡小天，你算什麼英雄好漢？說過的話還講不講信用？」兩名武士衝上來想要將之捆綁起來。

此時胡小天從城樓上在趙武晟的陪伴下走了下來，揮了揮手，示意兩名武士退了下去。

常凡奇一雙怒目死死盯住胡小天，恨不能衝上去將這可惡的小子撕碎。

胡小天向他微微一笑：「常將軍辛苦了！」

第三章

勢同水火

胡小天暗自吸了一口冷氣，
龍宣恩雖然沒有降罪於自己，可是不代表他認同自己的做法，
之所以讓老皇帝對自己忌憚，是因為自己據有庸江兩岸雙城，
老皇帝若是逼急了自己，不排除自己投向大雍的可能，
現如今攻陷東洛倉後，已經讓自己和大雍方面勢同水火，
大雍若是發兵，不排除老皇帝釜底抽薪的可能。

常凡奇越發覺得胡小天陰險至極，他這麼一說彷彿跟自己早已串謀似的，可他也明白現在就算再辯駁也是無用，老娘在胡小天的手上，自己被人家吃得死死的，根本沒有任何辦法。

胡小天來到秦陽明面前，笑眯眯望著秦陽明道：「這位就是秦大將軍了！」

秦陽明怒道：「卑鄙小人，只會利用宵小手段，是男人的話，為何不敢堂堂正正兩軍對壘，跟我沙場上見個輸贏！」

胡小天呵呵笑道：「堂堂正正？你秦大將軍集合七萬兵馬來對付我，也敢說堂堂正正？」

秦陽明道：「胡小天，你膽敢侵犯我大雍邊境，破壞兩國和平協定，可知信義為何物？如此背信棄義，又有何臉面去面對天下人？」

胡小天笑道：「秦將軍的口才比帶兵要厲害得多，背信棄義的不是我，乃是你們大雍，唐伯熙攜三萬水師率先侵犯我境意圖攻佔東梁郡，搶我國土，虐我百姓，我身為東梁郡城主，率軍迎擊有何不對？你口口聲聲說什麼信義，你若是懂得信義廉恥，為何又要組織大軍攻打我境？這邊跟我交換俘虜，背地裡卻組織大軍意圖血洗我城池，這便是你所謂的道義？知不知道你為何落敗？就是因為道義始終都在我的一邊！」

秦陽明道：「你以為奪了東洛倉，此事會就此完結？」

胡小天道：「以後的事情你無須擔心，你也沒有擔心的資格，一個敗軍之將，我放你回去，只怕薛道洪也會要了你的性命，想不到大雍的將領全都是如此膿包，你比唐伯熙更甚！」

秦陽明被胡小天羞辱得滿臉通紅，恨不能一頭撞死當場，自己這場仗打得實在太窩囊了，近七萬大軍被人玩弄於股掌之上，在東洛倉和東梁郡之間疲於奔命，到最後非但沒有攻下東梁郡，反而連他們的軍事重鎮東洛倉也失去了，胡小天說得沒錯，自己比唐伯熙更加無用。

胡小天讓展鵬先將秦陽明押走，來到常凡奇面前道：「常將軍，不好意思，今日之事實在是無奈之舉，胡某絕無傷害老夫人之意，現在老夫人還在尊府內靜養，將軍隨時可以回去探望她。」

常凡奇聽到母親無恙，暗暗鬆了口氣，可想起自己現在的境況，又不由得悲從心來，因為胡小天的要脅，自己做出了這等大逆不道的事情，以秦陽明為人質換取了母親的平安，自己還有何顏面去面對朝廷。

常凡奇默然不語，轉身就走。

展鵬本想讓人跟上去，胡小天卻用目光制止了他，低聲道：「讓他去吧，他現在已經是走投無路。」

梁英豪此時匆匆來到胡小天的身邊，面露喜色道：「主公，雍軍好像開始退兵了。」

胡小天淡然笑道：「他們沒有選擇了！」抬頭看了看仍然瀟瀟灑灑的冰雨，這場雨不知要下到什麼時候，雍軍氣勢洶洶而來，他們不但敗在余天星和朱觀棋的計謀之下，更是敗在天意之下，天有不測風雲，這惡劣的天氣對守方有利，順應天時甚至可以抵上百萬大軍。

胡小天重新登上箭塔，望著已經開始緩緩撤退的雍軍，這次顯然是全面撤退，雍軍並沒有留下任何人馬駐留，因為他們擔心胡小天一方會集合優勢兵力進行一次殲滅戰，這場戰爭他們失去了主將，失去了重鎮東洛倉，但是尚可慶幸的是，並未造成太大的人員死傷，留得青山在，不怕沒柴燒。

身邊的趙武晟長舒了一口氣，這場仗贏得凶險，贏得漂亮，他真正開始相信胡小天是個有大氣運之人。

胡小天笑道：「武晟兄歎什麼氣？」

趙武晟不好意思地笑道：「不瞞大人說，我本以為這場仗會打得非常艱難。」

胡小天道：「無論怎樣，咱們畢竟贏了。」

趙武晟道：「東洛倉對大雍來說極為重要，他們絕不會甘心將東洛倉拱手相送，用不了太久就會集結大軍捲土重來。」

胡小天道：「有了糧草，咱們還怕招不到兵馬？有了軍隊，咱們還怕跟他們打仗嗎？」

趙武晟因為胡小天的這番話豪氣頓生，重重點了點頭道：「武晟必為大人赴湯蹈火，衝鋒陷陣。」

胡小天道：「我信！不過你好像有些事情沒跟我說實話啊！」

趙武晟聞言大驚失色：「大人何出此言，武晟對大人絕無異心！大人若是不信，武晟願一死明志。」

胡小天笑道：「犯得著這麼誇張嗎？我只是覺得當初你在武興郡跳出來幫我，背後或許還有其他的原因吧？」

趙武晟這才知道胡小天說的是什麼，有些不好意思地笑了起來：「大人，沒有其他的原因。」

胡小天指了指他的鼻子：「你啊，你啊！我若是想知道，總有辦法讓你跟我說實話，你現在不說，將來我可饒不了你。」

趙武晟滿面尷尬道：「大人，末將答應過了別人，自當信守承諾，還望大人體諒武晟的苦衷。」他這麼說等於已承認了胡小天的猜測，在他背後果然有人推手。

胡小天心中明白，趙武晟當初之所以站出來幫助自己，肯定是因為姬飛花的緣故，應該是姬飛花讓趙武晟不得洩露此事，所以趙武晟至今不肯言明，胡小天點了點頭，也沒有繼續追問，心中對姬飛花充滿了感激之情，輕聲道：「搶了東洛倉，的確捅了一個馬蜂窩，這兩天，趁著他們的大軍沒有到來之前，咱們儘快將東洛倉的糧草轉運回去。」

趙武晟道：「我看雍軍短時間內不會攻來。」

胡小天微笑道：「管他呢，打仗這種事能免則免，最好是相安無事。」

趙武晟心中暗忖，未來的這場戰爭只怕難以避免了，相安無事更是沒有可能，大雍在接連兩次的戰鬥中吃了大虧，不但損兵折將，現在竟然連東洛倉這個東南重鎮也丟掉了，意味著東南戰線的補給全面告急，大雍豈肯就此偃旗息鼓，無論在顏面上還是在戰略上都會儘快扳回這一城。胡小天應該考慮到了這一層，所以才做出儘快將東洛倉內的戰略物資轉移的決定。

不過對他們來說，現在的局面無疑已經改善了許多，目前三城在握，此前困擾他們最大的糧草問題也一次性得到了解決，以東洛倉的糧儲，可以讓他們的將士百姓在三年衣食無憂，解決了這個後患，他們方可騰出手來專心發展內政擴充兵力。

胡小天考慮的要比趙武晟更遠，雖然這場戰鬥打得順利，如願以償地攻佔了東洛倉，可是並不意味著他們面臨的壓力消失，以他們目前的實力，還無法和大雍抗衡，此前的兩次戰鬥之所以能夠取得全勝，一是因為己方戰術得當，籌畫縝密，還有一個原因和大雍方面將領的輕敵平庸有關，大雍不乏出色的將才和謀士，在遭受兩次挫折之後，必然會引起他們足夠的重視，下次如果再度發兵前來，只怕想要應付已經沒有那麼容易。胡小天已經做好了萬不得已退守武興郡的準備，憑著東洛倉取得的軍糧物資，已經足夠他們在這片區域生根發芽。

接連兩次的大勝讓東梁郡的百姓都開始迷惑起來，他們過去以為胡小天必敗無疑，可是沒想到，胡小天先破大雍三萬水軍，再退大雍七萬聯軍，非但沒有被打得落荒而逃，反而趁機搶佔了大雍東南重鎮東洛倉，將東洛倉、東梁郡、武興郡這三城連為一體，在庸江下游流域形成了一個跨越兩岸的三角區域，三城之間守望相助，互為補充，讓昔日孤零零的東梁郡擁有了兩個強有力的支撐，如同增添了兩條腿一樣，整個版圖全然不同，煥發出全新氣象。

雍軍撤退之後，冰雨如故，下了整整一天一夜方才停歇，胡小天將東洛倉交給趙武晟和熊天霸駐守，率領展鵬等人返回了東梁郡。

雨過天晴，氣溫卻驟然寒冷了許多，庸江的邊緣地帶已經開始結冰，地面上積雪未融，卻又因為凍雨而凝結了一層厚厚的冰甲，走在其上濕滑非常，東梁郡的大街上隨處都可看到不慎跌倒的人們。

胡小天返回東梁郡之後並沒有前往府邸，而是直接去了朱觀棋家中，還沒有走入他的院子裡，就聞到一股誘人的肉香，胡小天用力吸了口鼻子，看到院門大開，朱觀棋拿著笤帚正在院中掃雪。

胡小天笑道：「觀棋兄，你不夠厚道啊，趁著我離開東粱郡，自己偷吃好東西。」

諸葛觀棋聽到他的聲音，抬頭一望不由得笑了起來，此時從廚房內奔出一位明豔照人的金髮少女，冰藍色的美眸中蕩漾著欣喜的光芒，宛如秋日陽光那般燦爛：「主人！你回來了！」距離胡小天面前五尺左右，又意識到胡小天的身後還有展鵬跟著，朱觀棋也在身邊，硬生生停下腳步，白雪般嬌豔的肌膚蒙上一層嫣紅，神態也變得忸怩起來

胡小天微笑點了點頭道：「維薩，原來你也在呢。」

諸葛觀棋微笑道：「維薩姑娘過來探望賤內，帶來了一些禮物，胡大人聞到的肉香就是了。」

維薩紅著俏臉道：「不妨礙你們聊天了，我去做飯。」

胡小天將展鵬介紹給諸葛觀棋認識，展鵬跟來原是為了保護胡小天，其實他也明白，以胡小天今時今日的武功早已不需要自己保護，也適時向兩人告退。

諸葛觀棋將胡小天請到自己的書齋內，兩人來到火盆前坐下，諸葛觀棋道：「恭喜胡大人了！」

胡小天淡然笑道：「多虧了先生啊！」

諸葛觀棋微笑道：「大人千萬別這麼說，謀事在人成事在天，這次我真沒有幫

到什麼大忙，只是提前透露了一些天機給大人，其實即便是我不說，大人還是一樣取勝。」

胡小天道：「我這次來，是想喝觀棋兄的那罈美酒的。」

諸葛觀棋道：「已經讓賤內去準備了。」

說話間看到洪凌雪和維薩兩人依次走了進來，一人手中端著剛剛做好的幾樣小菜，一人拿著一個銅盆，銅盆內盛滿了熱水，洪凌雪將銅盆放在紅泥火爐之上，然後再將裝有美酒的鐵壺置於銅盆之中。

胡小天招呼道：「嫂夫人、維薩，你們一起來吃。」

洪凌雪微笑摟住維薩的腰肢道：「我們有些私房話要說，可不想讓你們這兩個大男人聽到。」她秀外慧中，當然明白什麼時候應該在場，什麼時候應該選擇迴避，維薩美眸看了胡小天一眼，目光中充滿了欲說還休的留戀。

隨著銅盆內水溫的上升，誘人的酒香升騰而起，很快就充滿了這間狹小的書齋，胡小天的目光輕鬆而明亮，諸葛觀棋拿起酒壺，在兩人面前的杯中斟滿美酒，潔淨修長雙手做了一個請的動作。

胡小天端起酒杯和諸葛觀棋同時一飲而盡，酒味濃郁，多年的封存窖藏已化去酒中的烈煞之氣，香氣馥鬱，縈繞喉頭，久久無法散去，飲入腹部，又隨著體溫升騰而起，當真是盪氣迴腸。胡小天體會了一會兒酒香，方才讚道：「果真好酒！」

諸葛觀棋微笑道：「飲酒最關鍵的卻不在酒，而是在乎心情，觀棋之所以沒在戰前請大人飲酒，是因為大人那時的心情和現在千差萬別，自然品味不出現在這種味道。」

胡小天笑道：「觀棋兄的每句話都是那麼的發人深省。」

諸葛觀棋笑道：「哪有那麼高深莫測，是大人想多了。」他又將兩杯酒滿上。

胡小天道：「依觀棋兄所見，大雍方面在失去東洛倉之後會有何反應？」

諸葛觀棋道：「國君的態度決定國家的態度，若是薛勝康在位，只怕大人的處境就危險了。」

胡小天聽出他話裡的弦外之意，現在是薛道洪當政，也就是說自己的處境要好上許多。他誠懇道：「此戰取勝之後，我反倒感到迷惘起來，雖然接連取得了兩場勝利，可是大雍又豈肯善罷甘休，只怕一波未平一波又起，這樣下去，豈不是始終都要面對他們的反撲，何時才能有消停之日？」

諸葛觀棋笑道：「大人，可否告知我你心中的想法？」

胡小天道：「雖然取得了兩連勝，可是我方的真正實力仍然無法和大雍抗衡，大雍吃虧在輕敵，而且這兩場戰役的指揮者都有些流於平庸，一旦他們重視起來，只怕我們就會面臨空前的壓力，不瞞觀棋兄，我已經讓人儘快將東洛倉內的物資轉移，做好了最壞的打算。」

諸葛觀棋道：「大人考慮得也算周全。」

胡小天道：「好不容易才奪得東洛倉，我實在不想再送出去，可是大雍又豈肯甘心，這樣打下去，我們的將士終有疲憊不堪的時候，雙方實力差距實在太大。」

諸葛觀棋道：「東洛倉即便是還回去也只剩下一個空殼，大雍即便是收回了東洛倉也未必肯就此甘休，假如他們繼續向東梁郡進軍，大人是不是一樣給了他們，然後退守江南，立足武興郡再圖發展？」

胡小天咬了咬嘴唇道：「實不相瞞，我的確有了這樣的想法。」

諸葛觀棋道：「兩場勝利的確代表不了什麼，可是讓大雍方面認清了大人的實力，也讓這三城的百姓對大人產生了敬畏和信心，大丈夫能屈能伸，適當地退讓的確能夠保存實力，可是大人據有的土地實在有限，有沒有想過一旦退守江南，您的背後還有朝廷，朝廷對您最近的作為又會抱有怎樣的態度？」

胡小天暗自吸了一口冷氣，不錯，龍宣恩雖然至今沒有降罪於自己，可是並不代表他認同自己的做法，之所以能夠讓老皇帝對自己忌憚，是因為自己現在據有庸江兩岸雙城，老皇帝若是逼急了自己，不排除自己投向大雍的可能，現如今攻陷東洛倉之後，已經讓自己和大雍方面勢同水火，大雍若是發兵，不排除老皇帝釜底抽薪的可能。

諸葛觀棋道：「大人說得沒錯，將士們不可能連番作戰，不停戰鬥下去，終有疲憊不堪的時候，所以想要休兵停戰，就必須求和。」

胡小天還以為諸葛觀棋能夠提出讓他驚豔的建議，卻想不到他提出求和，心中不免有些失望，苦笑道：「觀棋兄，現在就算我想求和，大雍也不會答應，就算他們答應，必然也會讓我割地賠款！」

諸葛觀棋不慌不忙端起酒杯道：「求和卻不能犧牲自身的利益，不然還不如全力一戰。」

胡小天心中一動：「觀棋兄，如何能夠不讓步又達成握手言和的目的？」說出來容易，可真正要是做起來，似乎沒有任何可能。

諸葛觀棋道：「大雍雖然強大，可是他們朝堂內部也是危機重重，大人有沒有想過，唐伯熙因何會發兵三萬攻打東梁郡？」

胡小天笑了起來，這都是擺在明面上的事情，唐伯熙膽敢違背兩國協議，無非是想拿下東梁郡取悅新君。

諸葛觀棋又道：「如果說唐伯熙攻打東梁郡乃是為了邀功，而秦陽明召集大軍攻打東梁郡就不僅僅是為了報復，而是因為南陽水師的大敗，重挫了新君的顏面，所以大雍新君薛道洪急於通過這場戰爭來找回顏面，唯有勝利方能洗刷恥辱，唯有勝利方能讓他在臣民的心中迅速建立起威信。」

「看來這兩次等於連續打了薛道洪的臉面，讓他在臣民面前顏面盡失了。」

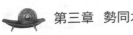

諸葛觀棋微笑點頭：「幾家歡樂幾家愁，新君登基立足未穩，臣民對新君多半都抱著考校的眼光，這兩次的挫敗，必然影響到他在臣民心目中的地位，而朝內的一些其他勢力十有八九會蠢蠢而動。」

胡小天點了點頭道：「薛勝康生前就在薛道洪和薛道銘兩人之間舉棋不定，他突然駕崩，皇位落在了薛道洪的手上，想必七皇子不會甘心。」

諸葛觀棋道：「新君上位，最忌輕率征討，須知攘外必須安內的道理，薛道洪連大雍朝廷內部都沒有完全掌控，就輕率出兵，他若勝了，會有人說他好大喜功，他現在敗了，就會有人說他昏庸無能，遠不及先皇之神武英明，薛道洪現在想必後悔得很，失去東洛倉已經將他推到了一個極其尷尬被動的局面。幾場戰爭的勝負影響不到大雍的大局，可是卻能夠動搖新君的統治。」

胡小天因諸葛觀棋的這番話雙目一亮，端起酒杯一飲而盡：「薛道銘不會放過這個機會的。」

諸葛觀棋道：「放眼中原列國，強者輪番登場，可是這數百年來，卻都是強而不雄、雄而不霸，霸而不王！大人有沒有想過是什麼緣故？」

胡小天皺了皺眉頭，在這方面他並沒有太深入的思考。

諸葛觀棋道：「因為列國稱強，首要強兵，認為兵強而國強，想要征服他國首先想到的就是用兵，卻在不知不覺中走入了下乘。」

胡小天道：「願聞其詳！」

諸葛觀棋拿起酒壺，再度將他們面前的酒杯添滿：「上兵伐謀，其次伐交，其次伐兵，其下攻城，攻城之法為不得已。大雍兩次落敗都是因為這個緣故，想要征服一個國家，未必需要用兵，以眼前的時局為例，大康國運蕭條，災荒不斷，百姓流離失所，四處逃難，大雍原本可以趁機雄霸天下，可是卻錯失良機，皆因大雍皇上首先想到的是用兵，用兵固然可奪人之城，搶人之地，滅人之國，可是卻容易留下仇恨的種子。大雍所採取的方法乃是落井下石，聯合大康周邊諸國，斷絕大康的糧源，封鎖各國邊境，禁止大康百姓進入他國避難。這樣做雖然可以使大康的國力進一步衰落，可是卻總會激起一些人的奮發和抗爭，大人就是如此。」

胡小天點了點頭，諸葛觀棋對時局的把握非常準確。

諸葛觀棋道：「如果大雍在這種時候，開放邊界，接納大康難民，那麼會發生怎樣的狀況呢？」

胡小天想了想道：「會造成大康的百姓源源不斷地進入大雍境內，大雍的負擔也會成倍增加。」

諸葛觀棋道：「國以民為本，大康的百姓走了，現在看來似乎負擔減輕，全都轉嫁到了大雍的身上，可是長此以往，大康就會變成無本之木，無源之水。以大雍今時今日的國力足可負擔大康數千萬百姓，以德行去感化這些百姓，讓他們心甘情願地成為大雍的子民，而他們又勢必影響到自己的家人，大康軍中士兵若是家人都逃到了大雍，那麼他們還有沒有心情和大雍為敵？一旦戰事興起，又該是怎樣的局面？大人以為他們會拿起武器去面對自己的親人嗎？」

胡小天暗自吸了一口冷氣，幸虧諸葛觀棋沒有選擇為大雍效力，若是他被大雍所用，恐怕大康很快就要亡國了。

諸葛觀棋道：「此戰之後，薛道洪或許會不惜一切代價奪回東洛倉，可是大雍朝內的反對勢力也不容小覷，也許他未必能夠如願。」

胡小天道：「難道就這樣等下去嗎？」

諸葛觀棋道：「大雍地大物博，人才輩出，兩次用兵挫敗，或許會讓他們冷靜下來，重新考慮應對大人的辦法，不排除他們派人前來議和的可能。」

胡小天道：「如果薛道洪堅持用戰爭來解決呢？」

諸葛觀棋瞇起雙目，他的目光深邃而悠遠：「他若是再敗，那麼他在朝臣心目中的地位必然一落千丈，薛勝康在世之時從未敗得如此淒慘，只怕連皇位都要受到危及，我看他十有八九不敢冒險。阻攔他發兵的不是我們，而是他自己！」

薛道洪臉色蒼白地望著最新戰情通報，他的嘴唇因為憤怒而顫抖了起來，軍情特使跪在他的面前，不敢抬頭，儘管如此，也能夠想像得到皇上此時的憤怒。

薛道洪強壓怒火道：「常凡奇反了？」

軍情特使道：「反了，他乃是大康內奸，和胡小天早有串謀，非但將東洛倉拱手送給了胡小天，而且還挾持秦將軍，逼迫大軍後撤。」

薛道洪將那封戰情通報扔在了案上，有些痛苦地捂住額頭，一旁太監關切道：「皇上，要不要請太醫過來……」

薛道洪從牙縫中擠出一個冷森森的字眼：「滾！」

宮內太監宮女聽到皇上這麼說，嚇得一個個匆匆退了出去。

薛道洪抬起腳狠狠將面前的長案踹翻在地，咬牙切齒道：「胡小天！朕必將你碎屍萬段，方解心頭之恨！」

燕王薛勝景此時在慈恩園陪著太后賞雪，大雪初霽，一輪紅日從東方冉冉升起，將整個粉雕玉琢的園子染上了一層瑰麗動人的紅，蔣太后身披棕色貂裘坐在陽光下，微笑欣賞著雪景，慈眉善目的面孔顯得非常陶醉，自從皇上死後，蔣太后的心情還是頭一次這麼愉悅。

薛勝景道：「母后，這手爐還暖和嗎？」

蔣太后保養得當的雙手從袖口中露了出來，雙手中握著一只白金暖爐，這暖爐乃是薛勝景委託魔匠宗元親手打造而成，不說這巧奪天工的手工，單單是用來製作暖爐的白金和寶石就已經價值連城了。

蔣太后微笑道：「勝景，難為你一片孝心，哀家這心底比手上還要暖和呢。」

薛勝景眉開眼笑道：「母后喜歡就好！」

蔣太后道：「你這孩子不必整天都黏在我這兒，道洪剛剛登基，身邊需要人幫忙，你身為他的叔父，也要多多為他分憂才是。」她本以為薛道洪登基之後，薛勝景這個做叔父的會對朝政用心一些，可是薛勝景依然故我，還是無心政事，終日玩物喪志，讓她好生失望。

薛勝景笑道：「母后，您又不是不知道孩兒的性情，我從來對朝中政事都沒什麼興趣的，獵奇搜珍我會，花天酒地我會，可唯獨這治理天下我是一竅不通，您讓我去給他幫忙，豈不是趕鴨子上架。」

蔣太后聽他這樣說也不禁笑了起來：「你啊，生就的懶散脾氣，這天下是咱們薛家的，你身為薛家子弟怎可置身事外？若是你皇兄在世……」說到這裡，她的眼圈不由得紅了起來。

薛勝景勸慰道：「母后，您千萬別傷心，孩兒以後儘量多多幫忙就是。」

蔣太后轉到一邊，悄悄將眼淚抹了，歎了口氣道：「人各有志，做娘的豈能不知道你的心思，算了，你不想管就不管，只是道洪這孩子畢竟年輕，哀家是擔心他鎮不住這幫臣子。」

薛勝景笑道：「母后不必擔心，大雍朝內多得是忠臣良將，我看他們無不對大雍忠心耿耿，全都盡心輔佐皇上。」

蔣太后搖了搖頭道：「對大雍忠心耿耿哀家倒是認同，可是全都盡心輔佐皇上我看就未必。別的不說，那董家就心存不滿吧。」

薛勝景道：「母后，朝中事情還是交給皇上他自己去處理，我看咱們就無需操心了，母后若是覺得悶得慌，孩兒每日都過來陪你好不好？」

蔣太后看了他一眼，啐道：「沒出息，你看看你哪像一個皇族的子孫！」

薛勝景笑道：「沒出息才知道守在母后身邊，若是有出息，整天為政事繁忙，母后一年中還不知能夠見到我幾次。」一句話又戳到了蔣太后的傷心處，想起薛勝康，一時悲從心來，忍不住眼圈又紅了。

此時長公主薛靈君到了，看到母后的樣子，不由得嗔道：「皇兄，你又惹母后生氣了？」

薛勝景慌忙辯白道：「天地良心，我何嘗惹母后生氣了？母后，您可要幫我解釋！」

蔣太后破涕為笑道：「你們兩個都不是小孩子了，一見面居然還要爭吵，今兒倒是怎麼了？太陽打西邊出來了？你們兩兄妹約好了到哀家這裡來嗎？」

薛靈君道：「母后，女兒是特地來看您的，剛給你做了件貂裘，您穿上看看合不合身？」

蔣太后微笑道：「難得你們孝順！」說話的時候，卻見薛靈君悄悄給薛勝景遞了個眼色，蔣太后雖然年事已高，可是思維依然縝密，對細節的把握上仍然是觀察入微，頓時一張面孔沉了下來，冷冷道：「你這妮子，今兒過來到底是為什麼？只怕不是來看哀家的吧？」

薛靈君吐了吐丁香蘭嫩舌，知道剛才被母后看出了破綻，歉然道：「不瞞母后，女兒此來是找皇兄有些話說。」

蔣太后道：「什麼了不得的大事，非要瞞著哀家嗎？說！哀家也想聽聽。」

薛靈君有些無奈地看了看薛勝景，薛勝景道：「皇妹，母后既然想聽，你就說唄。」

薛靈君歎了口氣道：「是這樣，皇上傳召我們過去，說是遇到了一些事情。」

「什麼事情？」

薛靈君道：「大雍西南重鎮東洛倉，被胡小天給攻佔了！」

蔣太后聞言大驚失色：「什麼？東洛倉？東洛倉怎麼會丟了？胡小天？莫不是給哀家治病的胡小天？他何時變得這麼厲害了？」

薛勝景道：「母后，朝廷的事您就別管了。」

「豈能不管？東洛倉乃是大雍七大糧倉之一，不是說固若金湯，怎麼會突然就被人占了？這個道洪怎麼回事？剛剛登基怎麼就發生了這麼多的事情？竟然連一個東洛倉都守不住嗎？」蔣太后明顯生氣了。

薛勝景道：「母后，您千萬不要著急，事情既然已經發生，您著急上火也是無用，目前還搞不清狀況，不如兒臣現在就去宮中問明狀況，搞清楚到底發生了什麼，再來向母后稟報。」

薛靈君道：「是啊，母后，整個庸江北岸的土地都在咱們大雍的統治之下，即便是東洛倉失手，想要拿回來也是唾手可得的事情，您千萬不要擔心。」

蔣太后急得拍著椅子的扶手道：「還不快去，你們兩個不爭氣的孩子，國事就是你們的家事，你們不幫道洪還有誰肯幫他？」

薛勝景兄妹二人離去之後，蔣太后方才消了氣，整個人瞬間冷靜了下來，向身邊小太監道：「去！把董公公給我叫來！」

沒過太久時間，董公公就匆匆來到蔣太后的身邊，恭敬道：「太后，不知傳奴才有何吩咐？」

蔣太后將左手伸了出去，在董公公的攙扶下站起身來，走向前方的觀景亭，雙目望著東方天空中冉冉升起的紅日：「東洛倉到底怎麼回事？」

董公公道：「啟稟太后，據說是東洛倉守將常凡奇謀反，挾持秦陽明，投靠了胡小天。」

蔣太后皺了皺眉頭道：「那胡小天究竟有何神通？居然兩次擊敗了大雍的軍隊？此事必有蹊蹺，你去查查，究竟是誰的問題！」

「是！」

薛勝景和薛靈君兄妹二人一同坐在華麗的輜車內，薛勝景懶洋洋打了個哈欠道：「你自己去就是，為何非要叫我同行？」

薛靈君道：「不是我請你，是皇上請你過去。」

薛勝景道：「他眼中何時有我這個叔叔了？」臉上的表情顯得有些不屑。

薛靈君道：「皇兄，您該不會和皇上一般計較吧？」

「豈敢！豈敢！我只是覺得自己就算過去也幫不上什麼忙，東洛倉被人搶去了，真是笑話？大雍的將領何時變得如此膿包？」

薛靈君道：「還不是你的好兄弟厲害！」

薛勝景唇角擠出一絲古怪的笑意：「皇妹和他走得好像更近一些呢。」

薛靈君居然感到俏臉有些發熱，啐道：「皇兄這就開始急著摘清自己？」

「我怕什麼？難道皇上還認為我和胡小天有勾結？」

薛靈君意味深長道：「君心難測，皇上怎麼想，誰也不知道。」

薛勝景道：「旁觀者清，當局者迷，皇上也是剛剛才坐到這個位子上，我這個當皇叔的雖然幫不上什麼忙，可有些事情還是能看得清楚的，論到帶兵打仗，道銘可是一個難得的人才，唐伯熙兵敗之後，皇上急於找回這個顏面，倉促用兵，實乃兵法之大忌，結果中了人家的圈套，連我這個門外漢都能看得明白，別人又豈能看不出，只是無人願意提醒他罷了。」

薛靈君道：「你是想推薦道銘嘍？」

薛勝景笑道：「皇妹，你我可是同胞兄妹，這番話若是傳到皇上耳裡，他指不定會怎麼想我，道銘他不願用，連帶著董家的幾員虎將都被他雪藏一邊，秦陽明什麼人物？庸才一個，指望他去衝鋒陷陣，嘿嘿……一場戰鬥就讓他現了原形。」

薛靈君歎了口氣道：「道洪身邊實在是少了一個出主意的人。」

薛勝景道：「你擔心什麼？李沉舟可是一個經邦緯國的人物，如果不是剛巧去了北疆慰問將士，這兩仗絕不會打成這個樣子。妹子，你放心吧，我估計李沉舟已經在趕回來的路上了，皇上心中始終最信任的只有他一個，咱們就別跟著瞎操心了，管多了反倒讓人懷疑咱們別有用心。」

薛靈君道：「李沉舟的確是個不可多得的人才，他對皇上的忠心也是毋庸置疑的。」

薛勝景道：「一個人再大的本事也撐不起整個天下，想要讓大雍繼續發展，就必須要有皇兄的膽略和氣魄，更要有容人的雅量。」

薛靈君微微一笑，並沒有說話，聽得出這位二皇兄對當今皇上薛道洪是頗有微詞的，只是她仍然記得當初皇兄病重不治之時，二皇兄的意見也是捧大皇子薛道洪上位，這位在外人眼中玩世不恭貪圖享受的二皇兄可沒那麼簡單，皇兄臨終之時曾經囑託她，一定要提防二皇兄，皇兄乃一代明君，他表現出這樣的警惕和戒心，絕不是毫無原因的。

輅車的車輪碾壓在冰雪覆蓋的路面上，發出清脆的炸裂聲，這聲音居然讓薛勝景從心底生出一種愉悅感，小眼睛瞇成了一條細縫，掀開車簾，欣賞著外面的景致，已經進入大雍皇宮了，大雍歷代國君崇尚節儉，雖然宮牆巍峨，可是所有建築的風格都是簡單樸素，樸素得近乎單調，列國之中，少有皇宮會採取灰色的基調，灰色的高牆，灰色的宮殿，灰色的道路，所有的一切都讓人從心底產生一種濃重的壓抑。

薛勝景不由得想起皇兄生前不苟言笑的面孔，生活在這樣的環境中又怎能開心？皇兄的一生都在為野心而奮鬥，他似乎從沒有好好享受過人生。這場大雪為皇宮增添了不少的顏色，雖然只有白色，可是灰色的宮牆和白色的冰雪相得益彰，居然掩映出一種別樣的輕快。清新雅致，這樣的景象薛勝景從未想到會出現在皇宮裡。

輅車在九鼎王道前方停下，這是大雍皇宮一直以來的規矩，即便是貴為燕王的薛勝景也要遵從，他們必須沿著九鼎之間的御道走入豐和宮，八尊大鼎分立道路兩旁，一尊巨鼎傲立於豐和宮前。這九尊青銅大鼎象徵著無上的王權和榮耀，也代表著大雍歷代帝王一統天下的決心。

薛勝景和薛靈君兄妹兩人並肩而行，可是兩人的步幅卻表現出兩種全然不同的狀態，受肥胖的身軀所累，薛勝景的步幅蹣跚而沉重，在他的映襯下，薛靈君的腳步顯得越發輕快，彷彿風中擺柳婀娜多姿，讓人不禁擔心她柔弱的嬌軀隨時都可能被風吹起，飄入清冷空曠的天際。

他們的前方已經有人先於他們到來，兵部尚書黃北山，太師項立忍，他們的身後也有人到來，居然是七皇子薛道銘。

走在前方的黃北山和項立忍雖然位高權重，可是看到這三位皇室宗親，慌忙停下腳步，躬身等待他們的到來。

薛勝景並沒有刻意去等薛道銘，可是他遲緩的步伐很快就和薛道銘並駕齊驅，薛道銘恭敬道：「皇叔，姑母大人好！」

薛勝景唇角露出一絲狡黠的笑意：「你這孩子真是懂事！」

薛道銘表面謙恭，可是心底對眼前的這兩位長輩卻充滿了厭惡，父皇病危之時，如果不是他們兩人的力撐，大雍皇位或許不會那麼順利落在大皇兄的手中，然而恨歸恨，卻只能埋在心裡，表面上仍然要恭敬備至的，今時不同往日，父皇駕崩，大雍的皇帝已經變成了大哥，放眼中原列國絕不缺乏為了皇權兄弟相殘的先例，遠的不說，鄰國大康就是因為皇室爭鬥而落到如今衰敗頹廢的地步。

薛道銘是個聰明人，他的頭腦和能力早在少年時就已經被眾人認同，也因為他優秀的表現而深得父皇的恩寵，過去他樂於表現自己的能力，期待自己的表現能夠堅定父皇立自己為太子的決心，可是命運並沒有站在他的一邊，父皇突然的離世讓他此前的一切努力都成為了泡影。

過去的那些優秀表現無論哪一條都可能為他招來殺身之禍，自從父皇去世之後，薛道銘便韜光隱晦，甚至主動提出要去帝陵為父皇守孝三年，以此來表明自己對皇權已經毫無野心，只有在皇兄認為自己已經不再威脅到他的皇位之時，自己才是安全的。薛道銘清楚地認識到，想要做到這一點很難，大皇兄雖然欠缺父皇的氣魄和謀略，但是他繼承了父皇的陰狠和多疑，過去的那些年，自己和他之間因為爭寵而發生的明爭暗鬥不會被一筆抹殺，大皇兄薛道洪更不是一個心胸寬廣到以德報怨的人物。

新近大雍遇到的這些麻煩，其實是薛道銘喜聞樂見的，南疆邊界燃起的戰火，接連的挫敗，不但牽扯了薛道洪多半的精力，同時也在考驗著他的能力，新君即位，總得讓臣民們看到他的能力和擔當，然而薛道洪最近的表現顯然是不合格的。

薛靈君望著薛道銘，心中頗有些感歎，其實在她的內心深處是傾向於薛道銘即位的，單從個人的頭腦和能力而論，薛道銘顯然要比薛道洪更強，可成為一個帝君，卻不僅僅只看頭腦方面，正如一個好的軍師未必要親力親為去衝鋒陷陣。看到明顯消瘦的薛道銘，薛靈君生出不少的同情，自從薛道洪登基之後，薛道銘只怕寢食難安吧，一半處於皇權旁落的失望，另一半或是因為對潛在危機的恐懼。

黃北山和項立忍兩人等到了這叔侄三人，只是走了這一小段路，薛勝景就已經走得氣喘吁吁了，揉著隆起的肚腩，喘著粗氣道：「為何要到這裡來？」

項立忍道：「王爺，皇上應該是為了東洛倉失守的事情召見。」

薛勝景搖了搖肥頭大耳的腦袋，低聲罵了一句廢物，幾個人同時沉默了下去，不知薛勝景罵的是誰？

在早已等候在宮門外的太監引領下進入豐和宮，他們方才發現薛道洪比預想中要冷靜得多，不過薛勝景觀察入微的小眼睛仍然從薛道洪表情的細節處觀察到了他的浮躁，接連兩場大敗，這次更失去了七大糧倉之一的東洛倉，本該是新君立威之時，卻搞得顏面盡失，薛道洪畢竟不是薛勝康，他做不到先皇那般沉穩。

幾人參見皇上之後，分成兩列站在那裡。

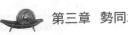

薛道洪居然沒有賜座，這讓薛勝景心頭越發不爽，即便是先皇在世的時候也沒有如此托大，這小子當上皇上之後真是越發的狂妄了。

薛道洪冷冷望著黃北山，看得這位兵部尚書不寒而慄，調撥邵陽兵馬進攻東洛倉是他的主意，可結果卻讓所有人大失所望，黃北山並沒有料到秦陽明居然如此膿包，在佔據優勢兵力的前提下落到如此下場，可謂是貽笑大方了，他不敢說話，在皇上的逼視下，垂下雙目，目光盯著自己的一雙腳尖。

還好薛道洪很快就將目光收了回去，沉聲道：「東洛倉的事，你們應該都聽說了？」

無人回應，這種時候沒有人願意第一個出頭。

薛道洪的目光重新回到了黃北山的臉上，黃北山無奈只能出列深深一躬：「臣請皇上賜罪，東洛倉被破全都是臣失察所致，用人不當方才導致這場失敗，臣無顏面對皇上。」說話間一揖到地。

第四章

太歲頭上動土

雖然知道胡小天很有本事，
可是薛靈君卻沒想到他的能耐居然如此之大，
現在居然敢在太歲頭上動土，搶了大雍的東洛倉，
這次代表大雍而來，可謂是肩負重任而來，
她要試探出胡小天真正的想法。

薛道洪有些不耐煩地皺了皺眉頭：「現在不是追究責任的時候，朕找你們來，不是要追責治罪，而是要你們出出主意，現在應該採取何種對策？」

黃北山再度沉默了下去，他可不敢再隨便出主意。太師項立忍也不說話，皇上找自己來作甚？他根本不信任自己，今天把自己和七皇子薛道銘同時叫來，難道想讓他們去堵這個漏洞？這件事可是吃力不討好，搞不好就是一個圈套。

薛道銘看到皇兄的目光投向自己，馬上道：「皇叔見多識廣，還是聽聽皇叔的意見吧！」這種時候唯有薛勝景和薛靈君兩人說話最為穩妥，其他人都不方便提出意見。

薛勝景還在那裡擦汗，聽薛道銘這麼說，歎了口氣道：「我又不懂打仗，讓我說，我又該從何說起？」

薛道洪道：「皇叔，朕記得您和胡小天乃是八拜之交。」

薛勝景心中暗罵，老子跟他結拜乃是虛與委蛇，應景之策，難不成這件事還成為你陰我的把柄了？他臉上堆笑道：「我跟他結拜，全都是先皇的主意，利益之交，哪有什麼兄弟之情！」他何其狡猾，所有事情都推給了死去的皇兄，反正死無對證，你薛道洪再能耐，總不至於把你老爹從皇陵裡挖出來當面對質。

薛道洪抿了抿嘴唇：「皇叔，朕並沒有質疑你的意思，只是想徵求一下你的看法。」

薛勝景道：「看法倒是有一些，不過現在不方便說，還是讓他們先說。黃北山，你說！」

黃北山嚇得一哆嗦，滿頭都是大汗：「臣……臣以為還是先將戰況搞清楚，再……」

薛道洪氣得霍然站起，指著黃北山罵道：「混帳！你身為兵部尚書，到現在還沒有搞清楚戰況？近七萬大軍不戰而潰，東洛倉被人不費吹灰之力就奪走了，還要怎麼搞清楚？朕在這宮中待著都比你要清楚！現在朕最清楚的就是，你根本不配當這個兵部尚書！」

黃北山撲通一聲跪倒在地上：「臣自知罪孽深重，任憑皇上發落，臣絕無半句怨言。」

「你敢嗎？」薛道洪用力一揮手：「滾！馬上滾，朕不想再看到你！」

黃北山稀裡糊塗地被罷免了官職，好歹薛道洪還沒一怒之下砍了自己的腦袋，他在地上磕了三個響頭，倉皇離開了豐和宮。

薛道洪緩步走下王座，來到薛道銘的面前：「道銘！朕想將這件事交由你來處理。」

薛道銘心中一沉，他可不認為薛道洪這麼做是對自己的信任，難道他是要借此機會對自己下手了？慌忙道：「陛下！不是道銘不從，而是道銘正在為父皇服喪，孝期未滿，怎可離京。」

薛道洪早就料到他會這麼說，伸手拍了拍他的肩膀道：「道銘，東洛倉失守非同小可，處置不好，或許會對我大雍國運造成深遠的影響，為父皇服喪的事情，朕可安排其他的兄弟去做，東洛倉這件事卻必須要由你親自前往，咱們這些兄弟之中，朕最信任的那個人始終都是你啊！」

薛勝景一旁聽著，心中暗自感歎，薛道洪沒有先皇的智慧，卻將先皇的陰損學了個十足，薛道銘若是接下這個差事，恐怕麻煩就大了，若是在此事的處理上有所閃失，別說是皇族的身分，只怕連性命都保不住。

薛道銘當然知道皇兄的打算，始終沒有脫口答應，目光向太師項立忍那邊看了看，項立忍心想你別看我，我現在也是自身難保，他這會兒想通了一個道理，皇上叫他來也是有原因的，秦陽明是他一手發掘提拔的將領，恐怕薛道洪叫他過來是為了跟他算帳。

一直都沒有說話的薛靈君此時開口說話了：「陛下，我看此事並不妥當。」

薛道洪微微一怔，兩道濃眉皺了起來，以這樣的表情來表達自己的不悅，自己的這位姑母大人過去深得父皇器重，可是此一時彼一時，現在坐在龍椅上的是自己，她居然當著這麼多人的面說自己的決定並不妥當，豈不是當眾跟自己作對？然而薛道洪也不至於當場跟她反目，薛靈君並不簡單，她的背後有一幫老臣的支持，還有老太后的力撐，代表著大雍皇族內部一股相當強大的力量，自己登基伊始，立足未穩，還需要她及背後勢力的支持。

薛道洪道：「姑母大人覺得朕有何不妥之處，不妨直說！」說得雖然委婉，卻已經將心中的不悅表露無遺。

薛靈君道：「有些話，還是咱們單獨說吧！」她向薛勝景道：「二皇兄請留下！」

薛道銘和項立忍聽她這樣說，不由得打心底鬆了口氣，不過他們還不敢馬上就走，直到薛道洪應允之後，方才告辭離開。

薛勝景的表情顯得有些無奈，他不知這位皇妹為何要讓自己留下，目前的這個爛攤子，他可不想摻和。

薛靈君道：「陛下，您是想以武力收回東洛倉嗎？」

薛道洪道：「胡小天膽大妄為，重創我南陽水師，偷襲我東南重鎮，一個奄奄一息的大康，朕不發兵打他們就有好生之德了，他們居然敢主動登門挑釁，朕不滅此人，怎能咽下心頭的這口氣？」

薛靈君道：「陛下，現在絕不是大舉南攻的時候，而且這兩場戰事的起因並不在胡小天一方。」

薛道洪聽到這裡，再也無法抑制住心中的憤怒：「夠了！」

薛靈君的話被他粗暴打斷，不由得咬了咬櫻唇。

薛道洪道：「你別忘了你是朕的皇姑，你是大雍的公主！」薛靈君居然為胡小天說話，讓薛道洪有些憤怒了。

薛勝景一旁細聲細氣道：「皇上息怒，我看你姑姑不是這個意思。」

薛靈君卻沒有被薛道洪的雷霆震怒嚇住，輕聲道：「皇上難道連說話的機會都不給我？」

薛勝景轉身走向龍椅，薛勝景向薛靈君投過去一個意味深長的目光，這種時候多說無益，薛道洪並不是個能夠虛心聽取他人意見的明君。

薛靈君道：「皇上既然不願聽，那麼我也就不必惹皇上煩惱，告辭了！」

薛道洪沒有轉身，冷冷道：「不送！」

薛勝景連話都不多說一句，緊跟著薛靈君的腳步就走。

薛道洪等到兩人離去之後，方才轉身坐在龍椅之上，雙目之中幾欲噴出火來，就在此時，一名小太監匆匆奔了進來，看到他的表情猶豫了一下，然後方才通報道：「啟稟皇上，李將軍回來了！」

薛道洪聽到李沉舟回來的消息，激動地霍然站了起來：「你說什麼？李沉舟回來了？在哪裡？快！快請他進來！」

李沉舟是在接到薛道洪的緊急傳召之後，即刻從北疆返回雍都，日夜兼程，披星戴月，在返回的途中已經聽說了東洛倉失守的事情，因為情況緊急，李沉舟甚至沒有顧得上回府去見妻子，就直接趕到了皇宮。

李沉舟的到來對薛道洪而言如同一場及時雨，接連的挫敗已經讓他陷入一籌莫展的境地，身邊的臣子雖多，卻無人可以給他提供有益的建議，其實這怨不得臣子，朝臣之中的確有明哲保身者，也有悄然觀察新君執政能力者，但是其中並不缺乏直言敢諫之人，然而薛道洪生性多疑，他很難相信別人，尤其是聽不得逆耳忠言，剛才長公主薛靈君的那番話就已經觸怒了他。

不過李沉舟是個例外，薛道洪對李沉舟一向信任，從未懷疑過李氏對自己的忠心。

李沉舟見過薛道洪，薛道洪對他也表現出與眾不同的禮遇，親自走下王座，雙手扶住李沉舟的肩頭道：「沉舟，你可算回來了！朕這兩天真是心急如焚，滿朝文武多是庸碌無為之輩，朕能夠信任的也只有你了。」

李沉舟聞言露出一絲淡淡笑意，心中卻有些無奈，他和薛道洪自幼相識，對這位新君性格中的缺點了然於胸，新君上位，急於證明自己的實力，可是薛道洪生性多疑，對先皇舊臣不敢報以完全的信任，生怕委以重任所托非人，反倒危及到他來之不易的皇位。其實此次北疆勞軍原不必自己親自前去，是薛道洪對尉遲沖的忠心存疑，所以一定要自己前去北疆調查尉遲沖的佈防情況，並試探他對新君的態度。

李沉舟道：「陛下，臣回來晚了！」

薛道洪道：「回來就好，朕一肚子的煩心事，就等你幫我出主意呢。」

君臣兩人坐下，李沉舟回來之前已經將新近發生在南線的兩場戰役瞭解清楚，恭敬道：「陛下，臣以為，唐伯熙攻打東梁郡實屬冒失之舉。」

唐伯熙和李沉舟交情匪淺，交情是一回事，事實又是另一回事，李沉舟並不是一個會為交情而隱瞞事實的人。

薛道洪道：「朕當然知道，他之所以打這場仗，也是為了攻下東梁郡給朕做賀禮，也是要借此振奮軍威。」

李沉舟卻將唐伯熙發兵的動機看得清清楚楚，唐伯熙是為了討好新君，為了一己私利，盲目發動一場戰爭，又擔心同僚分薄自己的功勞，獨自從水路進攻而沒有向他人尋求支援，這才導致了唐伯熙的慘敗。唐伯熙已死，李沉舟在這件事上還是留有情面的，低聲道：「唐伯熙落敗之後，陛下不該倉促用兵。」

如果是別人對他說這番話，薛道洪早已拍案怒起，可是對李沉舟的這番話他卻聽得進去，歎了口氣道：「朕是沒想到秦陽明竟然如此膿包，集合近七萬大軍，非但沒有拿下東梁郡，反而被胡小天奪了東洛倉，這廢物自己還被俘虜了。沉舟啊！東洛倉乃大雍東南重鎮，必須要搶回來，這次你一定要親自領軍，幫朕找回這個顏面。」

李沉舟恭敬道：「陛下覺得，現在就算奪回東洛倉，裡面的糧草軍械還會原封不動地留在那裡嗎？」

薛道洪愣了一下，緩緩搖了搖頭，胡小天不是傻子，絕不會等著他再度集結兵馬攻打東洛倉，等他們大軍調度好再度攻城的時候，只怕東洛倉已經被胡小天搬成了一個空殼，就算他不能及時搬空，或許也會一把火將東洛倉燒了，讓他們一無所獲。心念及此不由得怒火填膺：「不殺此人，朕寢食難安！」

李沉舟道：「陛下，唐伯熙攻打東梁郡，乃是我方違背和約在先，胡小天搶佔東洛倉，卻是大康撕毀了雙方協議，道理在咱們這邊。」

薛道洪道：「大康？一個奄奄一息的弱國罷了，朕隨時都可以滅了他！」

李沉舟低聲道：「陛下，黑胡人正在北方厲兵秣馬調兵遣將，據悉很可能會有開春南侵的打算。」

「什麼？」薛道洪瞪大了雙眼，剛剛登基就遇到這接二連三的麻煩，他的心情變得越發沉重起來。

李沉舟道：「事有輕重緩急，想要解決問題，未必需要通過戰爭，胡小天之所以能夠取得兩場勝利，和他的戰術有關，也和他的處境有關，陛下應該知道哀兵必勝的道理，胡小天被朝廷排擠，將他派到東梁郡，實際上跟流放差不多，他初到東梁郡根本無路可退，剛巧此時唐伯熙率兵征討，他必竭盡全力與之抗爭，背水一戰的前提下，激發了他手下那幫將士的全部勇氣。」

薛道洪皺了皺眉頭道：「怎麼？你也替他說話。」

李沉舟道：「陛下，不是臣替他說話，而是現在他在接連取得兩場勝利之後，已經構築起一片三角區域，東洛倉、東梁郡、武興郡互為支撐，更搶到了東洛倉，擁有了足夠的糧草和物資作為支撐，如今的實力已經有了本質上的騰躍。」

薛道洪道：「就算他的實力有了增長，難道朕還滅不了他？」

李沉舟道：「可滅，但是必然會付出相當的代價，更何況，一旦胡小天抵受不住壓力，他可以退守武興郡，我方即便是成功奪回江北兩城，也必然會付出不小的代價。」他停頓了一下道：「皇上，朝中有不少大臣已經頗有微詞，若是現在就展開一場奪城之戰，短期內將雙城拿下那還罷了，若是戰況膠著，只怕這朝野之中會傳出更多的流言蜚語，對皇上應該沒什麼好處。」

薛道洪吸了一口氣，他此前一心想著找回顏面，急於奪回東洛倉，攻佔東梁郡，甚至連渡江南下的想法都有了，可是李沉舟的這桶冷水讓他開始冷靜了下來，不錯，發兵容易，可是如果短期內無法取勝，戰鬥陷入膠著，那麼豈不是更讓一些臣子取笑，自己登基沒幾天，便發動了三場戰事，已經敗了兩場，就算第三場贏了，若是付出了相當的代價，恐怕也會影響到自己的威信。更何況北疆黑胡人已經開始蠢蠢欲動，現在就要進入嚴冬，並不是發動戰爭的絕佳時機。他沉吟片刻方才道：「依你之見，應該如何應對？」

李沉舟道：「上兵伐謀，其次伐交，其次伐兵，其下攻城。東南線的局勢既然塵埃落定，陛下不如從外交入手，可派特使前往康都去面見大康皇帝，指責他破壞兩國盟約，攻佔我方重鎮，龍宣恩昏庸無用，必然不敢和我大雍正面抗衡，我們可以趁機向他施壓，讓他下旨，要求胡小天將東洛倉雙手奉還。」

薛道洪道：「只怕他不肯吧！」

李沉舟道：「以大康今時今日的國力，龍宣恩不敢不從，不但要求他歸還東洛倉，還要讓他將東梁郡也還給我們！」

薛道洪道：「這只怕他不會答應。」

李沉舟微笑道：「大康因為糧荒已經陷入困境，我們可以用以糧易地的條件來誘使他答應，真正的目的卻是要釜底抽薪，讓胡小天失去背後的支撐。」

薛道洪目光一亮，若是在外交上施壓，可以逼迫龍宣恩服從，那麼豈不是免卻了兵戈相見？如果當真可以達成所願，兩次敗給胡小天的顏面就全都找回來了。他點了點頭，有些顧慮道：「胡小天擺明了是要割據自立，若是他不聽龍宣恩的號令怎麼辦？」

李沉舟道：「他若不聽就是公然反叛，龍宣恩不會饒了他。陛下何必將眼光放在他的身上，被狗搶走的東西，咱們可以找主人要回來，您說是不是？」

薛道洪此時已經完全明白了李沉舟的意思，不錯，現在自己不適合再興戰事，勝了固然好說，可是萬一戰況並不理想，自己的執政能力必然遭到臣民的質疑，自己剛剛即位，難免會被人拿來和先帝比較，薛道銘多少還有些自知之明，知道自己的能力和父皇相比有著不小的差距，正因為如此，掌控權力，讓臣民服從自己的統治才是重中之重，李沉舟提出以外交手段解決目前危機的做法，不失為一個上佳的選擇。

薛道洪道：「可是，派誰去康都合適呢？」

李沉舟主動請纓道：「微臣不才，願親往康都出使，面見康王，力求順利解決此事，為陛下分憂。」

薛道洪點了點頭道：「好！沉舟，辛苦你了！」

李沉舟心中暗忖，此次前往康都剛好去見一見自己素未謀面的父親，不知老人家如今身體怎樣，是否安好，想起即將到來的父子相會，李沉舟內心中不由得一陣激動。

李沉舟又道：「陛下還需雙管齊下，臣前往康都出使是一，還要同時派出使臣前往東梁郡一趟。」

薛道洪道：「你是讓朕主動找他和談？」

李沉舟搖了搖頭道：「出使的目的是為了探聽胡小天的虛實，能夠讓他屈服當然最好，要搞清楚胡小天真實的用意，可以表面許以高官厚爵，假意策反。」

薛道洪點了點頭：「他若是肯歸順大雍，朕或許可以考慮網開一面，對他既往不咎，只是派誰去合適呢？」

李沉舟道：「燕王爺好像和胡小天是八拜之交呢。」

薛道洪道：「朕也這麼想。」

薛道洪雖然想讓薛勝景前往東梁郡出使，可是薛勝景似乎提前猜到了他的意圖，從宮中回去之後就抱病在床，據說病得不輕，連下床走路都不能了，薛道洪對這位皇叔的狡猾也是早有領教，無奈之下只能再想他人，沒想到長公主薛靈君居然主動請纓願意出使東梁郡，薛道洪毫不猶豫就答應了她的請求。

薛靈君抵達東梁郡之時已經是寒冬臘月，雖然從北方一路而來，可是到了庸江邊緣，卻覺得這邊的天氣比起雍都還要寒冷，皆因雍都的天氣乾燥，而東梁郡這邊因為靠近庸江江畔，冬季濕冷，這樣的天氣讓人感覺非常的不舒服。

薛靈君此次前來東梁郡帶了一支五百人的衛隊，其實她本來不想這麼多人陪同前來，是太后擔心她的安全，非要做足防備措施。薛靈君倒不怕胡小天會為難自己，胡小天雖然狡詐，可是對待自己還算不錯，想起在西州發生的那些事，薛靈君的唇角露出一絲誘人的笑意，不知胡小天會不會因為此前發生的事情記恨自己，按理說應該不會，胡小天的心胸沒那麼小。

雖然知道胡小天很有本事，可是薛靈君卻沒想到他的能耐居然如此之大，現在居然敢在太歲頭上動土，搶了大雍的東洛倉。這次代表大雍而來，可謂是肩負重任而來，她要試探出胡小天真正的想法，臨行之前，薛道洪讓她儘量勸服胡小天歸順，薛靈君雖然一口應承下來，卻覺得沒有太大的可能，胡小天應該是個不甘心居於人下的角色。

東梁郡已然在望，官道之上，可以看到不少路人，問過之後才知道，這其中多半都是離開東梁郡逃避戰亂的百姓，這些百姓本以為東梁郡會被雍軍攻破，所以才捨棄家園躲避戰火，可誰曾想胡小天居然再度擊敗了大雍軍隊，眼看一年最冷的時節就要到了，離家的百姓無法順利進入大雍境內，多半選擇返回東梁郡，這兩日正是返回的高峰。

胡小天對這些百姓也本著來去自由的原則，離開他不阻攔，回來他雙手歡迎，更何況他成功佔領東洛倉之後，一直困擾他的糧草問題已經得到了根本解決，接連兩場以少勝多的戰役，讓東梁郡的百姓開始對這位新任城主產生了信心。

胡小天此時正在府邸內接待一位訪客，乃是大康鄖陽太守姜正陽的特使祖達成，祖達成此次前來是為了借糧，大康國內饑荒，各地存糧告急，鄖陽位於武興郡西南三百里，鄖陽陷入糧荒之中也有多時，姜正陽和胡小天此前並無交情，此時也是厚著臉皮前來借糧。

胡小天最近一段時間已經接待了不少類似的特使，都是附近城邦的守將過來借糧的，胡小天也是疲於應付，這些人都聽說他攻下了東洛倉，繳獲了一批數目可觀的糧草，來到這裡之後，無非都是念在同僚的份上，懇請胡小天給予支援。

胡小天對於這些同僚的要求一概拒絕，並非是他狠心，而是因為一旦開了先例，前來借糧者肯定會絡繹不絕。開了口子容易，若是想紮上只怕就難了，反正都會得罪人，不妨一視同仁，全都拒絕。其實胡小天拒絕的也是理直氣壯，當初大雍軍隊前來攻打他的時候不見有同僚前來相助，現在打贏了，所有人卻都急著過來想從中分一杯羹，天下間哪有那麼便宜的事情。

祖達成自然沒有從胡小天這裡得到滿意的答覆，歎了口氣道：「胡大人，鄖陽的糧草已經快用完了，將士們實在撐不下去了。」

胡小天道：「祖先生，不是胡某冷酷無情，而是我的糧草也剛夠下屬三城軍民使用，若是借給了你們，我們這邊就要餓肚子，祖先生還是回去回稟姜太守，讓他另圖他法吧！」

祖達成點了點頭，知道多說也是無益，起身告辭。臨行之前又道：「東洛倉乃大雍七大糧倉之一，藏糧頗豐，足夠東梁郡和武興郡兩城軍民使用，鄖陽確已到了山窮水盡的地步，同為大康治下，還望大人念及同胞之情，我家大人說了，滴水之恩必當湧泉相報。」

胡小天道：「祖先生還是回去吧！」

祖達成看出他心意已決，搖了搖頭道：「大人真是鐵石心腸！」言語中充滿不悅之意。

胡小天微微一笑並沒有和祖達成計較，祖達成離去之後，一旁余天星感歎道：「真是難為了主公！」

胡小天道：「任何時代都是一樣，欠錢的才是大爺，一旦我將糧草借出去，再想要回來就難了。」

余天星點了點頭，覺得胡小天這番話雖然說得粗俗，可是卻非常有道理。

胡小天道：「事情進行的怎麼樣了？」

余天星道：「根據主公的意思，已經將消息悄悄散佈了出去，最近從周圍城鎮前來投奔的將士已有兩萬餘人，通過嚴格篩選，目前已經有五千人加入庸江水師，在武興郡開始接受訓練。」

胡小天點了點頭，因為糧草短缺，大康內部已經人心渙散，他們放出消息這邊開始徵兵，最近一段時間應者踴躍，按照胡小天和余天星的估計，目前的糧草可以養活七萬兵馬兩年之用，除去他們原本的三萬三千人，還可以徵召近四萬人，雖然暫時平息了一段時間，並不意味著戰爭就此遠離他們，胡小天力爭在春季之前徵兵完畢，如果擁有了七萬精兵，那麼他們就可以基本在庸江兩岸紮穩腳跟。

此時梁大壯從外面進來稟報，卻是大雍特使長公主薛靈君已經到了東梁郡城外十里，胡小天此前就已經接到了她要來出使的消息，這位長公主的膽子還真是不小，在西州坑害自己之後，現在居然還敢堂而皇之地前來出使，她就不怕自己會對她不利嗎？想到這裡，胡小天的唇角不覺露出一絲壞笑。

梁大壯道：「少爺，要不要派人迎接？」

胡小天道：「備馬，我親自過去接她！」

余天星一旁笑道：「大康長公主此次前來，必然是為了勸降。」

胡小天笑道：「勸降就勸降，總比宣戰要好得多，大壯，你去準備，今晚我要設宴為薛靈君接風洗塵。」

薛靈君的車隊距離東梁郡北門還有三里之時，卻見北門打開，一隊兩百餘人的黑甲騎兵團排著整齊的佇列向這邊迎來，為首一人身穿灰色武士服，外罩一件半新不舊的黑色披風，年輕英武的面孔之上綻放著陽光燦爛的笑容，不是胡小天還有哪個？

薛靈君從車簾的縫隙中看到了胡小天，俏臉上露出一絲笑意，心頭也不由得一熱，將車簾放下，嬌軀在輜車內坐正。

胡小天此時已經在前方勒住馬韁，朗聲道：「君姐大駕光臨，小弟特地前來相迎！」

薛靈君聽得清清楚楚，他叫自己君姐而未稱呼自己長公主殿下，當著這麼多人的面，顯然是別有用心，要讓所有人都知道自己跟他與眾不同的關係。

薛靈君在大雍的名聲並不好，雖然擁有絕世美貌，卻背負剋夫的惡名，更有不少人在背後稱她為大雍第一蕩婦，關於她的風流韻事更是廣為傳播，這群護衛薛靈君前來的武士已經有人開始猜測，難怪長公主會主動請纓前來，原來她和胡小天之間早有曖昧啊！

薛靈君暗自吸了一口氣，在和胡小天的幾次交手中她並沒有真正占到什麼便宜，這小子雖然年輕，卻是一隻狡猾無比的狐狸，年紀輕輕就可以在大雍覆雨翻雲，現在更將手掌伸到了大雍，每次和胡小天相見，這廝都會發生脫胎換骨的變化，第一次見他的時候還是太監，到西川再見之時，他已經搖身一變成了大康未來的駙馬爺，現在更是成為佔據庸江三城的一方大吏，其中一城還是從大雍搶走的東南重鎮，這樣的發展速度實在是讓人瞠目結舌。

薛靈君自問對胡小天已經提起足夠的重視，卻沒想到仍然低估了他的實力，她不由得生出這廝暴露出來的實力只是冰山一角的錯覺，對他的認識越深，越是覺得自己對他不夠瞭解，越是覺得這廝莫測高深。

薛靈君伸出纖纖素手掀開了車簾，露出一張顛倒眾生的嫵媚面孔，飄給外面的胡小天一個誘人的眼波，輕聲道：「胡大人真是給面子，居然出門相迎！」

胡小天笑道：「別人的面子我不肯給，可是君姐不同，君姐是自己人呢。」

薛靈君道：「你打算就在這城外陪自己人聊天嗎？」

胡小天哈哈笑道：「失禮失禮，君姐勿怪，小弟看到君姐前來，欣喜若狂，開心的將正事兒都忘了，由我為君姐引路！」胡小天揮了揮手，隨同他一起前來的二百名騎士在前方引路，胡小天陪伴在薛靈君的輜車旁，發現此次隨同薛靈君前來的卻是金鱗衛副統領郭震海，此前在西川，胡小天潛入燕王薛勝景所在驛館救出維薩的時候，被攝魂師暗算，郭震海趁機偷襲將他的肋骨震斷，胡小天始終沒忘，今天在這裡見到他，頗有些仇人相見分外眼紅的意思。

胡小天認得郭震海，郭震海卻不認得胡小天，畢竟那日胡小天是經過易筋錯骨改變形容的。

胡小天向郭震海頷首示意：「郭副統領也來了，這次咱們剛好敘敘舊。」

郭震海不明白他的意思，可薛靈君卻聽得明明白白，這小子該不是動了報仇的心思？在西川的那個晚上，胡小天救人之事薛靈君最清楚不過，還是她主動要求給胡小天當人質，助他逃離險境。

一行人經由北門進入東梁郡，胡小天早已為薛靈君安排好了住處，就在東梁郡的東北角，一處六進六出的院落。

胡小天讓二百名騎兵在外面等候，翻身下馬，看到薛靈君也從輜車上下來，一身男裝打扮，少了幾分嫵媚脂粉氣，卻多了幾分勃勃英姿，可能是並不適應這裡濕冷的天氣，薛靈君下車之後接連打了兩個噴嚏，胡小天關切道：「君姐還是趕緊進屋吧，已經讓人將火盆燒好了，千萬別凍著了。」

薛靈君抱怨道：「這東梁郡明明在大雍的最南邊，天氣卻比雍都還要寒冷。」

胡小天道：「潮濕的緣故，君姐適應後就好。」陪著薛靈君一起走入院子裡。

薛靈君看到這套宅院雖然算不上富麗堂皇，可也收拾得乾乾淨淨，井井有條，心中倒也滿意，在胡小天的陪同下來到她所住的內宅，進入內宅的三層小樓，推開房門走入其中，頓時感覺到一陣暖風拂面，卻是胡小天早就安排的下人在這裡提前燃起火盆，室內自然是溫暖如春。

薛靈君的俏臉上蕩漾起溫暖的笑意，她是個養尊處優慣了的人，生平愛潔，若非必要，她寧願窩在京城的府邸中享受人生，豈肯跋山涉水來到大雍的最南端。

薛靈君想要脫去貂裘，胡小天已經心領神會，搶先伸出手去，在幫助女人脫衣服這方面，這廝堪稱老手。

薛靈君一雙美眸向跟進來的幾名金鱗衛瞄了一眼道：「你們先出去吧！」

郭震海躬身抱拳率領幾人退了出去，他們剛剛離去，這邊薛靈君的貼身侍婢劍萍又走了進來，劍萍是剛剛見到胡小天，一雙眼睛似喜還顰地朝胡小天看了看。

胡小天咧開嘴巴，露出滿口潔白整齊的牙齒：「劍萍姐姐，別來無恙？」

當著薛靈君的面被胡小天如此親切的稱呼，劍萍頓時一張俏臉羞得通紅，有些尷尬道：「多謝胡大人掛懷，劍萍不敢高攀！」

薛靈君沒好氣道：「你進來有什麼事情？」

劍萍道：「殿下帶來的那些衣物用品已經從車上卸下來了，現在要不要送進來？」

薛靈君擺了擺手道：「待會兒再說，沒見到我和胡大人正在說話嗎？」

劍萍怯怯退了下去。

胡小天一雙眼睛直勾勾盯著劍萍的背影，薛靈君看到他色授魂與的模樣，呵呵笑了一聲道：「怎麼？是不是動心了？若是喜歡，我就將這小浪蹄子送給你了。」

胡小天吞了口唾沫，心中暗笑，這薛靈君也不知道口下留德，劍萍畢竟是她的貼身侍婢，至於說話如此惡毒嗎？不過薛靈君心機深沉，她所表露的十有八九不是她心中所想。胡小天笑道：「君姐捨得嗎？」

薛靈君一雙美眸盯著胡小天的眼睛道：「捨得！當然捨得，別說是一個婢女，你要什麼，我都會給你。」

胡小天不免又要多想，他嘿嘿笑道：「君姐對我真是好得很呢。」

薛靈君幽然歎了口氣：「只可惜有人並不領情。」

胡小天道：「什麼人這麼不解風情？」

薛靈君禁不住呵呵笑了起來，伸出手指輕輕在胡小天的鼻子上點了一記道：「你咯！」

胡小天笑得頗為開心：「君姐！您剛剛抵達，長途跋涉想必已經累了，小弟特地讓人準備了熱水，君姐先沐浴休息，等會兒小弟再過來看你。」

薛靈君向胡小天湊近了一些，媚眼如絲，吹氣若蘭道：「這麼急著走？你怕我吃了你啊？」

胡小天笑道：「君姐怎麼看也不像是吃人不吐骨頭的女鬼！」

薛靈君意味深長道：「知人知面不知心，你怎麼知道我是怎樣的人？」

胡小天道：「君姐是個女人，而且是個很美的女人！」

薛靈君笑道：「你這張嘴巴啊，哄死人不償命，好吧，盛情難卻，我先沐浴休息，咱們回頭再聊。」

胡小天恭敬告退，全程表現得就像是一個止乎於禮的正人君子。

薛靈君道：「我可有言在先，人家沐浴的時候，你可不許再突然衝進來哦！」

胡小天暗笑薛靈君真是無時無刻不在施展她的魅惑手段，只可惜遇到的是自己，胡小天道：「那可說不準！」

胡小天來到外面，遇到正在那裡指揮佈防的郭震海，郭震海見他離去，迎上來道：「胡大人，有件事想跟你商量，為了長公主的安全，驛館內我們想用自己的人負責警戒。」

胡小天心中暗笑，擔心老子對薛靈君不利嗎？現在是在我的地盤上，我若是當真想對她不利，你們區區五百人又攔得住嗎？他點了點頭道：「沒問題，回頭我把他們全都撤走。」

郭震海道：「外面的那些武士……」

胡小天道：「我讓他們散去就是。」

郭震海抱拳道：「多謝胡大人！」

胡小天道：「在我這裡，其實你們不用擔心安全的問題。」

身後響起劍萍的聲音：「胡大人！」

胡小天轉過身去，卻見劍萍拖著一個綢緞包裹走了過來，胡小天笑道：「原來是劍萍姐姐，不知有何見教？」

劍萍俏臉紅撲撲的，顯得有些羞澀，其實她心中始終都有些困惑，當年胡小天在雍都之時，自己曾奉命去試探他，還親自伺候他沐浴，為他驗明正身，這胡小天根本就是個太監，後來卻傳出他是個假太監的消息，劍萍本以為消息是假的，但是不久以後，胡小天卻又搖身一變成為了大康永陽公主的未婚夫，大康皇帝再糊塗也不可能將親孫女許配給一個太監為妻。可當時自己明明看到他胯下空無一物，這廝到底將那根東西藏到了哪裡？

劍萍將包裹雙手奉上道：「長公主給您帶來了一件貂裘，你試試合不合身。」

胡小天笑道：「這麼客氣啊！」

劍萍柔聲道：「我幫您穿上！」

胡小天也不跟她客氣，當下將自己的舊袍子脫了，在劍萍的幫助下穿上貂裘，還別說，這貂裘如同量身定做一樣，合體之至。看來這位長公主也是有心之人，她怎麼會對自己的身材如此瞭解？

劍萍嬌笑道：「當真是人要衣裝佛要金裝，大人穿上這件貂裘，整個人都精神了許多。」

胡小天道：「你說我剛才無精打采了？」

劍萍將胡小天的那件舊袍子疊好：「大人身分高貴，為何穿得如此簡樸？」

胡小天道：「這兩年大康連年欠收，老百姓節衣縮食，身為城主，我也要與大家同甘共苦。」摸了摸身上的貂裘道：「這貂裘對我而言太奢侈了。」他從劍萍手中接過自己的舊袍子，告辭離去，只說晚上再過來給長公主接風洗塵。

離開驛館，看到高遠正騎馬朝自己這邊而來，見到胡小天出來，高遠翻身下馬，來到胡小天面前：「公子，又有特使過來借糧了。」

胡小天真是有些哭笑不得，搖了搖頭道：「打仗的時候不來幫忙，打勝了全都過來分享成果了。」

高遠道：「這次不同，是皇上派來的欽差！」

胡小天唇角露出一絲笑意，他早就料到老皇帝會派人過來，只是沒想到拖延到了今日，點了點頭道：「知不知道是誰過來的？」

高遠道：「是位公公！樊宗喜！」

胡小天聞言一怔，樊宗喜倒是他的老相識了，樊宗喜過去曾經擔任皇宮御馬監少監，這些年無功無過，始終都在原地踏步，胡小天和他交情不錯，其中還有一層關係，樊宗喜乃是藏書閣李雲聰的外甥，不過現在看來李雲聰的真正身分存疑，他和樊宗喜之間的關係也未必那麼簡單。

胡小天道：「走，去見見！」

他翻身上馬，和高遠一起快馬加鞭返回了府邸。

樊宗喜此次乃是奉了皇上的命令而來，東梁郡太守李明成正在陪他聊天，胡小天來到東梁郡之後，他反倒比過去找到了更多的存在感，至少胡小天交給了他不少的內政去處理，李明成雖然能力欠缺，可卻是一個很好的執行者，做事兢兢業業，克己奉公。他嘴上雖然不說，可心底對胡小天卻是推崇備至，眼看著胡小天來到東梁郡之後，將一盤死棋做活，兩相比較方才知道自己的能力和人家有天地之別。

門外傳來胡小天爽朗的大笑聲：「宗喜兄！想不到居然是你來了！兄弟有失遠迎，恕罪恕罪！」

樊宗喜聽到胡小天的笑聲就站起身來，胡小天在笑聲之後走入大廳，三步併作兩步，來到樊宗喜面前抱拳作揖道：「宗喜兄，小弟這廂有禮了！」

樊宗喜抱拳還禮道：「卑職給胡大人見禮了！」此一時彼一時，他和胡小天剛剛相識之時，胡小天只不過是司苑局的一個小小的採買太監，現如今胡小天不但貴為永陽公主的未婚夫婿，更是坐擁三城的一方大吏，已經是貨真價實的實權人物，樊宗喜在他面前也必須表現出應有的恭敬。

胡小天在這位老相識的面前也沒有擺任何的架子，微笑招呼樊宗喜落座。

賓主重新坐定，胡小天並沒有問樊宗喜此行的真正目的，而是和他寒暄敘舊，又詢問起他這一路是否順利。

樊宗喜和胡小天聊了一會兒，終於還是率先將談話引入正題：「胡大人，這次咱家乃是帶了皇上的聖諭而來。」

胡小天微笑道：「有聖旨？」他做好了接旨的準備。不曾想樊宗喜壓低聲音道：「是口諭！」

胡小天皺了皺眉頭，口諭豈不是非正式公文，老皇帝居然連一張聖旨都懶得寫？按理說他不應該是這種疏忽大意的人，難道這其中另有深意？

樊宗喜說完之後向兩旁看了看，胡小天擺了擺手，示意其他人暫且迴避。等到眾人離去之後，樊宗喜方才道：「皇上對胡大人最近取得的連勝欣喜得很呢，決定將武興郡以及庸江水師交由大人統帥管理，只是因為大康和大雍目前的關係，所以並不能將此事過度宣揚，希望胡大人明白。」

胡小天心中暗笑，老皇帝龍宣恩也算得上是處心積慮了，自己連敗雍軍兩次，搶了東洛倉，占了武興郡，在一切都已經成為事實的前提下，龍宣恩知道回天無力，也鞭長莫及，唯有默認這個事實，對他來說只是一個順水推舟的行為。雖然被逼無奈認同了自己對三地的統治，卻心有不甘，甚至小氣到連一紙文書都不願公開下發的境地。事實上，龍宣恩的旨意對胡小天來說早已無足輕重，胡小天已經掌控了這三城的實際控制權，既成事實的事情，又何須朝廷認定？

胡小天假惺惺道：「謝主隆恩，宗喜兄回京之後一定要幫我好好謝謝皇上。」

樊宗喜道：「恭喜胡大人，賀喜胡大人，皇上對胡大人委以重任，滿朝文武對胡大人也是讚不絕口，這兩場戰役打出了大康的軍威和氣勢。」

胡小天道：「被逼無奈，自衛反擊，其實小弟的處境比起任何時候都要艱難。

外人只看到我表面風光，誰知道我實際的辛苦啊！」

樊宗喜呵呵笑道：「胡大人現在已經攻克了東洛倉，東洛倉可是大雍七大糧倉之一呢。」言外之意就是，你別跟我哭窮，大家都是明白人。

胡小天隱然覺得樊宗喜還有話要說，微笑道：「宗喜兄是不瞭解這裡的具體情況，別人都以為我攻佔了東洛倉，將裡面的糧草一網打盡，可是在攻城之時，大雍方面點燃糧草庫，東洛倉內大半糧草都被燒掉了，我們雖然竭力搶救，救出的也只不過是九牛一毛，滄海一粟。」預感到樊宗喜可能要替朝廷要糧，胡小天提前將這廝的話給封堵了。

樊宗喜倒吸了一口涼氣，表情顯得有些惋惜：「怎麼會這樣？胡大人，實不相瞞，咱家此來還有一件事需要轉達，康都糧草吃緊，皇上要胡大人調撥十萬石糧食入京救急。」

胡小天心中暗罵，龍宣恩啊龍宣恩，你真是獅子大開口，一張嘴就是十萬石，一石一百二十斤，十萬石就是一千兩百萬斤，老子去哪兒給你弄那麼多糧食？別說就是沒有，就是有我也不能給你，糧食是我辛辛苦苦搶來的，憑什麼要送給你？

胡小天道：「皇上真這麼說？」

樊宗喜點了點頭：「千真萬確！」這麼大的事情他當然不敢撒謊。從胡小天剛才的那番話，樊宗喜已經意識到，他絕不可能輕易就答應皇上的要求，看來自己這次可能要空手而歸。

胡小天道：「十萬石肯定是沒有的，不過皇上既然開了口，作為臣子的又豈能不為他分憂，宗喜兄，你看這樣好不好，最近東洛倉那邊所繳獲的錢糧仍未統計完畢，我讓人加緊統計，到時候無論多少，撥出一半給皇上送去。」

樊宗喜心裡明白只是藉口罷了，可主動權在胡小天的手裡，自己也只是個負責傳話的，胡小天就算一粒米都不給他，他一樣沒有辦法，聽說胡小天答應分一半糧食給京城，樊宗喜也暗自鬆了口氣，多少算是沒有白來這一趟，回去也好向皇上交差。

胡小天得悉了樊宗喜前來的目的，心中對他也就沒那麼重視了，讓李明成安排樊宗喜去歇息，又讓高遠將余天星和展鵬請回來。

展鵬聽說朝廷派人來要糧，不由得有些義憤填膺，怒道：「當初大雍大軍來襲之時不見他們出頭，現在搶了東洛倉，就一個個都急著過來要糧，主公好不容易才有了今日之戰果，難道要將來之不易的糧草拱手相送不成？」

胡小天笑道：「難為皇上能張得開口，他欠了庸江水師的糧餉不給，現在反倒伸手找咱們要回去，一開口就是十萬石。」

余天星聽到這數字也是目瞪口呆：「十萬石？」

胡小天點了點頭道：「足夠五萬人舒舒服服吃上一年了。」

余天星道：「主公打算答應皇上的要求嗎？」

胡小天道：「樊宗喜沒有帶聖旨而來，只是帶了皇上的口諭，口諭這種東西根本不作數，皇上對咱們打的這兩場仗必然是不認同的，可是他鞭長莫及，又不敢降罪於我，所以才來了這麼一手，讓樊宗喜前來更重要是試探，找我要糧，我若是給他，或許能夠換來短時間的安寧，我若是不給，說不定他又會想出什麼鬼主意來對付我們。」

展鵬道：「其實以朝廷今時今日的狀況，縱然想對付主公，也是有心無力了。」在佔據東洛倉得到充足的糧草之後，胡小天手下的將士也有了底氣。

余天星道：「話不能這麼說，大雍今日派來使臣，證明他們並不急於馬上發動第三次戰役，想通過談判來解決目前的危機，聽說黑胡人在他們的北疆厲兵秣馬，大有來年春天準備南進之勢，我看他們之所以打消馬上報復的念頭正是因為這個原因。主公應當先搞清大雍特使此行的目的，再想如何應對。朝廷那邊雖然索求無度，但目前還暫時不能公開決裂，主公現在的實力還應對不了腹背受敵的局面。」

胡小天點了點頭道：「我也在擔心這件事，大雍不急於報復，並不代表他們接受了失敗的現實，黑胡人在北方的威脅是一個原因，大雍新君上位，立足未穩也是一個重要的因素。這兩場敗仗十有八九讓他在大雍國內產生了信任危機，薛道洪應該意識到了這一點，所以才暫時放下報復的念頭，先穩定自身的統治再說。」

余天星道：「這對主公倒是一個好消息。」

胡小天瞇起雙目道：「我總覺得哪裡不對，上兵伐謀，其次伐交，或許薛道洪終於悟出了正確的對策，長公主薛靈君此趟出使目的是為了穩住我，你說，他會不會還有其他的手段？」

余天星道：「無論他有什麼手段，主公在春季之前完成徵兵，然後展開下一步行動，只要將庸江南線牢牢控制在手中，什麼陰謀詭計都不用害怕。只是這十萬石糧食實在是太多，主公打算怎麼做？是答應還是拒絕？」

胡小天道：「現在還不是跟朝廷翻臉的時候，給當然要給，不能給這麼多。」

「給多少？」

胡小天道：「我得好好考慮一下。」

余天星道：「其實不管給多少，咱們這邊給了，那邊可以派人中途再搶回來！」一句話恰恰說到了胡小天的心裡，胡小天唇角露出淡淡的笑意，指著余天星道：「天星啊天星，你開始學壞了！」

余天星呵呵笑道：「近朱者赤，跟在主公身邊多少也會學到一些本事。」

薛靈君沐浴過後，坐在窗前，對鏡整理妝容，房門被輕輕敲響，得到應允後，劍萍從外面走了進來，掩上房門，來到薛靈君身後，幫她梳理滿頭流瀑般的黑髮。

薛靈君道：「如何？」

劍萍道：「胡小天之所以能夠連戰連捷，全都是因為他新得了一位軍師余天星，這兩次作戰都是余天星在指揮。」

薛靈君道：「此事本宮早已知道，我是問你余天星的事情查清楚了沒有？」

劍萍道：「余天星原本是大康天波城人氏，因為家鄉發生饑荒所以才和鄉親一路向北逃難，來到東梁郡的時候被胡小天發現，胡小天欣賞他的才華，對他委以重任，而余天星也沒有讓他失望，此人上知天文，下知地理，排兵佈陣無一不曉，的確是經邦緯國的一代奇才。對了，他有兩位兄長已經在數年前去了大雍經商，如今都在雍都定居。」

薛靈君幽然歎了口氣道：「本宮早就勸過皇上，趁著大康饑荒本該招攬天下能人異士，可皇上就是不聽，若是大雍肯放寬入境條件，禮賢下士，這余天星本該為我們效力才對！」

劍萍道：「想不到胡小天的眼光倒是不錯！」

薛靈君的表情倏然轉冷：「賤婢！胡小天的名字也是你叫的？」

劍萍嚇得慌忙跪了下去：「殿下，奴婢出言無狀，殿下恕罪，殿下恕罪！」

薛靈君冷笑了一聲道：「別以為本宮寵你，就恃寵生嬌，今個見到了胡小天，是不是歡喜地忘了自己的身分，沒少跟他眉來眼去一番吧。」

劍萍嚇得伏地不起，瑟瑟發抖道：「長公主殿下，劍萍都是遵照您的意思去辦，絕不敢擅自做主，更不敢做對殿下不敬的事情。」

薛靈君呵呵笑了起來，目光仍然欣賞著銅鏡中自己的妝容，輕聲道：「你這妮子害怕什麼？若是沒做虧心事至於嚇成這個樣子，給我起來吧，趕緊幫我整理儀容，待會兒還要赴宴呢。」

劍萍心中暗歎，這位長公主疑心如此之重，自己怎麼也算是自小跟在她的身邊，想不到她對自己還是不信任，去一旁洗淨了雙手，又回到薛靈君身後幫她梳頭，一顆心戰戰兢兢，暗忖還是少說為妙，不知什麼地方就會得罪薛靈君，對她的手段自己是清楚的，薛靈君一直都是個不講情面的人。

薛靈君道：「你調查到的事情只有這些？」

劍萍道：「正在調查，長公主放心，奴婢一定儘快將所有事情調查清楚。」

薛靈君打開首飾盒，從中挑選了好一會兒方才挑出一支碧玉簪，劍萍幫她插好，薛靈君看了看鏡中的自己，輕聲道：「你看我今天這身裝扮怎麼樣？」

「公主殿下天生麗質，美貌無雙。」

薛靈君歎了口氣道：「只可惜容顏易老，紅顏命薄。」忽然又取下碧玉簪子，剛剛盤好的髮髻流瀑般落了下去，劍萍等於白白忙活了半天，卻聽薛靈君道：「回了他，就說本宮身體不適，今晚不去赴宴了。」

薛靈君在最後關頭放了胡小天的鴿子，胡小天對此倒也無所謂，反正不愁沒有客人，你薛靈君不來，還有樊宗喜，這位御馬監的少監，皇上的欽差怎麼都要給我面子。

第五章

敗將

秦陽明沒有感到高興，心中說不出的害怕，
正如薛靈君所說，這件事並不是一死了之能夠解決的，
率領七萬大軍征討東梁郡，最後非但被大敗而歸，
連自己這個主將都被人生擒活捉，早已成為天下人的笑話。
就算胡小天放他回去，大雍皇上也不會輕饒了自己。

樊宗喜當然並不知道自己只是備胎，看到胡小天如此隆重的宴請，心中不免有些感動，胡小天還是很夠意思的。

酒過三巡菜過五味，樊宗喜又提起十萬石糧食的事情，封賞是假，要糧才是皇上派他前來的主要目的。胡小天笑道：「宗喜兄太心急了，我已經讓人去統計，皇上的旨意，我當然不敢怠慢，宗喜兄放心，這次絕不會讓你難做。」

樊宗喜滿臉堆笑，端起面前的酒杯道：「胡大人，有你這話我就放心了，咱家借著你的美酒先行謝過了。」

胡小天跟他同乾了這一杯，低聲道：「說起來我離開京城也有一段時間，不知京城最近的情況如何？」

樊宗喜道：「還好，沒什麼大事。」他明白禍從口出的道理，清楚自己的身分是欽差，代表皇上的利益而來，在胡小天面前不方便說太多話。

胡小天道：「宗喜兄此次前來，御馬監的事情交給誰了？」

提起御馬監，樊宗喜不由得歎了口氣道：「最近連皇家馬場的草料都變得緊張起來，原本的馬場規模縮減了一半，咱家平日也閑得很。」

胡小天點了點頭，從樊宗喜的這番話就能夠推斷出目前大康的狀況很不理想，這也難怪，不然老皇帝也不會落魄到伸手找自己要糧的份上，連做皇帝的尊嚴都不要了。

胡小天道：「原本馬場的那些馬去了何處？」

樊宗喜道：「死的死賣的賣，留下的那些也是體瘦毛長，今冬草料嚴重不足，只怕還要有不少馬匹會活不過這個嚴冬。」他說起來不甚唏噓，在御馬監任職多年，對這些馬兒還是擁有很深感情的。

胡小天道：「我們這邊倒是戰馬短缺，宗喜兄不妨將你們準備遺棄的馬匹送來我這邊。」

樊宗喜苦笑道：「此事須得皇上答應，我可做不了主。」

胡小天知道他說的也是實情，最近雖然招募了不少士兵，可是因為戰馬不足，自然無法大力發展騎兵，目前已經讓唐鐵漢兄弟想辦法尋求途徑購入戰馬，以供發展騎兵之用，其實皇家馬場中不乏寶馬良駒，可就憑他現在和皇上之間的關係，讓龍宣恩心甘情願地送一批戰馬給自己，只怕他未必答應，看來只能在糧草上做文章，我給你一些糧草，先從皇家馬場換取一批戰馬再說，這樣才能兩不吃虧。

胡小天又問起李雲聰的近況，樊宗喜對這位舅舅真正的身分或許並不夠瞭解，只是逢年過節偶爾才會前往藏書閣探望。

送走了樊宗喜之後，胡小天本想回去休息，驛館那邊卻有人專程過來請他過去，說長公主薛靈君有請，胡小天心中暗忖，這薛靈君不知又在打什麼鬼主意，剛才我請你你不給我面子，現在這麼晚了卻又讓人過來請我，難道你還想將西州的事情故伎重演？

胡小天本想說自己不勝酒力推辭不去，可想了想，現在是在自己的地盤上，害怕薛靈君吃了自己不成？他也沒有急著馬上過去，而是舒舒服服泡了個熱水澡，然後才出門。

前往薛靈君所住驛館的路上，夜空中飄起了小雪，最近東梁郡正在實行宵禁，街道上很少見到行人，誰也不想在這個時候擅自出門招惹麻煩，就算不會被興師問罪，至少也會遭遇一場刨根問底的查驗。

胡小天來到驛館門前的時候，薛靈君已經在那裡等待，騎在馬上，穿著和胡小天情侶款的黑色貂裘，依然是男裝打扮，劍眉星目，英姿勃勃。

胡小天發現美麗的女人穿男裝一樣好看，他在薛靈君面前勒住馬韁，笑道：「怎麼？叫我過來，長公主又要出門嗎？」

薛靈君笑道：「我怎麼敢對胡大人失禮，等了這麼久都沒見你過來，所以才準備出門去迎你，想不到你這就來了。」

「恕罪，恕罪，剛才陪朝廷的欽差喝酒，所以才來遲了。君姐，下雪了，咱們進去說話。」

薛靈君道：「忽然很想去外面走走，你不覺得雪夜漫步，別有一番情調嗎？」

胡小天咧嘴笑了起來，女人大都是這個調調，颳風下雨，大雪飄飄在她們的腦子裡一樣可以營造出浪漫旖旎的氛圍，不過這薛靈君一向是個現實的人，在他印象中似乎沒多少文青病，雪夜漫步，別有情調？應該是別有用心才對。

薛靈君縱馬來到胡小天的身邊，郭震海率領幾名武士跟在後面，薛靈君卻轉身道：「不用跟著，這裡是東梁郡，胡大人足可保護我的安全。」

胡小天始終保持著謙謙君子之風，微笑不語，將眼前的一切解讀為薛靈君是在自己的面前演戲。調轉馬頭跟上薛靈君的腳步，夜風輕柔，挾裹著細雪輕輕撲打在他們的面孔上，涼絲絲麻酥酥的，下雪的夜晚，氣溫並不算冷，東梁郡堅硬的建築輪廓在細雪中變得朦朧而溫柔。

薛靈君信馬由韁在東梁郡的街道上漫步，似乎並沒有明確的目的，胡小天也沒問她究竟要去哪裡？默默陪在她的身邊，最終還是薛靈君率先打破了沉默：「上次我來東梁郡的時候，這裡還是我們大雍的土地。」

胡小天笑了起來：「追根溯源，東梁郡最早本屬於大康。」

薛靈君道：「我皇兄之所以將東梁郡送給大康，主要是緣於對安平公主事情的補償，可是他的這個決定在國內引起了不少反對之聲，錢糧可讓，國土不能讓。」

胡小天道：「永慶帝乃是百年來難得一見的明君，他決定的事情必然有他的考慮，吾等凡人是無法揣摩得透的。」永慶帝乃是薛勝康的謚號，胡小天表面上對他推崇備至，實際上卻在暗示薛靈君，薛勝康當初將東梁郡送給大康乃是另有目的。

大康方面也是識破了薛勝康的用心，所以始終沒有在東梁郡駐紮軍隊，直到自己的出現才打破了這裡的勢力平衡。

薛靈君幽然歎了口氣道：「我皇兄若泉下有知，也定會為這件事感到後悔。」

胡小天道：「永慶帝雄才偉略，他必然不會後悔。」

薛靈君不由得看了胡小天一眼，鳳目中流露出些許的詫異，聽他的口氣彷彿比自己還要瞭解自己的這位大哥呢，可轉念一想胡小天這句話中暗藏譏諷，分明在說自己的眼界遠遠及不上大哥，沒有搞清楚大哥送出東梁郡的真正用意。

薛靈君在東梁郡的北門前勒住馬韁，負責守門的將士看到是城主親自到來，慌忙上前迎接，薛靈君指了指城樓道：「我想上去看看！」

胡小天點了點頭，將兩匹馬交給值夜的將士，陪同薛靈君一起走上城樓。

因為落雪的緣故，即便是站在高高的城樓之上仍然看不到遠方的景致，胡小天當然不會認為薛靈君這麼晚叫自己陪著她騎行三里多路，就是為了登上北門的城樓欣賞雪景，事實上這場雪始終沒有變大的跡象，細細小小，猶如有人用細密的篩子過濾後的麵粉，這樣的雪談不上浪漫，甚至顯得有些寒酸，缺乏北國冰封萬里雪飄的豪邁氣勢。

胡小天喘了口氣，感覺不少的細雪隨著他的呼吸進入了他的肺腑，這種充滿潮濕水分的寒冷讓他不禁懷念起溫暖的被褥，現在本該是鑽入被窩舒舒服服地睡上一覺的時候。

薛靈君雙手扶著箭垛，目光望著東北的方向，其實這種時候，無論她望向哪個角度，看到的都是單調而唯一的夜色。

胡小天卻知道她所看的方向是東洛倉，雖然不可能看到，可是沿著薛靈君的目光一直走下去，那一端必然可以走到東洛倉的城郭。

薛靈君道：「東洛倉乃是大雍七大糧倉之一，搶走了東洛倉等於公然向大雍宣戰。」她歎了口氣道：「你以為自己目前已經有了和大雍叫板的實力？」

胡小天沒有說話，只是靜靜站在薛靈君的身後，長時間的沉默甚至讓薛靈君產生了一個他不辭而別的假像，轉過身去，方才確信胡小天仍然好端端地站在那裡，表情如同被風雪凝固了一樣，笑眯眯卻欠缺生動，那笑容似乎已冰凍在他的臉上。

薛靈君道：「你我畢竟相識一場，我不想你錯判形勢！」

胡小天道：「君姐對我的心意我焉能不知，只是我和大雍之所以走到如今的地步，歸根結底都是有人想要剷除我，小弟乃不得已而為之，刀架在脖子上，總不能任人宰割！」

薛靈君道：「新君對你強佔東洛倉的行為非常的生氣，本來已經調兵遣將，準備不惜代價奪回東洛倉。」

胡小天毫不示弱道：「那麼只怕你們要付出極其慘重的代價了。」

薛靈君道：「對大雍或許是付出不小的代價，對你卻是滅頂之災，你雖然取得兩場勝利，並不代表著你已經在這裡站穩了腳跟，恕我直言，貴國的皇上對你並不信任。」

胡小天道：「君姐這話從何談起，若無朝廷的信任和支持，我也不會取得這兩場勝利，就在今天，皇上還特地派了欽差前來，對我進行嘉獎。」雖然薛靈君說的都是實情，胡小天卻不能承認，在她面前仍然打腫臉充胖子，粉飾太平。

薛靈君呵呵笑了起來：「你因何會被派來東梁郡？大家心知肚明，不瞞你說，我這次過來，就是為了勸你看清大局，不要因為剛剛取得的兩場勝利而沾沾自喜，陛下答應，只要你顧全大局，攜手下將士棄暗投明，過去發生的那些事，全都可以既往不咎，而且還會得到重用，加官進爵，不知你意下如何？」

胡小天瞇起雙目，作深思熟慮狀。

薛靈君以為他被自己的話打動，輕聲道：「良禽擇木而棲，賢臣擇主而事，以你的頭腦應該懂得做出怎樣的選擇。」

胡小天道：「君姐是在勸我當一個賣主求榮的大叛徒？難道你不知道忠臣不事二主的道理？」

薛靈君不禁笑了起來：「是不是忠臣，你說了不算！」胡小天橫豎看起來都不會是一個忠臣，在薛靈君看來，他是一個機會主義者，是一個趁著大康衰弱，大雍內政不穩，積極從兩方牟取利益的傢伙，從現在的發展看來，這廝還居然混得風生水起。

胡小天道：「別忘了，我和永陽公主還有婚姻在身，你勸我背叛大康，等於讓我把未婚妻也一起丟了，背叛朝廷是不忠，拋棄未婚妻是不義，你想我當一個不忠不義之人！」

薛靈君不屑道：「一個未成年的小丫頭罷了，大丈夫何患無妻？你若是歸順了大雍，我為你在皇族之中挑選一個美貌絕倫的女孩子成親。」

胡小天故意道：「大雍皇族中還有比君姐更漂亮的嗎？」

薛靈君一雙美眸蕩起誘人眼波，嬌滴滴道：「你若是肯來，人家日後也可和你朝夕相伴。」模樣兒嫵媚之極，如果胡小天不是對她早有瞭解，怎會被她妖嬈動人的模樣騙到。

胡小天道：「君姐，此事不用再提，無論如何我都不會背叛大康。」

薛靈君聽他回絕得如此堅決，不由得歎了口氣道：「想不到你居然這樣的固執。」心中隱隱有些失望，她發現自己的風情對胡小天絲毫起不到作用。

胡小天道：「我來東梁郡之初，從未想過要和大雍為敵，事態發展到今時今日，也絕非我願，君姐回去可代我回覆貴國主君，胡小天只求一地安身，並無擴張野心。」

薛靈君道：「你若是沒有擴張的野心，可否將東洛倉歸還？」

胡小天道：「君姐此言差矣，我雖然攻克東洛倉，當時的目的卻是用這種方法來逼退貴國大軍，攻克東洛倉之後，我就下令即刻退兵，如今東洛倉根本不在我的管轄範圍之內，我做不了主，歸還二字又從何談起？」

薛靈君真是服了這廝睜著眼睛說瞎話的本事，明明搶佔了東洛倉，現在卻說東洛倉不在他的管轄範圍之內，薛靈君不由得感到憤怒，這廝是不是當別人全都是傻子？她臉上再不見絲毫的笑意，冷冷道：「說這樣的話又有什麼意思？」

胡小天道：「我知道你不會信我，君姐以為，單憑我們這些人，能夠順利將東洛倉奪下嗎？」

薛靈君皺了皺眉頭，這個問題其實始終困擾著大雍朝野，東洛倉城牆高闊，易守難攻，而胡小天幾乎不費吹灰之力就將之奪下，很大一部分原因應該是有內應的緣故，並沒有太多人知道常凡奇挾持秦陽明的真正原因，在大雍一方看來，常凡奇很可能和胡小天早有勾結。她低聲道：「你是說東洛倉在常凡奇的控制之中？」

胡小天微笑點了點頭道：「東洛倉的歸宿並不受我的左右，君姐若是想要回東洛倉，應該找常凡奇商量才對。我個人沒什麼意見，只要他同意，我絕對不會反對。」

薛靈君暗忖，這十有八九還是胡小天的藉口，可是一時間也無法從中挑出太大的毛病，輕聲歎了口氣道：「無論你信還是不信，我此次前來都是為了幫你，錯過了這次機會，只怕你以後會追悔莫及。」

胡小天道：「君姐的這番好意小天心領了，小天向你保證，無論什麼時候，都不會影響到你我之間的友情，君姐始終都是我心中最為敬重的姐姐。」

薛靈君當然不會相信他的甜言蜜語，輕聲道：「可不可以安排我和常凡奇見上一面？」

胡小天道：「他在東洛倉，君姐若是想見他，只怕要去東洛倉才行。」

薛靈君道：「秦陽明呢？」

胡小天道：「秦陽明被我暫時關押在東梁郡的地牢之中，我可以安排君姐和他見面。」

自從東洛倉被攻破之後，常凡奇和老娘一起就被請到了東梁郡，如果不是顧忌胡小天會對老娘不利，常凡奇早就跟他們拚了，可是胡小天利用老娘的性命要脅自己，常凡奇迫不得已做出了劫持雍軍主將秦陽明的事情，事實上已經成為大雍的叛國之將。東洛倉失守之後，胡小天也沒有讓人為難他，雖然將他們母子請到了東梁郡，可是並沒有對他實行監禁，而是好吃好喝伺候著。

常凡奇空有一身的本領卻無處發力，來東梁郡這段時間整個人瘦了一圈，再不見昔日的威風和霸氣。母親雙目已盲，因為年事已高，頭腦多半時候都是不清醒的，並不清楚到底發生了什麼，反倒因為兒子最近每天都陪在自己身邊而開心不已。也只有母親臉上的笑容才能讓常凡奇感到有所欣慰，什麼雄心壯志都已放在了一邊，再不想什麼功名利祿，只求能夠伺候老娘安享晚年，等老娘百年之後再考慮自己的事情。

常凡奇雖然反覆安慰自己，可心中的鬱悶並不是能夠輕易釋懷的，一來二去竟然得了一場大病。因為他生病，胡小天特地派了郎中過來，又派了兩名下人專門負責照料他們母子二人的飲食起居。

常凡奇病了半個月左右，方才漸漸好轉，他也聽說了長公主薛靈君前來出使的消息，心中對未來的局勢有了一些期許，同時又有些忐忑，自己做過的事情只怕跳進黃河洗不清了。

雪後初晴，常凡奇在院落中默默舉著石鎖，他只穿了一件無袖的棉坎肩，一雙粗壯的臂膀肌肉虬結，練得正在入神之時，卻聽到房門輕響，卻是有人在外面敲門：「常將軍在嗎？」

常凡奇皺了皺眉頭，他聽出是胡小天的聲音，此前生病的時候，胡小天曾經抽空過來探望過他一次，常凡奇對他的印象頗深，怨念頗深，如果不是胡小天害他，他何至於落到如今的地步，雖然暫時在東梁郡衣食無憂，可畢竟是在他人的軟禁之下過活，一舉一動都在外人的監視之下。

常凡奇沒有搭理他，繼續操練著石鎖。

胡小天推門走了進來，微笑道：「我還以為常將軍沒在家呢。」

此時常老太太在一名丫鬟的攙扶下從房內走了出來，欣喜道：「莫不是小天來了？」她口中叫得如此親切，皆因胡小天在她面前謊稱是常凡奇好友的緣故，胡小天口才絕佳，盡是說一些貼老太太心窩子的話，再加上他平日對常老太太照顧周到，老太太對他的印象也是極好，平日裡對他誇讚不絕。常凡奇雖然厭惡胡小天虛偽，可是當著老娘的面卻不能揭穿，生怕老娘知道真相會擔驚受怕，只能將所有委屈和怨氣咽到肚子裡，這也是他前一陣子生病的原因。

胡小天將一盒燕窩送到老太太的手裡：「大娘，這是我給您帶來的燕窩，回頭讓下人給您煮粥吃，好好補養一下身體。」

常老太太樂得眉開眼笑：「那怎麼好意思，小天啊，你每次來都要送東西給我，我又沒什麼給你的，凡奇，趕緊謝謝你小天兄弟。」

常凡奇無奈，當著老太太的面還得演戲，低聲道：「謝了！」

老太太道：「你們說話，我去外面曬曬太陽。」

胡小天恭敬將老太太送出門去，回到常凡奇身邊，笑瞇瞇道：「凡奇兄身體好像已經完全恢復了。」

常凡奇冷冷道：「還不是托你的福！」

胡小天道：「凡奇兄還是對奪城之事耿耿於懷啊！」

常凡奇道：「過去的事情你又何須再提？」心中對此次的挫敗從未真正服氣過，若不是胡小天利用卑鄙手段要脅自己，結果或許會完全不同。

胡小天道：「長公主薛靈君前來出使，提出幾個停戰的條件。」

常凡奇沒有說話，雖然他心底對薛靈君的條件有些好奇，可是他也明白自己的命運已經註定，在大雍他永世都無法抬得起頭來，註定無法洗白了。

胡小天道：「凡奇兄願不願意返回大雍？」

常凡奇抿了抿嘴唇，胡小天問了個頗為棘手的問題，他不是不想回歸大雍，可是回去就意味著要被興師問罪，別的不說，單單是臨陣挾持大雍主將，擒拿秦陽明，並親自將他送到胡小天的手中，這個罪名讓他有多少腦袋都不夠砍。他低聲道：「你屢次陷我於不義，現在又要怎樣害我？」

胡小天微笑道：「我今次前來就是徵求凡奇兄自己的意見，凡奇兄若是想回去，我絕不會阻攔，凡奇兄若是想留下，我也鼓掌歡迎。」

常凡奇歎了口氣道：「天下之大，哪裡還有我常凡奇容身之地。你若是當真肯放過我們母子，可否允許我們離開東梁郡？我可答應你，再不與你為敵，只求能夠照顧老母安享晚年。」經歷了東洛倉之戰，常凡奇什麼雄心壯志都沒了，空有一身武力，卻被別人的奸謀牽著鼻子走，弄得一點脾氣都沒有。

胡小天毫不猶豫道：「可以，實不相瞞，我雖然很想凡奇兄留下和我共創大業，可是我也不會強人所難，凡奇兄若是想走，我絕不阻攔，只是伯母年事已高，你又怎能忍心讓她在嚴冬臘月長途跋涉，若是有什麼閃失，豈不是悔之晚矣？」

常凡奇黯然道：「你不必在我們母子身上枉費心機，我這輩子回不了大雍，我也不會加入你的陣營，等到來年春日，我就離開。」

胡小天果然信守承諾，安排薛靈君和秦陽明見面，秦陽明被羈押了近一個月的時間，面色因為長久不見陽光而變得蒼白，看到薛靈君前來探望自己，秦陽明羞愧難當，撲通一聲就跪倒在薛靈君的面前：「長公主殿下，罪臣秦陽明給你賠罪！」

薛靈君望著眼前落魄如斯的秦陽明，打心底歎了口氣，這位邵遠主將，昔日的常勝將軍看來也遭受了不少的折磨，她輕聲道：「起來吧！」

秦陽明依然跪在地上：「敗軍之將無顏立足於殿下面前。」

薛靈君懶得管他，你愛跪就跪著，身軀靠在座椅上，淡然道：「你到底是因何落在了胡小天的手裡？」

秦陽明滿面慚色，黯然道：「殿下，末將排兵佈陣不周，中了胡小天調虎離山聲東擊西之計，更沒有想到常凡奇和胡小天早有勾結，一時不察被常凡奇所制，這才淪為階下之囚，末將無顏面對皇上，還請長公主治罪，末將願一死圖表忠心。」事到如今，他唯有盡可能將所有的責任推給常凡奇，希望這樣或許可以保全自己。

薛靈君道：「你以為死了就一了百了？可以抵消你失去東洛倉的罪責嗎？」

「末將沒有那麼想過。」秦陽明滿面惶恐之色。

薛靈君道：「胡小天已經答應釋放所有在押俘虜，你應該感到高興，馬上就能夠跟本宮一起返回大雍了。」

秦陽明非但沒有感到高興，心中卻感到說不出的害怕，正如薛靈君所說，這件事並不是一死了之能夠解決的，率領七萬大軍征討東梁郡，最後非但被大敗而歸，甚至連自己這個主將都被人生擒活捉，自己早已成為天下人的笑話。就算胡小天放他回去，大雍皇上也不會輕饒了自己。

秦陽明趴伏在地上長跪不起：「請殿下賜死，臣無顏再回故國，更無顏去面對皇上……」說到動情之處，涕淚直下，其中固然有羞愧的原因，還有一部分的原因卻是因為害怕。

薛靈君明顯有些不耐煩了，搖了搖頭道：「秦陽明，應該怎樣處置你要由皇上決斷，本宮今次前來只是為了將爾等帶回去，其他的事情我可管不了。」

秦陽明心中暗歎，今次回去還不知要遭受怎樣的處置，而今之計，唯有將所有的罪責都推到常凡奇的身上了。

胡小天在庸江取得的兩場勝利，並沒有在國內興起太大的波瀾，已經到了一年中最為寒冷的季節，老百姓更為關心的是能否吃飽穿暖，如何有命渡過這個寒冬，已經無心去顧及什麼國家大事。每天清晨康都的道路兩旁都會出現不少被凍死的屍體，巡城的士兵不得不負擔了巡邏之外的任務，處理這些夜間凍死街頭的無主屍體。

李沉舟從雍都一路走來，渡過庸江之後就發現這座昔日曾經雄霸天下的大康帝國，再不復昔日的榮光和輝煌，哀鴻遍野，良田荒蕪，所到之處滿目瘡痍，百姓流離失所。大康最近幾年天災連連，大雍對這位鄰國採取了封鎖糧運的策略，讓大康的糧荒越發嚴重。

進入康都之後，李沉舟首先遇到的就是清晨運送屍首的牛車，迎面五輛牛車之上堆滿了昨夜被凍死的百姓，望著眼前的一幕，李沉舟的心中也不禁生出悲天憫人的情懷，大康之所以淪落到如今的地步，乃是朝廷腐朽的統治所致，和大康相比，大雍剛剛去世的皇帝薛勝景顯然要英明得多，這位永慶帝雄才偉略，目光遠大，一直以一統中原，雄霸天下為己任，只可惜出師未捷身先死，終究還是無法完成揮師渡江，滅掉大康的宏願。

大皇子薛道洪和李沉舟自幼相識，李沉舟從小時起就擔任太子伴讀，和薛道洪成為了至交好友，在他爺爺靖國公李玄感在世之時，就是大皇子即位的忠實擁戴者，而現在終成事實。薛道洪給予了自己絕對的信任，而自己將會竭盡全力回報薛道洪給他的這份信任。

李沉舟此次前來帶了妻子簡融心一起隨行，他此趟前來大康的主要使命是要兵不血刃地解決胡小天新近在庸江造成的麻煩，同時心中還有一個不為人知的秘密，他要借著這次的機會見一見自己素未謀面的父親，大康太師文承煥。

龍宣恩第一時間接見了這位來自大雍的特使，李沉舟乃是大雍名門之後，龍宣恩曾經和他的祖父李玄感有過數面之緣，也聽說了李沉舟的傳奇故事，知道這位年輕將領如今已經是大雍新君面前第一紅人。

李沉舟的身分和來頭只是龍宣恩樂於接見他的一個原因，更為主要的一個原因是龍宣恩想要知道庸江連續兩場戰役之後，大雍一方的態度，胡小天擊敗南陽水師的時候，龍宣恩還將之歸結為運氣的因素，可當胡小天攻佔東洛倉的消息傳來，龍宣恩方才意識到，這廝已經擺脫了自己的掌控，他現在的所作所為根本沒有顧及到朝廷的看法，既沒有想對朝廷負責，也沒有打算向自己彙報。放他離開康都之後，這廝就如同一匹脫韁的野馬，信馬由韁，再不受自己的控制。

龍宣恩雖然讓樊宗喜前往要糧，可是他對此並不樂觀，現在的胡小天頗有將在外君命有所不受的架勢，自己的話十有八九起不到太大的效用。這種鞭長莫及力不從心的感覺已經不是第一次，先是李天衡的擁兵自立，現在又出了一個胡小天，龍宣恩對大康的控制力已經越來越弱，他不由得想起數月之前，七七關於分封諸侯的提議，當時被自己斷然拒絕，可在事實上，大康正在走向內部分裂，一個國家一旦無法提供給百姓賴以為生的衣食，那麼必將面臨民心離散的結局。龍宣恩擔心的並不是社稷崩塌，因為他已經看出敗亡已成大勢不可違抗，只是希望這一刻不要來得太早。

任何人都能夠輕易猜到李沉舟此來的主要目的，仗雖然是胡小天打的，可是責任卻要追究到大康朝廷的頭上，這如同孩子打架要找家長問責一樣，身為大康皇帝的龍宣恩決不能脫開干係。

李沉舟在面見龍宣恩之後，並沒有拐彎抹角，而是直奔主題，先提起兩國永結友好的盟約，然後才說起胡小天撕毀協議在邊境兩次挑起戰爭，攻佔大雍重鎮東洛倉的事實。

兩國交戰原本就是公說公有理婆說婆有理的事情，李沉舟的出發點自然為了大雍，所有一切責任全都指向大康，指責大康率先破壞盟約，侵略他們的邊境，強佔他們的城池。

龍宣恩雖然心中對胡小天的作為也非常不爽，但是他畢竟是一國之君，面對對方指責之時，也沒有一味退讓，聽李沉舟說完之後，不禁冷笑道：「尊使所說的這一切卻與朕掌握的消息不符，據朕所知，兩次戰事全都是因為貴方挑起，胡小天是為了自保而迎戰。」

李沉舟道：「陛下，雙方的立場不同，得到消息的管道也全然不同，但事實總不容否認，現在東洛倉正是被胡小天的軍隊所佔據，我此次奉命出使，也是秉著以和為貴，冰釋前嫌的目的而來。」

龍宣恩點了點頭道：「大康大雍原本就是友好鄰邦，發生這樣的事情也非朕願意見到的，若是能釋清前嫌當然最好不過。」

李沉舟道：「戰事既然已經發生，已無回頭的可能，我家陛下也不想雪上加霜，痛上加痛，特地提出雙方就此休兵罷戰，以和為貴，重劃邊界，再立盟約，不知陛下意下如何？」

龍宣恩當然不想再打，以大康今時今日的國力，也沒有實力去和大雍全線開戰，當然他也知道大雍主動求和的目的不是怕了他們，而是緩兵之計，根據他所得到的最新情報，黑胡人正在大雍北疆厲兵秣馬，大有來春入侵中原之際，大雍實力雖然強大，卻無法負擔兩線同時作戰，而大雍國內正處於新舊政權的交替時期，目前新君薛道洪執政未穩，正是這些因素才造成了他會主動讓步。

龍宣恩點了點頭道：「以和為貴，休兵罷戰當然最好不過，只是不知貴方有什麼條件？」他心中早已做好了盤算，只要大雍方面的條件不過分，自己就答應下來。

李沉舟道：「希望貴國能夠歸還東洛倉以及這次戰役中被俘的將士，東梁郡過去一直都屬於大雍所有，將東梁郡送給貴國乃是永慶帝在位之時做出的決定，當時永慶帝重病纏身，做出這一決定的時候頭腦並不清楚，還請貴國一併將東梁郡歸還。」

龍宣恩聞言不由得皺起了眉頭，這兩場仗分明是大雍方面敗了，可是李沉舟現在的要求卻是在以一個勝利者的角度索取賠償，東洛倉倒還罷了，他竟然連東梁郡也一併要了回去，自己若是答應豈不是要被國內臣民唾罵？定然會說他懦弱無能。

李沉舟微笑道：「我的話還沒說完，若是陛下能夠歸還這兩座城池，我們解除對大康的糧禁，還可借五十萬石糧食給大康，以解大康的燃眉之急。」

龍宣恩心中一驚，大雍給出的這個條件實在是充滿了誠意，大康之所以落入如今窘迫的局面，和大雍方面聯合周邊諸國對他們的糧食禁運有著直接的關係，他們國庫之中即便是有錢也買不到糧食，這才讓國內的糧荒變得雪上加霜。解除糧禁就意味著以後大康可以和周邊諸國恢復正常的糧食貿易，更何況還有大雍主動提供的五十萬石糧食應急，雖然是借糧，可畢竟能夠幫助大康渡過眼前難關。幸福到來的實在太過突然，龍宣恩反倒有些不敢相信了。

李沉舟道：「我家陛下還願與貴國簽訂盟約，重新以庸江為界，永結同盟，互不侵擾，攜手開拓中原之和平盛世，不知陛下意下如何？」

龍宣恩幾乎就要點頭答應下來，可是他畢竟老謀深算，馬上就猜到了大雍真正的意圖，更何況現在東梁郡和東洛倉兩城全都在胡小天的控制之中，若是自己答應，而胡小天堅決不肯將城池交出去，那麼這件事豈不是要陷於僵局之中？

李沉舟也看出了龍宣恩的猶豫，微笑道：「陛下不必急著答覆，還望斟酌之後再給小使一個明確的回答，不過在下還要提醒陛下一句，機不可失失不再來！」

李沉舟離去之後，龍宣恩馬上將群臣召集到勤政殿內，就大雍方面和談的條件提起商討。聽聞大雍願意用這樣優厚的條件來換取兩城，群臣的意見幾乎呈現出一邊倒的趨勢，誰都知道大康所面臨的首要問題就是缺糧，糧荒如果不能得到及時解決，大康必將面臨民心離散，社稷崩塌的局面，至於東梁郡和東洛倉，誰也沒有將這兩座城池放在心上，雖然胡小天新近取得的兩場勝利的確起到了鼓舞人心的作用，可是心理上的安慰和臉面上的榮光並不能解決實際的問題，就算再多的勝利也換不來大康百姓的衣食無憂。

太師文承煥道：「陛下，我看大雍方面的條件算不上苛刻，以東梁郡和東洛倉兩城換取他們解除糧禁，借糧五十萬石絕對可行，對大康百利而無一害！」

群臣紛紛點頭。

此時殿外卻突然傳來一個清脆的聲音道：「此等要事，為何沒有通知我一聲？」卻是永陽公主七七憤憤然走了進來。

龍宣恩面色一沉，自從胡小天離開康都之後，他和七七之間的關係也漸行漸遠，雖然他並沒有急於收回七七輔佐政事的大權，但是在實際上他最近已經開始加強對朝堂的控制，自從復辟以來疏於主持的朝會也儘量做到親力親為，而七七或是出於對他的不滿，時常缺席朝會，龍宣恩也樂得眼不見為淨。

今天的朝會，龍宣恩的確選擇了刻意忽略七七，雖然他也清楚這件事有些不妥，畢竟東梁郡是他親自送給七七的封邑，然而普天之下莫非王土，東梁郡雖然是我許給你的封邑，但並不代表我這位大康皇帝從此就喪失了對這塊土地的支配權。

七七和龍宣恩之間的矛盾愈演愈烈也成為眾所周知的事實，在外人看來這對祖孫的矛盾是因胡小天而起，可唯有當局人清楚，龍宣恩對七七的任用只是一種迫於形勢不得不退居二線的選擇，隨著他發現七七越來越難以掌控，他就開始刻意收窄曾經賦予七七的權力，削弱七七身邊的力量，將胡小天調離京城，以隱晦的手段放逐到東梁郡就是其中的手段之一，雖然事實證明他的手段並不成功。在胡小天的事情上如同放虎歸山，原本以為在東梁郡的土地上胡小天不可能有太大發展，卻沒有想到這廝居然折騰出一番天地。

龍宣恩淡然笑道：「七七，你來得正好，朕正要讓人過去找你呢。」

七七向他行禮道：「七七參見陛下，萬歲！萬歲！萬萬歲！」口中念著祝福的恭敬之詞，心中卻暗自感歎這位老皇帝驚人的生命力，想當初將他從縹緲山靈霄宮救出的時候，他已經老態龍鍾，看似大限將至，想不到經過這段時間的調養，居然又神奇地恢復了健康，看起來似乎比當初年輕了許多，連頭髮鬍鬚都開始變黑，難不成真讓他找到了長生不老的秘方？

七七也沒有當堂發作，輕聲道：「聽聞皇上召集群臣議事，恰巧和七七有關，我若是不來豈不是對皇上不恭，對眾臣不敬。」

龍宣恩點了點頭道：「是這樣！」他簡單將大雍使臣的條件說了一遍。

其實七七在來此之前已經得知了具體的消息，她知道大事不妙，以大康今時今日的狀況，大雍提出的條件是讓他們難以拒絕的，聽龍宣恩說完，七七並沒有急於表述自己的意見，而是向周圍群臣望去，她想聽聽這些大臣怎麼說。

前來議事的大臣多半都認為應該答應大雍的條件，太師文承煥悄然向戶部尚書徐正英使了一個眼色，徐正英知道他的意思，出列道：「陛下！臣以為，大雍的條件對我方百利而無一害，若是當真能夠順利實施，那麼我大康的糧荒可解，我們的百姓有救了。」

七七並沒有將徐正英放在眼裡，徐正英在朝內就是個應聲蟲，根本拿不出什麼有建設性的意見，其人本身又欠缺能力，自從接任戶部尚書一職，國家財政每況愈下，也沒見他拿出什麼讓人耳目一新的有效措施，七七道：「百利而無一害？這可是你說的！大雍亡我大康之心不死，你當他們會這麼好心白白送糧食給我們？」

徐正英向七七深深一揖道：「公主殿下，此一時彼一時，現在大雍永慶帝新薨，國內政局不穩，新君薛道洪雖然登上王位，可是論到威信還遠遠無法和其父相提並論，而北方黑胡人卻又要趁著這種時候厲兵秣馬意圖南下，他所面臨的首要問題，一是穩定國內政局，二是鞏固北疆防線，這就決定他無法分出更多的精力去圖謀我國的土地，所謂渡江南侵的計畫在事實上已經成為泡影。」

七七冷哼一聲：「說得輕巧，此前庸江的兩場仗因何而起？難道不是雍人想要圖謀咱們的土地？現在他們吃了敗仗，又打著議和的名義來要咱們的土地，天下間哪有那麼便宜的事情？勝利者居然還倒過來要向失敗者賠償？」

徐正英道：「公主殿下此言差矣，雍國使節並非是要大康無條件歸還兩座城池給他們，而是要解除大康糧禁，還無償借給咱們五十萬石糧食。」在如今的大康，沒有比糧食更能打動他們的條件了。

七七怒道：「你算什麼東西？身為戶部尚書，大康財政搞得烏煙瘴氣，你理應承擔首要責任，現在還幫著他國說話，你心中還當自己是大康的臣子嗎？」

徐正英被七七一通質問搞得尷尬非常，一時間僵在那裡無言以對。

龍宣恩此時咳嗽了一聲，為徐正英解圍道：「七七，不得無禮！」

七七道：「陛下！昔日大康疆域橫跨庸江南北，正是因為有這種賣國求榮的臣子，方才使得大康版圖日漸萎縮，國境一度被壓迫到庸江以南，現在胡小天好不容易在庸江北岸紮穩腳跟，兩場勝利非但沒有激起大家的愛國之心，反倒讓有些人誠惶誠恐，忙不迭地想把到手的勝利果實送出去，我不知道這些人究竟是何居心？他們到底是為了大康著想，還是想將大康一手推入深淵，他們究竟站在何人的立場之上？」

太師文承煥道：「公主殿下，東梁郡乃是陛下賜給您的封邑，您不想將之拱手相送也是人之常情，可是現今大康的狀況你也清楚，天災連年，百姓饑寒交迫，周邊列國又聯手對我大康實行糧禁，若是不能及時找到糧源，今年這個冬天還不知要有多少國人餓死。還望公主殿下高瞻遠矚，能夠從一國的角度出發，不應只盯著些許的封邑之地。」

七七鳳目圓睜，怒道：「太師是說我只顧著自己的封邑而不顧大局了？」

太師文承煥淡然道：「公主乃金枝玉葉，老臣豈敢無禮，只是就事論事，還望公主大人大量。」他說得雖然委婉，可是句句矛頭指向七七。

此時周圍眾臣又有不少人站出來支持文承煥的言論，其實這也難怪，進入臘月以來，大康糧荒的問題越發嚴重，朝廷也沒有解決此事的辦法，如今大雍提出以地易糧，讓處於困境中的大康眼前凸現曙光，事有輕重緩急，雖然誰都明白國土不可輕易送出，但是這兩座城池對他們的意義遠沒有糧食那麼重要，且不說東洛倉是剛剛從大雍搶來的，就說東梁郡，也是不久前大雍永慶帝作為補償送給他們的，若是能用這兩座城池換取糧食，自然是皆大歡喜的事情，在多數大臣看來這是一筆極其划算的買賣。

七七看到群臣紛紛跟自己唱起了對台戲，心中越發鬱悶，偌大的朝堂，這麼多的臣子竟然無一人站出來支持自己，看來皇上在朝廷內的影響力仍然根深蒂固。

此時丞相周睿淵出列道：「陛下，臣也有話說！」

整個朝堂內瞬間靜了下來，所有人的目光都望向周睿淵，七七也不例外，心中充滿期待，周睿淵無疑是群臣之中頭腦最為清醒的一個，他應該能夠識破大雍的奸謀，反對以地換糧之事，也許他能夠勸說皇上改變念頭。

龍宣恩點了點頭道：「周卿家，你說！」

周睿淵道：「微臣以為以地換糧不失為一個切實可行的辦法，對眼前的大康來說也是解決糧荒最為可行的手段。」

此言一出眾臣紛紛點頭，看來周睿淵也認同這一觀點，也就是說大雍提出的和談條件已經沒有任何懸念地通過了。

七七美眸中充滿了迷惘，周睿淵居然也認同以地換糧的做法，自己顯然已經被眾臣孤立，無法阻攔最終的結果了，七七咬了咬櫻唇，難道這些臣子都看不出，這件事很可能是大雍的離間之計，他們先許以優厚條件換取城池，實際上卻是在變相壓迫胡小天的地盤，將胡小天剛剛發展起來的勢力逼迫到庸江以南。

龍宣恩道：「周卿家既然也認同和談的條件，想來不會有錯，傳旨……」他正想趁熱打鐵敲定以地換糧的事情。

周睿淵卻又道：「陛下，此事說起來容易，只怕推行起來卻有些困難。」

龍宣恩皺了皺眉頭：「周卿家，有什麼話你不妨直說，不必拐彎抹角，你在擔心什麼？」

周睿淵道：「大雍想換的兩座城池，目前掌控在誰的手中？」

龍宣恩微微一怔，周睿淵這不是明知故問嗎？東洛倉和東梁郡全都在胡小天的掌控之中。

周睿淵道：「常言道，將在外軍令有所不受，皇上當初已經命令庸江水師不得與大雍發生戰事，不得在東梁郡駐軍，更不得主動挑起事端，是以才有唐伯熙統領南陽水寨進攻東梁郡，而庸江水師提督趙登雲靜觀其變，拒絕發兵援助之事。」

龍宣恩明白了周睿淵想說什麼，他是想說就算自己答應以地換糧，胡小大也未必肯答應將辛苦得來的城鎮拱手相讓，將在外軍令有所不受，如果胡小天不聽從自己的命令，豈不是等於公然和朝廷決裂？自己這個皇帝的尊嚴無疑會再次受到考驗。周睿淵的這番話雖然讓龍宣恩非常不爽，但是他又不能不承認，現在的胡小天只怕不會對自己俯首貼耳，違抗命令的可能性很大。

文承煥道：「周大人過慮了，他胡小天畢竟是我大康的臣子，難不成他還敢違逆皇上的命令？膽敢公然反叛嗎？」

周睿淵道：「若是他當真抗命，那麼又當如何？」

文承煥大聲道：「他若敢公然抗命，那麼就是亂臣賊子人人得而誅之！」

周睿淵道：「好一句亂臣賊子人人得而誅之，太師，周某想問，誰人去征討？誰人去誅之？他先敗唐伯熙三萬精銳水師，再退秦陽明七萬大軍，從他們的眼皮底下搶走了大雍七大糧倉之一的重鎮東洛倉，糧草充足，陛下剛剛將庸江水師也交給了他統領。」周睿淵環視周圍眾臣道：「他若抗命，哪位大人願意請纓前去征討？」

一時間整個朝堂內鴉雀無聲，誰也不敢在這種時候說話，誰都清楚現在的胡小天已經是一頭茁壯成長的猛虎，只怕連皇上都無法將之控制，一個能夠在大雍的地盤上連續大勝兩場的逆天強者，絕非是他們能夠應付了的。周睿淵的話如同一盆冷水兜頭澆在這幫大臣的頭頂，他們方才意識到剛才談論和談之事如何的好笑，大雍想要的這兩座城池根本不在皇上的控制之中。

周睿淵向龍宣恩拱手行禮道：「陛下！臣以為，此乃大雍想出的離間之計，他們想要利用這件事，讓皇上和胡大人君臣之間生出間隙。」

龍宣恩道：「你不是胡小天，你怎麼知道他不會聽從朕的命令？」

周睿淵道：「陛下，胡小天若是同意將兩座城池還給大雍，那麼他接下來會怎麼做？他和他麾下的將士將退往何處？」

龍宣恩道：「武興郡！」

周睿淵道：「臣聽說胡小天正在全力徵兵，不停訓練，他的兵馬或許在來年春天之前就可達到七萬之上，臣斗膽說上一句，若是胡小天生出異心，位於武興郡的七萬兵馬引發的後果或許會不堪設想！」

龍宣恩倒吸了一口冷氣，周睿淵說得不錯，若是將胡小天放入江南，那麼胡小天麾下的大軍必然會讓自己寢食難安，相對而言，胡小天在江北還好些，他不得不將主要的兵力用來防守大雍，一時間龍宣恩陷入矛盾之中，他皺了皺眉頭，緩緩搖了搖頭道：「此事押後再議，朕要好好斟酌一下。」

散朝之後，龍宣恩將周睿淵單獨留下，周睿淵剛才的那番話其實對他觸動不小。若是自己同意了大雍以糧易地的條件，保不齊胡小天會公然拒絕，到時候自己的顏面必然受損。

龍宣恩道：「周卿家，依你看，胡小天會不會答應？」

周睿淵搖了搖頭道：「陛下難道忘了胡小天因何控制了庸江水師？」

龍宣恩歎了口氣道哦：「你是說他必然不會答應？」

周睿淵道：「陛下，臣對胡小天的為人還是有些瞭解的，他父子二人皆是野心勃勃之人，胡不為已然逃離大康，而胡小天如今坐擁三城，控制庸江水師，又奪下東洛倉，那東洛倉乃是大雍七大糧倉之一，糧草軍資頗豐，可以說目前胡小天已經解決了手下將士的糧餉問題。陛下若是答應了大雍以糧易地的條件，胡小天的兵力必然後撤到武興郡，坐擁七萬精兵，若是想對陛下不利，只怕後果不堪設想。」他已經是第二次向龍宣恩刻意強調這件事。周睿淵用心良苦，表面上是在說胡小天野心勃勃，早有反心，實際上卻是要讓龍宣恩生出忌憚，不敢輕易做出將江北兩城送出去的決定。

龍宣恩點了點頭道：「朕也在擔心這件事，經此兩戰之後，胡小天的勢力迅速坐大，朕有些悔不當初了。」現在後悔將胡小天放出去已經為時太晚。

周睿淵道：「大雍特使此來，許以解除糧禁，以糧易地，在臣看來未必可信，他們真正的用意還是想挑唆陛下和胡小天的君臣關係，讓你們之間因為此事而生出裂隙，若是胡小天惱羞成怒，不排除李天衡的事情重演，對大雍來說無關痛癢，可對大康來說卻是雪上加霜。」

龍宣恩道：「朕其實也有所覺察，只是大康眼前的狀況實在是太差，若是無法解決糧荒的問題，今冬還不知要有多少百姓凍死餓死。」

周睿淵道：「兩害相權取其輕！胡小天雖有反心，可是羽翼未豐，目前的局勢下，他對大雍起到一定的牽制作用，以大雍的實力，他們若是想強攻奪城，胡小天仍然無力抗衡，只是大雍新君剛剛上位，權力未穩，依臣之見，薛道洪經歷這兩次敗仗之後，其威信在臣民之中大打折扣，這才是他不敢再度發起戰爭的原因，更何況黑胡人在北疆厲兵秣馬，他不敢陷入兩線作戰之中，所以才採取迂迴策略，想要通過和談，利用陛下來向胡小天施壓。若是一切順利，他們可不費一兵一卒取回東梁郡和東洛倉兩城，若是此事不成，他們也沒有什麼損失，反倒可以因此而製造陛下和胡小天之間的矛盾。」

龍宣恩長歎了一聲道：「雍人之用心何其歹毒。」

周睿淵道：「就算胡小天答應了將兩座城池還給大雍，我看大雍也未必肯順順利利地借糧給咱們，陛下在這件事上，務必要三思而後行。」

梁英豪將一個竹管送入胡小天的書房內，恭敬道：「主公，剛剛接到京城的飛鴿傳書！」

胡小天接過竹管，從中取出密信，這封密信乃是霍勝男親筆所寫，胡小天看完之後不由得皺起眉頭，低聲道：「果然不出我所料，大雍展開外交攻勢了。」

梁英豪道：「怎麼？他們也派使臣去了康都？」

第六章

兵聖廟

胡小天聽到這裡心中不由得一驚，
從洪凌雪的話中推測到朱觀棋的本名並非如此，諸葛世家？
再看到眼前的兵聖廟，胡小天心中豁然開朗，
難道朱觀棋本姓諸葛，乃是大康一代兵聖諸葛運春的後人？

胡小天點了點頭道：「你去將軍師請來，我有事找他商量。」

梁英豪領命之後去了，可沒過多久梁英豪就去而復返，向胡小天回稟道：「軍師不在家中，聽說去了難民營探望他的家人。」

雖然胡小天已經下令讓所有難民入城定局，但是短時間內城內無法同時安置那麼多難民，仍然有近五千名難民羈留在難民營，余天星的父親余冬青本該有特權，可是他是難民營選出的頭領，理當以身作則，所以至今都在那邊堅守。

梁英豪道：「要不要現在就過去請他？」

胡小天搖搖頭道：「余先生好不容易才有閒暇去探望家人，咱們還是不要打擾他了，英豪，你幫我準備兩罈好酒，幾樣小菜給朱先生送去，我隨後就到。」

梁英豪應了一聲。

胡小天抵達朱觀棋家中時，方才知道朱觀棋夫婦兩人都不在家裡，一早就出去了，問過周圍鄰居得知朱觀棋夫婦二人是往城西青雲山去了，那裡有座兵聖廟，朱觀棋每逢初一十五都會前往那邊上香，今兒剛好是臘月十五，想來也不例外。

胡小天於是帶上梁英豪，兩人朝著青雲山而來。朱觀棋雖然兩次為胡小天出謀劃策，可是他並不想張揚，也請求胡小天對他的幫助隻字不提，所以即便是胡小天身邊的親信也不明白，為何胡小天會對此人如此看重。

青雲山名字雖然起得氣勢，可實際上並不算高，只是城西隆起的一座小山包，山上有座娘娘廟，平日裡香火不斷，每逢初一十五，上山進香者更是絡繹不絕，胡小天要去的兵聖廟反倒沒什麼人知道，問過幾名當地人方才打聽到，兵聖廟位於後山的半山腰處，位置雖然不高，可是道路並不好走，胡小天將坐騎交給梁英豪看護，獨自一人沿著後山小路向上走去。

山坡上還有許多未融的積雪，山道雖然談不上險峻，可是狹窄濕滑，行走不便。可是這對胡小天來說算不上什麼困難，以他的輕功走在其上，如履平地。沒過多久就已經看到半山腰上的陳舊小廟，兵聖廟只有半間房子，人是進不去的，這半間房子裡面存有一座石像，廟後的山岩上還存有一塊碑刻，是當地百姓紀念大康一代傳奇軍師諸葛運春所立。

諸葛運春曾經在東梁郡指揮庸江會戰，也是那一仗奠定了大康中興的基礎，當地百姓為了紀念他的功德，特地在此造兵聖像，後方的摩崖石刻，所鐫刻的乃是諸葛運春生前所寫的《山河賦》，雄奇瑰麗、波瀾壯闊，字裡行間抒發了他的拳拳愛國之心，以及對大康明宗龍淵知遇之恩的感激之情。過去東梁郡屬於大康之時，每逢初一十五都會有當地百姓過來上香，可後來東梁郡歸了大雍，於是這裡的香火漸漸冷清了下來，蓋因後人都以雍人自居，不願去祭奠這位大康的一代傳奇人物。

胡小天走進兵聖廟，就聽到從摩崖石刻的方向傳來誦讀之聲，從聲音中判斷出朗誦詩詞之人正是朱觀棋。在胡小天的印象中，素來沉穩的朱觀棋，少有表現出這樣激情四射的時刻，心中不由得有些好奇，悄悄走過去，並未急於驚動他們夫婦。

卻見朱觀棋和妻子洪凌雪兩人站在摩崖石刻前，朱觀棋正在朗誦著《山河賦》，他神情鄭重，雙手隨著誦讀而不停揮舞，抒發著內心中的情緒，等到他將山河賦通篇誦完，方才從妻子手中接過一碗酒，恭敬灑在石刻前方的地面上。

洪凌雪輕聲歎了口氣道：「相公，若是先祖在天有靈，他也不想諸葛世家的子孫將才華荒廢。」

胡小天聽到這裡心中不由得一驚，從洪凌雪的話中不難推測到朱觀棋的本名並非如此，諸葛世家？再看到眼前的兵聖廟，胡小天心中豁然開朗，難道朱觀棋本姓諸葛，乃是大康一代兵聖諸葛運春的後人？胡小天不由得想起離開雍都之時，七七曾經送給他的那本《兵聖陣圖》，如果真是如此，看來自己和這位諸葛運春的後世子孫之間還真是冥冥註定的緣分。

諸葛觀棋淡然笑道：「凌雪，你每日都在勸我，難道不想我陪在你身邊？」

洪凌雪溫婉笑道：「才不是，只是我覺得胡小天乃是一個胸襟寬闊之人，他對相公也表現出相當的誠懇，想要施展你的才華和抱負，需要找到一個真正能夠理解並認識到你的能力的人，你說是嗎？」

諸葛觀棋道：「我還不瞭解他。」

洪淩雪微微一怔，藏在暗處的胡小天也是心中一怔，怪不得諸葛觀棋到現在都沒有明確表示要輔佐自己，原來他仍然心存顧慮。

諸葛觀棋道：「我不知道他是想只求一片安身之地，還是擁有更大的抱負。」

胡小天終於還是沒有走過去和他們夫婦見面，悄悄離開了兵聖廟，沿原路走下山坡。

梁英豪見到他這麼快就去而復返也覺得有些詫異，還以為胡小天撲了個空，沒有找到朱觀棋。

諸葛觀棋夫婦二人返回家中的時候已經是正午時分，看到胡小天笑眯眯站在門外等著，洪淩雪向丈夫看了一眼，唇角露出會心的笑意，心想看吧，人家又來了，憑心而論，洪淩雪已經被胡小天的誠意所感動，更何況人家還救過自己的性命，在她看來，若是丈夫下定決心輔佐胡小天，不失為一個絕佳的選擇。

任何妻子都不希望自己的丈夫平凡一生，尤其是丈夫才華橫溢，胸懷大志，卻因為時局的原因而選擇隱世而居，洪淩雪知道丈夫甘於平淡的外表下其實隱藏著一顆勃勃雄心。他一直都在等待著機會，胡小天慧眼識才，而自己的丈夫卻在謹慎選擇著未來的主公，他必須要確信胡小天是理想中的明主，方才肯出山效力。

諸葛觀棋笑道：「胡大人，何時來的？等了很久了？」

胡小天微笑道：「為了先生，等多久都不為過！」

這番話充滿了一語雙關的含義。

洪凌雪道：「大人吃飯了沒有？」

胡小天搖了搖頭，諸葛觀棋向洪凌雪道：「凌雪，你去瀲灩樓買兩樣小菜，沽二斤好酒來。」

胡小天笑道：「不用麻煩了，我已經讓人準備好了。」他向一旁的梁英豪使了個眼色，梁英豪將事先準備好的食盒和酒罈從馬背上取下來。

諸葛觀棋道：「真是不好意思啊，大人來我這裡做客，卻要你準備酒菜。」

胡小天道：「不但準備了酒菜，我還給先生帶來了一份禮物呢。」

諸葛觀棋愣了一下，旋即笑道：「那讓我如何受得起。」

洪凌雪提醒道：「趕緊請大人進屋吧，別在外面站著了。」

幾人一起來到房間內，諸葛觀棋讓洪凌雪去生火盆，梁英豪搶著去了，胡小天將食盒拎到了諸葛觀棋的書齋內，四樣冷碟擺好，諸葛觀棋將業已變冷的熱菜交給妻子拿去加溫。

胡小天已經將酒倒上了。

諸葛觀棋道：「大人今天怎麼有空？」

胡小天道：「這段時間也沒什麼大事，我每天都清閒得很。」

諸葛觀棋笑道：「不是聽說大雍派來使臣了？大人難道不用接待？」

胡小天沒有馬上回答，起身幫著熱菜回來的洪凌雪接過菜盆，放在桌上，招呼道：「嫂夫人一起吃！」

洪凌雪搖了搖頭道：「你們吃，我還有事情要忙活。」

梁英豪此時將引燃的火盆送了進來，諸葛觀棋招呼他一起坐下，梁英豪道：「我去外面等著，不耽誤主公和先生說話。」

諸葛觀棋不禁啞然失笑，胡小天將菜分了一些，讓梁英豪給洪凌雪送過去，歉然道：「我每次一來，嫂子都要迴避，看來還是把我當成外人呢。」

諸葛觀棋笑道：「大人想多了，賤內平時不喜葷腥，吃素為主，聞不得酒氣，大人也不用擔心，她懂得愛惜自己的身體。」

胡小天笑道：「觀棋兄，我今次前來是有事情想要請教你呢。」

諸葛觀棋道：「大人無須客氣，有什麼話只管說，觀棋必知無不言，言無不盡。」

胡小天道：「大雍長公主前來出使，她許我優厚條件，勸我歸降大雍。」

諸葛觀棋微笑不語。

胡小天又道：「與此同時，大雍又派出特使前往康都，提出要以糧易地，解除大康糧禁，並無償借給大康五十萬石糧食渡過眼前難關，條件是大康將江北之地盡數歸還給他們。」

諸葛觀棋道：「聽起來這兩個條件都很誘人呢，不過大雍為何同時派出了兩名使者，出使不同的地方，提出不同的條件？」

胡小天道：「若是我答應歸降，當然最好不過，大雍可以花費最小的代價解決這一問題。」

「大人會答應嗎？」

胡小天道：「為君者將天下視為棋盤，將臣民視為棋子，隨時都可能棄之不用，若無對大雍的這兩場勝利，我對他們來說可能還是毫無價值，正是這兩場勝利，才讓他們注意到了我，意識到了我多少還有些實力，一旦我將手中的土地拱手相讓，那麼我也就失去了存在的價值。」

諸葛觀棋為胡小天斟滿酒杯，微笑道：「大人是不答應嘍？」

胡小天道：「我若是不答應，人家也有後手，大康深受糧荒困擾，他們提出的條件也極其誘人。」

諸葛觀棋道：「大人以為皇上會答應？」

胡小天道：「皇上也派了使臣前來，找我要十萬石糧食。」

諸葛觀棋道：「事情的主動權並不在皇上那裡，東梁郡和東洛倉如今控制在大人的手中，糧草也在大人的手中，就算皇上答應要把江北之地奉送給大雍，那麼還要經過大人的允許。」

胡小天道：「我若是不答應，那就是公然違抗聖明，皇上就有了一個光明正大對付我的理由。」

諸葛觀棋道：「大人若是將兩座城池送出去，那麼你和你的將士，以及你剛剛招募的兵馬又將去向何方呢？」

胡小天沉默了下去，他的手中只有三座城池而已，若是失去了江北之地，他唯一的可能就是退守武興，諸葛觀棋是明知故問。

諸葛觀棋道：「無論怎樣，大人的實力都沒有太多減弱啊！若是大人手中控制了七萬精兵，糧草充足，只怕開始擔心的應該是大康皇上了。」

胡小天點了點頭，的確很有道理，任何人都不可能不去擔心一個不聽話的傢伙坐擁七萬兵馬鎮守自己的邊界，只是龍宣恩似乎沒什麼選擇了，如果大康國內的糧荒得不到改善，那麼可能過不了太久的時間，國內就會鬧出更大的亂子。

諸葛觀棋道：「世事如棋，大康的日子不好過，大雍現在的日子也不好過，否則以大雍向來的強勢，他怎麼可能接受兩連敗的結果，轉而尋求外交途徑去解決問題？大人請回答我一個問題，若是皇上答應了大雍的條件，你會將江北之地交出去嗎？」

胡小天搖了搖頭道：「不交！」

諸葛觀棋微笑道：「若是不交，大人難道不怕大雍和大康聯手對付你？」

胡小天道：「就算是交了，他們也一樣要聯手對付我，結果既然一樣，我為何還要做這種蠢事？」

諸葛觀棋忍不住哈哈大笑起來，他點了點頭道：「這局棋走到了現在這一步，大雍的目的很明顯，以糧易地背後的真正用心是要挑起你和朝廷的矛盾，朝廷若是能夠識破他們的奸謀，必然會拒絕這一要求，朝廷若是鼠目寸光，那麼就會答應和談的條件，從而將所有的矛盾都集中在大人的身上。」

胡小天道：「我應當如何破局呢？」

諸葛觀棋道：「一切還要看京城那邊的態度，希望皇上能夠看清大局。大雍方面反倒不足為懼，他們短期內應該不會興兵進攻大人了，看來黑胡人給他們的壓力不小，這位新君在朝廷內勢必也頂著極大的壓力，否則他絕不會做出這樣的讓步。大人雖然是雙方矛盾之所在，可從另外一個角度來看，大人才是真正能夠掌控局勢走向之人，離開了大人參與，他們談得再久，談得再多，也不過是紙上談兵。如果我是大人，就以不變應萬變，任憑風浪起，穩坐釣魚台！」

胡小天微笑點了點頭，他想起了一件事：「對了，觀棋兄，我有件禮物送給你。」

諸葛觀棋道：「無功不受祿，大人千萬不要讓觀棋汗顏了。」

胡小天笑道：「收或不收當然要依著觀棋兄自己的意思，不過這禮物你還是看過之後再做決定。」

諸葛觀棋無奈只能點了點頭，胡小天從懷中抽出那本書輕輕放在了諸葛觀棋的面前，諸葛觀棋小心展開上面包裹的藍布，當他看清裡面的那本書時，整個人明顯被驚呆了，他無論如何都不會想到胡小天送給他的這本書竟然是《兵聖陣圖》，雖然身為諸葛家子孫，可是兵聖陣圖卻失傳已久，就算是他也不知這本凝結先祖智慧的陣法奇書到底藏在何處？諸葛觀棋每當想起這件事便遺憾不已，本以為這本奇書已經失傳，卻沒有想到自己今生還有親眼見到此書的機會。

諸葛觀棋抑制不住內心的激動，他拿起《兵聖陣圖》翻閱了幾頁，憑藉他淵博的兵法知識，很快就斷定這本書絕對是真跡無疑。

胡小天從諸葛觀棋的表情變化已經可以斷定，他就是諸葛運春的後人無疑，微笑道：「這本書珍藏在皇宮大內，我在一次偶然的機會得到，我對兵法一竅不通，寶劍贈壯士，貂裘配美人，相信這本書在觀棋兄的手中才能發揮它真正的作用，你可千萬不要拒絕哦！」

諸葛觀棋何其的睿智，他當然明白胡小天絕不會無緣無故送這本書給自己，將這麼貴重的禮物送給自己，一是體現了胡小天對自己的看重，還有一個原因，胡小天應該是已經知曉了自己的真正身分。

諸葛觀棋抿了抿嘴唇，深深一揖道：「多謝大人！」

余天星進入父親的房間內，將手中帶來的禮物放下，恭敬道：「爹！」

余冬青躺在床上應了一聲，擺了擺手，示意伺候他的僕婦離去，旋即攥緊了拳頭抵在唇前咳嗽了幾聲。

余天星關切道：「爹，都勸您多少次了，跟我回城去住，那邊環境要比這裡好得多，為何您偏偏如此固執？」

余冬青長歎一聲道：「兒啊，鄉親們推舉我為首領，對我如此信任，我怎能先於他們離去？」他忽然抓住兒子的手道：「天星，難道你當真要在胡大人身邊做他的軍師？」

余天星內心一震，充滿疑惑地望著父親道：「爹，您想說什麼？」

余冬青道：「天星，爹知道，胡大人對你有知遇之恩，可是爹也知道，良禽擇木而棲的道理。雖然你輔佐胡大人，幫助他取得兩場勝利，可是這兩場勝利並不能從根本上扭轉大勢，大雍何其強盛，以胡大人目前的兵力又豈是大雍的對手？」

余天星臉上的表情轉冷：「爹，是不是有人找你了？」他站起身來，向門外望去，發現外面並沒有其他人在，這才重新回到了父親身邊。

余冬青歎了口氣道：「天星，爹知道過去一直都錯怪了你，以為你是個庸碌無為的孩子，直到今日爹方才知道，你竟然擁有如此才華，爹是不想你明珠暗投，耽擱了自己的前程。」

余天星道：「爹，你今天的這番話我只當沒有聽到，若是再敢在我面前說起這種話，休怪我不顧你我之間的父子之情。」他起身欲走，卻被余冬青一把拉住衣袖，老淚縱橫道：「兒啊，你別忘了，你的兄長和姐姐全都逃去了大雍，他們的身家性命可全都在你的一念之間啊！」

余天星聞言如同五雷轟頂，顫聲道：「你說什麼？爹，你說清楚，到底發生了什麼事情？」

余冬青抬起衣袖擦去臉上的淚水道：「今日有人捎信過來，說你的兩位哥哥全都在雍都謀到了差事，現在過得很好。」

余天星咬牙切齒道：「是不是有人用我兄長的性命做要脅，逼你勸說我去大雍效力？」

余冬青點了點頭道：「他們說，只要你肯去大雍，就許你高官厚祿，讓你今生今世榮華富貴受用不盡。」

余天星冷笑道：「爹，此等謊言，你也相信？」

余冬青道：「兒啊，你若是不答應，只怕你的兩位哥哥連同他們的家人全都要遭遇毒手，可憐我的三個孫兒，你的三個侄兒，他們最大的還不到五歲呢……」說到痛心之處，余冬青又是淚流滿面。

余天星道：「爹，你跟我明言，到底是什麼人過來找你？」

余冬青正想說話，卻聽外面傳來一個清朗的聲音道：「余先生在嗎？」

余天星微微一怔，轉身走出門去，卻見門外一名長身玉立的年輕男子站在那裡，看到此人眉眼竟有幾分熟悉，仔細一想卻是大雍長公主薛靈君。聯想起剛才老父所言，余天星頓時明白這其中的關鍵所在，淡淡然拱手行禮道：「我當是誰？原來是長公主大駕光臨。」

薛靈君微笑道：「只是前來難民營看看，沒想到能夠得遇先生，說起來還真是有些緣分呢。」

余天星站在門口，並沒有邀請她入內坐一坐的意思。

薛靈君也不以為意，輕聲道：「余先生不怕咱們說話的情景被別人看到？」

余天星道：「余某做事行得正坐得直，對得起乾坤日月，對得起天地良心，又有什麼好怕？」

薛靈君撫掌讚道：「余先生果然是一條響噹噹的漢子。」

余天星道：「長公主殿下不陪我家主公談大事，怎麼會有雅興來到這窮鄉僻壤？」

薛靈君道：「只是心中好奇，能夠幫助胡小天兩度以弱勝強，敗我大軍的人究竟是怎樣一個人物，所以才過來親眼見證一下。」

余天星淡然笑道：「若是想見在下，隨時傳召我過去就是，何必親自跑這一趟？長公主殿下真是用心良苦啊！」想起自己的兩位兄長全都落在她的手中，被她拿來要脅自己，余天星的心中不由得感到一陣憤怒。

薛靈君道：「胡小天可以禮賢下士，我同樣可以親自登門，余先生不必多想，我來這裡只是想和余先生交個朋友，並沒有其他的意思。」

余天星道：「家父剛剛所說的那番話，也是長公主授意了？」

薛靈君笑道：「或許老人家理會錯了我的意思，我只是告訴他，先生的兩位兄長在雍都過得很好，以後我也一定會讓人多多關照他們呢。」

「不知長公主殿下所謂的關照是什麼？」

「那就要看先生想我怎麼做？」薛靈君的話中軟中帶硬，充滿了威脅的含義。

余天星道：「堂堂大雍長公主做事，果然光明磊落。」他的話語中充滿嘲諷。

薛靈君道：「余先生行兵佈陣的風格卻是詭異莫測，達目的不擇手段。」

余天星寸步不讓道：「長公主以為這樣的手段就可以讓我屈服，讓我改變自己對主公的忠誠嗎？」

薛靈君幽然歎了口氣道：「據我所知，胡小天對你也沒有什麼大恩大德，應該不至於讓你為他肝腦塗地，他能夠給你的，我都能給你，他不能給你的，我也能夠滿足你！」說到這裡，薛靈君向余天星遞過去一個誘人的眼波。

余天星微笑道：「長公主殿下畢竟只是一個女人！」

薛靈君聞言俏臉倏然轉冷：「余先生這話是什麼意思？」

余天星道：「長公主應該不明白何謂士為知己者死，人生一世草生一秋，人的壽命無論長短，終歸有時，然心中道義卻宛如日月長存於天地之間，長公主殿下若是以為利用我的親人就能夠改變我的意志，試問一個連立場都可以輕易改變的人又怎能值得你們如此重用？今日你以我兄長的性命要脅，明日就會有人用我爹娘的安危作為條件，不是我余天星不念親情，自古忠孝就難兩全，我余天星不會為任何人更改我心中的信念，今日我在你面前發誓，若是你膽敢傷害我家人一根指頭，我余天星日後必加倍奉還！」他這番話說得斬釘截鐵，毫不猶豫。

薛靈君勃然大怒道：「你竟敢威脅我？只要我願意，隨時都可以要了你的性命！」

遠處傳來一個冷酷的聲音道：「長公主殿下若是夠膽，只管試試，我會先射瞎你的眼睛！」潛伏在遠處樹冠中的展鵬已經拉滿了弓弦，冰冷的鏃尖在樹冠中閃爍著寒芒，胡小天怎會忽略對余天星的保護？

薛靈君眼中憤怒的光芒終於軟化了下來，她發出一串銀鈴般的笑聲：「果然有所準備，算了！本宮且饒了你，去找胡小天算帳！」

胡小天實在有些佩服薛靈君這個女人了，明明做了虧心事，居然還敢理直氣壯地登門興師問罪，薛靈君來此之前，胡小天又收到了來自康都的最新消息，看來李沉舟此次出使並不順利，老皇帝應該是看破了他的用心，並沒有急於答覆大雍提出的條件。其實龍宣恩的最終態度對胡小天而言已經不是那麼的重要，將在外軍令有所不受，大不了就是明打明挑起大旗單幹，你龍宣恩又能奈我何？

薛靈君怒氣沖沖地出現在胡小天面前，張口質問道：「你居然讓人跟蹤我？」

胡小天不慌不忙，非但沒有請這位大雍長公主坐下，甚至連正眼都沒看她，淡然道：「長公主殿下若是這樣理解，我也沒有辦法。」

薛靈君意識到胡小天突然改口，不再稱呼自己為君姐，而稱她為長公主殿下，口風突然改變的意思該不是代表他要跟自己公事公辦，再不講私人交情？薛靈君道：「我的提議你考慮得如何？」

胡小天微笑道：「我本以為你此次前來滿懷誠意，卻想不到你們早已有了兩手準備，既然已經出動李沉舟前往康都，意圖通過皇上向我施壓，又何必多此一舉來這裡陪我消磨時光？」

薛靈君歎了口氣道：「皇上有皇上的打算，我若是不念咱們之間的舊情，何必要長途跋涉來此一趟？」

胡小天可不認為他們之間有什麼舊情，薛靈君所做的每一件事都抱有她自己的目的，此女表面嫵媚多情，內心卻是陰險冷酷，決不可被她蠱惑，胡小天道：「長公主殿下對我真是情深義重，這邊跟我和談，那邊卻用余天星家人的性命要脅他投奔大雍，真是表裡如一，手段高妙！」

薛靈君嫣然笑道：「人家只是有些好奇，這個余天星究竟是何等厲害人物？竟然能夠得你如此看重，所以就想方設法瞭解了一下，想跟他交個朋友。」

胡小天道：「通過威脅交朋友的方法，我還是第一次聽說。」

薛靈君絲毫沒有感到心虛，依然笑意盈盈道：「其實你應該感謝我才對，若不是我幫你試探，你又怎能知道余天星對你忠心不二呢？」

胡小天真是服了這女人，明明是背著自己做了一件卑鄙無恥的事，說出來卻如此坦然，彷彿她當真幫了自己一樣，胡小天道：「你真要對余天星的家人下手？」

薛靈君笑而不語，從胡小天的雙眸中察覺到一絲前所未有的冷酷，芳心巾不由為之一顫，暗忖，難道他對我動了殺念？

胡小天道：「余天星的家人就如同我的家人一樣，若是長公主當真有這樣的想法，我勸你還是儘早打消為妙。」

薛靈君不甘示弱道：「你在威脅我？」

胡小天淡然笑道：「你和我認識也有一段時間，應該知道我很少威脅別人，更很少去主動招惹別人，可這並不代表我膽小怕事，不然早在唐伯熙率領三萬水師大兵壓境之時，我就棄城而逃，我這人平日裡雖然笑嘻嘻的，可是我的脾氣卻很臭，若是別人惹火了我，我不管付出多大的代價也要跟他死磕，就算犧牲掉這條性命，我也要把對方給弄得生不如死。」

薛靈君明知胡小天是在威脅她，可心中仍然忍不住開始害怕，這小子當初在西州，可以突破重重保護潛入自己的房間內，若是當真想對自己不利，只怕少有人能夠防住他。她強裝鎮定道：「你這人怎麼突然說這種話，一點風度都沒有。」

胡小天呵呵笑了起來：「來而不往非禮也，別人敬我一尺，我敬別人一丈，長公主殿下打著和平的旗號而來，卻在背後做這些見不得光的勾當，實在是讓我失望之極，既然毫無誠意，咱們之間也無須再談，有什麼手段儘管使出來，我只能保證，你所做的一切，我必然十倍奉還！」

薛靈君臉上的笑容已經完全收斂，她相信胡小天所說的絕不是玩笑話。盯住胡小天的雙目，薛靈君緩緩點了點頭道：「話說得容易，可是有些事情卻是要實力才能決定。」

胡小天道：「滅掉大雍或許我一時半會沒那個本事，可是若是想除掉一個人，我根本不需要勞駕別人動手。長公主殿下可以準備回程了，你的提議我現在就可以給你答覆，我不會向大雍俯首稱臣。」

薛靈君道：「你最好三思而後行，以免招來滅頂之災。」

胡小天微笑道：「李沉舟不是已經去了康都？既然他有信心想說服皇上，那麼你們就等著皇上下令，讓我將東洛倉和東梁郡還給你們。」

薛靈君從胡小天的語氣已經聽出，就算大康皇帝龍宣恩下旨讓他歸還江北土地，胡小天依然不會執行。薛靈君輕聲歎了口氣道：「其實你又何須意氣用事，這樣下去對你終究沒有好處。」

胡小天冷冷道：「是好是壞都是我自己的選擇，不勞長公主殿下費心。」

談到這裡已經沒有繼續談下去的必要，她起身準備離去，郭震海緊隨她離開，卻聽身後胡小天道：「留步！」

薛靈君停下腳步，還以為胡小天有什麼話想要對自己說。

胡小天充滿殺機的目光卻盯住了郭震海，冷冷道：「我和你好像還有一筆賬沒算呢。」

郭震海微微一怔，不知道胡小天是什麼意思？

胡小天也不多說，一個箭步就已經向郭震海衝了上去，郭震海目睹胡小天剛才對薛靈君言辭激烈，擔心他會傷害到薛靈君，慌忙邁出一步迎了上去，大聲道：

「公主快走！」

胡小天揮動右拳向郭震海當胸擊落，他出拳雖然勢大力猛，可是速度並不算快，郭震海穩紮下盤，也是一拳迎擊而出，兩人的右拳撞擊在一起，蓬的一聲氣爆聲響起，胡小天的身軀紋絲不動，郭震海卻是微微一晃。郭震海心中暗歎，想不到胡小天的內力竟然如此渾厚。

胡小天唇角露出一絲冷笑：「再吃我一拳試試！」這一拳卻是運足了全力，郭震海硬碰硬跟他再對了一拳，氣爆聲再度響起，排浪般的氣息以兩人的身體為中心向周圍輻射而去，薛靈君就位於兩人不遠處，身上的衣服被這股罡風吹得向後扯起，驚得她花容失色，不知為何胡小天會突然出手。

郭震海和胡小天再度正面交手，方才知道胡小天剛才的第一拳隱藏了實力，此時後悔已經晚了，被胡小天這一拳震得蹬蹬蹬向後退去，胸口劇痛，一口甜意從腹部向上衝去，卻是被胡小天震得內腑出血，他硬生生將這口熱血吞了下去，有些惶恐地望著胡小天，原來胡小天真正的實力恐怖如斯。

薛靈君怒道：「住手！胡小天，你太過分了！」

胡小天微微一笑，並沒有繼續向郭震海發動攻擊，輕聲道：「這一拳算是我對郭兄在西州偷襲我的補償！」

郭震海瞪大了雙眼，實在想不起自己在西州何時偷襲過他。

薛靈君卻清楚，胡小天顯然是殺雞儆猴，借著懲戒郭震海給自己一個難看，這廝當真是翻臉如翻書，她也不敢繼續久留，匆匆離去。離開胡小天府邸之時俏臉煞白，心中又是生氣又是害怕，胡小天表現出的強硬讓她有些亂了方寸，登上停在門外的軺車，卻聽到身後傳來噗的一聲，轉身望去，只見郭震海終於忍不住吐血，一口鮮血噴在了地上，身軀晃了晃，險些摔倒，幸虧隨行的武士及時將他扶住。

薛靈君咬了咬櫻唇，低聲道：「走！收拾東西，馬上離開這裡！」

薛靈君等人狼狽離去的一幕全都被前來的余天星看到，余天星搖了搖頭，心中卻有些感動，胡小天因為自己的事情，不惜和大雍長公主翻臉。來到胡小天面前，余天星撲通一聲就跪了下去。

胡小天看到他如此行為，不由得有些慌了，趕緊將他從地上拉了起來：「軍師，你為何如此大禮？」

余天星含淚道：「主公待天星恩同再造，天星何德何能，讓主公對我如此眷顧！」

胡小天拉著他坐下道：「我得軍師，如魚得水，若無軍師運籌帷幄，我怎能取得對大雍兩戰連勝，若無軍師我豈能開疆拓土，打下眼前的大好局面？反倒是軍師因為我而受到連累，讓我心中內疚得很呢。」

余天星感慨道：「兩戰連勝絕非天星個人之功，乃眾志成城，將士同心的結果，主公洪福齊天，智勇雙全，真正起到決勝原因的還是主公啊！」

胡小天道：「軍師不必擔心，我方才已經將所有的厲害關係跟薛靈君說得清清楚楚，諒她不敢動你的家人。」

余天星長歎了一口氣道：「家父一時糊塗，為了保住家人的性命方才勸天星投敵，還望主公不要跟他一般見識。」

胡小天笑道：「軍師過慮了，換成是我也要亂了方寸，更何況是余老伯，軍師幫我多勸勸他老人家，只管將心放踏實了，我絕不會讓你的兩位兄長出事，只要一有機會，就會安排人手將他們接來和你們團聚。」

兩人正在談話之時，梁英豪匆匆走了進來，卻是又收到了京城方面最新的消息，老皇帝龍宣恩居然拒絕了李沉舟以糧易地的提議，胡小天聞言心頭大悅，一直以來最為困擾他的問題終於明朗，從這件事最終的決定看來，龍宣恩還沒有糊塗到要將領土拱手相讓的地步，雖然他拒絕與否，都不會影響到胡小天的決定，可是龍宣恩這樣做，等於讓胡小天有了一個正大光明繼續佔據江北兩城的理由，也不必承受抗旨不尊的惡名。

余天星也因為這個消息而高興，笑道：「恭喜主公，這可是個天大的好消息啊！」

胡小天微笑道：「看來朝廷方面也應該得到了消息，看出現在大雍新君的處境並不妙，一時半會不敢向大康全面開戰。」

余天星點了點頭道：「國與國之間的承諾甚至比不上商人的口頭協定，大雍說什麼解除糧禁，說什麼借糧五十萬石根本是畫餅充饑，皇上應該明白，與其從大雍得到承諾，不如從主公這裡得到實惠更為現實。」

胡小天微笑道：「解除糧禁之事想要落實還需時日，五十萬石糧食就算能夠兌現，從大雍運抵大康恐怕也需要相當長的一段時日，等他們的糧食到達，只怕這個嚴冬已經過去了。」

余天星道：「對了，朝廷的欽差還沒有離開呢，主公難道當真準備答應朝廷要糧的要求？」

胡小天道：「這兩天我始終都在盤算這件事，軍師，東洛倉方面的糧草是否已經盤查清楚？」

余天星點了點頭道：「東洛倉的儲糧應該在五十萬石左右。」

胡小天瞇起雙目道：「難怪大雍會提出無償借給大康五十萬石糧食，打得一手如意算盤，把東洛倉要回去，然後再說裡面的存糧被咱們給運走了，以此作為藉口，就能將借糧的這筆帳給賴掉。」

余天星道：「我看他們正有此意！」

此時梁大壯進來稟報，卻是朝廷的欽差樊宗喜前來求見，胡小天知道樊宗喜此次前來十有八九又要催促糧食的事情，皺了皺眉頭道：「你讓他先回去，就說我們在商討軍情，今晚我去他那裡見他。」

余天星道：「主公還沒想好？」

胡小天歎了口氣道：「區區一個東洛倉的儲糧又怎能解救整個大康？這件事實在讓我有些為難了。」

余天星道：「其實我看他們誰都無意破壞目前的局面，只是想方設法從主公這裡攫取利益罷了。」

胡小天點了點頭，輕聲道：「都回去休息吧，軍師，你去將余老伯接來城內居住，免得再有外人打擾。」

余天星點了點頭道：「主公放心，我一定好好勸他。」

幾人剛走，維薩過來請胡小天過去，卻是諸葛觀棋夫婦二人到了，這段日子，維薩和洪凌雪相處默契，頗為投緣，如今已經結為金蘭姐妹。

胡小天忙於政務，反倒不清楚她們之間的事情，聽說諸葛觀棋也到了，馬上跟著維薩過去相見。

維薩已經準備好了火鍋，幾人在火鍋旁邊坐了下來，胡小天笑道：「這幾日忙得頭昏腦脹，很久沒坐下來好好吃上一頓了。」

諸葛觀棋道：「大人政務繁忙，也該愛惜自己的身體。」

胡小天意味深長道：「只可惜身邊人手不足，若是多幾個人幫我，我就可以逍遙自在一些了。」

諸葛觀棋微笑道：「大人現在才認識到這個問題，其實大人早就應該面對天下廣納賢才了。」

胡小天道：「天下雖大，真正的大才卻難得一見。」

諸葛觀棋道：「大人此言差矣，何謂大才？真正的大才未必事事精通，有人長於內政，有人長於外交，有人長於禮儀，有人長於商賈，有人長於兵法，有人長於實戰，有人長於器械，有人長於醫術，有人長於書畫，天下之大，術數門類何止萬千？大人又豈能以自己所見來論才之大小？」

洪凌雪悄悄在桌下踢了丈夫一下，顯然責怪他這番話說得太過直白，有對胡小天不敬之嫌。

胡小天聞言哈哈大笑起來，點了點頭道：「觀棋兄此言深得我心，我的身邊恰恰缺少一位可以時刻提醒我的摯友啊！」

諸葛觀棋微笑道：「大人若是不嫌在下聒噪，觀棋倒是願意多說幾句。」

胡小天道：「觀棋兄只管暢所欲言。」

諸葛觀棋道：「不知大人想聽哪方面的事情呢？」

胡小天道：「大雍雙管齊下，想要通過外交手段解決問題，大雍長公主薛靈君來東梁郡，對我百般利誘，想讓我改變立場投靠大雍，許我榮華富貴，加官進爵。」

諸葛觀棋道：「大人的目標若是浩蕩大海，那麼許你一面湖泊顯然不夠誠意。」他早已看出胡小天的雄心壯志不止於此。

胡小天微笑道：「他們看重的並非是我，而是我佔據的這片土地，一旦失去了這片土地，我也就失去了利用的價值，我心中明白得很呢。」

諸葛觀棋笑道：「大人明白，我就不用浪費口舌了。」

胡小天又道：「康都那邊的事情已經有了結果，皇上已經拒絕了李沉舟的和談條件。」

諸葛觀棋道：「看來皇上還是能夠看清眼前局勢的。」

胡小天道：「現在欽差就在等著我的答覆，皇上要我分出十萬石的糧食給京城救急。」

真正讓胡小天猶豫不決的乃是這件事，若是答應了朝廷的要求，自己辛苦得來糧草就要分薄不少。此前余天星就提出可以表面答應朝廷的要求，背地裡安排人手再將糧食搶奪回來。

諸葛觀棋道：「大人是不是已經考慮好了？」

胡小天道：「舉棋難定，就算答應了皇上的要求，這十萬石糧食也解決不了大康的困境，若是不給，在道義上又說不過去，所以才想請教先生。」

諸葛觀棋道：「匹夫無罪，懷璧其罪！」

第七章

是禍不是福

薛靈君明白，胡小天送糧絕非出於對龍宣恩這位君主的敬畏，
而是他已經想透了道理，這批糧草對他來說是禍不是福，
將糧草送給了龍宣恩，等於將矛盾也送給了龍宣恩，
在許多人眼中，胡小天失去了糧草也失去了價值，
而胡小天卻通過這送出的三十萬石糧食
讓自己站在了道義的一邊。

胡小天聞言心中一動，諸葛觀棋是在告訴他一個顯而易見的道理，因為他奪了東洛倉，得了這五十萬石糧食，如今已經成為眾所矚目的焦點，若是想將這五十萬石糧食據為己有，那麼必然會成為眾矢之的，就算以他如今的實力能夠保住糧草，可是卻會失了整個大康的民心，讓百姓誤以為他見死不救，同時也給了朝廷指責自己的理由。

諸葛觀棋道：「糧草終有盡時，民心卻很難把握。大人想要徹底解決糧草的問題，須得從根源上找原因，只有讓百姓重歸農田，安心生產，方才能夠解決糧荒的問題。」

胡小天道：「這十萬石糧食送出去之後，可以堵住朝廷悠悠之口。」

諸葛觀棋搖了搖頭道：「東洛倉有多少儲糧，就算大人不說，大雍方面必然清清楚楚，若是無法順利收回東洛倉，他們必然會將此事張揚出去，朝廷若是知道大人手中有五十萬石儲糧，卻只拿出了一小部分，不知作何感想？」

胡小天道：「觀棋兄的意思是，我再多拿一點？」

諸葛觀棋道：「三座城池，二十萬石糧食足可保證渡過這個嚴冬，撐到明年秋收，東梁郡本身還有存糧，大雍雖然災害連連，可是江北城鎮卻沒有被天災波及，我看明年東梁郡周邊豐收可期，再多的存糧也只能坐吃山空，還會招致太多不必要的仇恨，大人何不將壓力轉給朝廷，還能落得一個忠君愛民的名頭。」

聽諸葛觀棋說完，胡小天有種豁然開朗的感覺，不錯，他的確不應該目光短淺，太在意東洛倉的這些儲糧，再多的儲糧也不可能供養這些軍民一生一世的吃穿用度，唯有源源不斷的生產才是徹底解決之道，匹夫無罪懷璧其罪，以自己目前的處境的確不適合與眾人為敵，若是拒絕分給京城糧草，那麼以此而引發的後果不堪設想。人無遠慮必有近憂，諸葛觀棋看問題的角度的確高遠。

胡小天道：「就依觀棋兄的意思，我拿出三十萬石糧食支援皇上。」說到這裡他又想起一件事來：「此前周邊各城向自己開口借糧，既然答應給了皇上，是不是也應該多少借給他們一些？」他將這一想法告訴諸葛觀棋。

諸葛觀棋搖了搖頭道：「大人沒這個義務，給了他們也無濟於事，大人只需將這三十萬石糧食送給朝廷，至於如何分配還交給朝廷去做。」

胡小天道：「以皇上的性情，只怕不會管他們的死活。」

諸葛觀棋道：「說不定會有人鋌而走險，強搶糧食。」

胡小天眉峰一動：「真要是如此，怎麼辦？」

諸葛觀棋微笑道：「真要如此，大人的機會就來了，皇上或許會給你一個冠冕堂皇對其他城池用兵的理由，也許不久以後，大人控制的城池就不止這三座了。」

諸葛觀棋無疑看得更遠，這五十萬石糧食留在胡小天的手中，會讓他成為眾矢之的，可以預見危機僅僅是剛剛開始，只要糧食還在他這裡，麻煩就會接踵而至，以胡小天今時今日的實力還沒有一口吞下這麼多糧草的胃口，既然如此，不如將矛盾轉嫁給朝廷，可以預見這批糧草必然會引起大康內部震動，為了生存會有不少勢力盯上這批糧食，甚至會不惜一切代價將之據為己有，如同原本平靜的池塘，突然投入了一團魚兒，可以預見，用不了多久這池塘必然會沸騰起來。利用三十萬石糧食攪動大康內部的局面，胡小天卻可以趁此機會圖謀發展，擴張自身的實力，這才是一手真正的妙棋。

胡小天忽然明白，也許大雍的本意就是做這個投餌人，如果自己送出這三十萬石糧食，等於搶在大雍之前獲得了操縱這個魚塘的權力。

樊宗喜對能否順利要走糧食已經不抱希望，胡小天雖然對他表面熱情，可是在涉及到要糧的事情上總是選擇迴避，樊宗喜不是傻子，他當然不會相信胡小天直至今日還不知道東洛倉到底有多少存糧，雖然樊宗喜也不清楚東洛倉到底有多少家底，可是他堅信大雍七大糧倉之一的東洛倉，十萬石糧食絕對是拿得出來的。他也聽說過此前有不少地方官前來借糧被胡小天拒絕的消息，可是自己是皇上的欽差，皇上的面子胡小天總不能不給吧？

樊宗喜想到這個問題的時候，自己先搖了搖頭，如今的胡小天已經有了相當的實力，也許他已經不必再給皇上面子了，將在外軍令有所不受，更何況現在大康處處饑荒，糧食彌足珍貴。

就在樊宗喜頭疼不已的時候，胡小天來了，看到胡小天春風滿面的臉色，樊宗喜的心頭不覺又萌生出些許的希望，就算胡小天捨不得十萬石糧食，打個折扣，給個五萬石也行，實在不願意，給個三萬石也是好的，總好過讓自己空著手回去，在皇上面前無法交代要好得多。

樊宗喜小心翼翼地將胡小天請到房內，陪著笑臉道：「胡大人，我今晚之所以找您，是因為要儘快回京城交差。」

胡小天道：「這就走了？樊公公何不趁此機會在這邊多玩幾天，也讓兄弟我好好盡一下地主之誼。」

樊宗喜道：「兄弟的深情厚誼，咱家銘感於心，只是聖命不可違，皇上讓我傳了口諭之後即刻回京，實在是不敢耽擱啊。」

胡小天點了點頭道：「既然如此，我也不便強留，這樣，再多留一日，明個我為公公設宴送行。」

樊宗喜心中在乎的可不是一頓送行宴，他看到胡小天總是不提糧食的事情，終於忍不住道：「胡大人，那糧食之事……」

胡小天道：「公公想要多少？」

樊宗喜道：「皇上的意思是希望胡大人能夠拿出十萬石……」

胡小天聽到這裡故意咳嗽了幾聲，樊宗喜以為他不情願，趕緊改口道：「若是大人覺得為難，五萬石也是好的。」

胡小天大聲道：「五萬石！」

樊宗喜被他這一嗓子給驚住了，心中不由得暗暗忐忑，看胡小天這個樣子估計五萬石也是別想了，是啊！現在這種狀況，又有誰肯將到手的糧食送給他人？除非是傻子才會這樣做。

卻聽胡小天道：「開玩笑！」

樊宗喜頭皮一緊，正想說你五萬石沒有總能拿出三萬石吧？

胡小天道：「五萬石怎麼夠？」

樊宗喜以為自己聽錯了：「什麼？」

胡小天笑道：「樊公公，實不相瞞，我剛剛才將東洛倉所繳獲的糧食調查清楚，除卻被大火燒掉的一些，一共還剩下四十萬石糧食。」

樊宗喜心中大喜過望，此前胡小天好像說過要分一半糧食給朝廷，難道這小子當真要兌現承諾？一半糧食豈不就是二十萬石，若是真肯答應給二十萬石糧食，那麼自己這次可謂是立了大功。

胡小天道：「我準備拿出三十萬石糧食朝貢給皇上，用來救濟百姓，緩解大康糧荒。」

幸福來得實在太過突然，樊宗喜整個人如同傻了一樣，簡直無法相信自己聽到的是事實，過了好一會兒方才顫聲道：「胡大人……你……你說的全都是真的？」

胡小天微笑點頭道：「君子一言駟馬難追！我胡小天何時幹過出爾反爾的事情？」

樊宗喜激動地抓住胡小天的手臂道：「胡大人真乃國之棟樑，危難之時方顯忠臣本色，待咱家返回京城，必然會奏明皇上，力陳胡大人拳拳愛國之心，皇上必然會重重封賞於你。」

胡小天假惺惺道：「我要的可不是什麼封賞，身為大康臣子，我理當為皇上分憂，為大康解困。不過，樊公公，糧食我儘快為朝廷備齊，運糧之事還望朝廷自行承擔，大雍對我虎視眈眈，時刻都可能揮師南下，我不可掉以輕心，必須枕戈待旦。」

樊宗喜得到三十萬石糧食的允諾，哪還敢有什麼其他的要求，連連點頭道：「胡大人放心，胡大人放心，我這就飛鴿傳書，讓朝廷即刻派人前來運糧。」

一隻鷹隼劃破蒼茫的夜色向康都明月驛館內俯衝而至，李沉舟伸出手去，那鷹隼停在他的左腕之上，李沉舟從鷹隼的腳爪上取下一個銅管，從中展開紙條，當他看清裡面的內容，不由得皺了皺眉頭。

身後響起輕盈的腳步聲，卻是妻子簡融心踩著月光悄然來到了他的身後，李沉舟微笑回過頭去：「融心，還沒睡啊？」

簡融心輕聲歎了口氣道：「你還不是一樣？」

李沉舟脫下大氅為妻子披在肩頭，柔聲道：「夜冷風寒，咱們回去說話。」

簡融心點了點頭，挽著丈夫的手臂，夫妻兩人相偎相依來到房間內，簡融心將剛剛燉好的參湯送到李沉舟的面前，看著他將參湯喝了，方才露出會心的笑容：「沉舟，這邊的事情是不是已經有結果了？」

李沉舟點了點頭道：「他們已經拒絕了和談的條件。」

簡融心秀眉微顰道：「難道大康皇帝絲毫都不為百姓考慮？目睹百姓陷入水深火熱之中卻仍然不肯讓步？」她向來很少過問國事，此次隨同丈夫一起前來出使也是應丈夫的要求，一路之上看到大康百姓流離失所，饑寒交迫的景象，簡融心生出無限同情，她並不瞭解兩國之間的政治博弈，也不瞭解丈夫此次出使的真正目的所在，在她看來希望兩國能夠達成和談最好，無論如何，百姓都是無辜的。

李沉舟道：「為了此次和談，陛下已做出很大讓步，想不到大康毫無誠意。」

簡融心道：「會打仗嗎？」她最擔心的就是兩國交戰，戰爭最終傷害到的只有百姓，而若是兩國因此而興起戰事，自己的丈夫只怕又要奉命出征了。

李沉舟知道妻子的顧慮是什麼，他微笑搖了搖頭道：「不會！」

「既然他們已經拒絕了和談，咱們什麼時候回去？」

李沉舟的目光投向閃爍的燭火，低聲道：「還需一些時日，我還有一些事情沒有辦完。」

薛靈君本來已經準備離去，可是聽聞大康皇上龍宣恩已經拒絕了李沉舟的和談條件，不由得又轉變了念頭，她本以為自己對胡小天已經有所瞭解，可是現在方才發現，胡小天的身上有著太多自己沒有深入瞭解的地方，比如說他竟然將辛苦搶來的糧食雙手奉送給龍宣恩，這一手就是很多人沒有想到的，在普通人看來胡小天純屬多此一舉，可是仔細斟酌一下，方才會發現其中的高妙之處。

薛靈君明白，胡小天送糧絕非出於對龍宣恩這位君主的敬畏，而是他已經想透了其中的道理，這批糧草對他來說是禍不是福，將糧草送給了龍宣恩，等於將矛盾也送給了龍宣恩，在許多人的眼中，胡小天失去了糧草也失去了價值，而胡小天卻通過這送出的三十萬石糧食讓自己站在了道義的一邊，此子果然非同凡品，深謀遠慮，遠見卓識。

自從新君薛道洪同意以和談的方式來解決庸江危機，薛靈君就清楚薛道洪已經開始後悔此前的兩次盲目征討，也讓薛靈君看清，薛道洪雖然登上了皇上之位，但是手中的權力並不穩固，這才讓他不得不選擇短期內的隱忍和讓步，決定派自己出使東梁郡，是因為他對策反胡小天還抱有相當的希望，如果胡小天迫於壓力，選擇攏全體部下向大雍投誠，當然是一個最理想的結果。但是薛道洪又不敢將寶全都壓在自己一個人的身上，同時又派李沉舟出使康都，試圖讓大康皇帝龍宣恩先行就範。

從目前的進展來看，同步進行的外交攻勢都不理想，胡小天明確拒絕投誠，而龍宣恩居然也拒絕了大雍以糧易地的優厚條件。和談不成，必有一戰！按照常理來說接下來或許就會掀起一場全面戰爭，可是薛靈君卻認為這場仗短期內打不起來。黑胡在北疆給大雍製造了很大的壓力，目前大雍的軍事重點還是在北方防線，一時間不可能騰出手來發動對大康的全面進攻，甚至連清除胡小天這根眼中釘肉中刺都無法顧及。

身為皇族，薛靈君比任何人都能夠看清大雍的弱點所在，自從兄長薛勝康突然駕崩，大雍的權力中心已經失去了昔日那種強大的凝聚力，薛道洪無論從能力還是從魅力上都無法與他的父皇相提並論。薛靈君仍然記得皇兄臨終之前託付她的那番話，無論如何她都要盡力幫助大雍維穩，只是她的苦心和付出從目前來看，似乎並不被薛道洪這位侄兒所理解，他對自己過多的插手政事甚至還表現出有所不滿。

劍萍來到她的身後，小聲道：「殿下，收拾好了，咱們隨時可以動身。」因為郭震海受傷之事，使團的所有人都開始變得緊張起來，胡小天是個做事不講規則的人，若是他當真動了真怒，保不齊會對使團痛下殺手，真要如此，首當其衝的必然是他們這些隨行人員。

薛靈君點了點頭，低聲道：「郭震海怎麼樣了？」

劍萍道：「梁太醫幫他看過，說是被震傷了經脈，可能需要休養半年才能康復。」她歎了口氣道：「想不到胡小天下手居然這樣狠……」話未說完就遭遇薛靈君陰冷的目光，劍萍頓時意識到自己說多了，有些惶恐地垂下頭去。

薛靈君抬起手指看了看自己修飾精美的指甲，臉上的表情稍稍有些緩和，過了好一會兒方才道：「我改主意了，今兒暫時不走。」

劍萍的臉上充滿錯愕之色，她顯然不明白薛靈君因何會突然做出這樣的決定，低聲道：「殿下，東梁郡並非久留之地，咱們還是儘早離去，以免夜長夢多。」

薛靈君道：「你這妮子管得真是越來越多了，本宮要怎麼做還需你來指點？」

劍萍嚇得撲通一聲跪了下去，瑟瑟發抖道：「公主不要誤會，奴婢只是為公主的安危著想，絕無犯上的意思。」

薛靈君笑道：「算了，以為本宮真會跟你一般見識嗎？」

胡小天聽聞薛靈君並沒有馬上離開，也是頗感意外，雖然他不喜薛靈君的手段，可卻不得不佩服她的膽量，其實薛靈君想要以余天星家人的性命來要脅他的念頭也算不上什麼，自己當初對付常凡奇也是用上了同樣的手段，政治鬥爭中無所謂手段，真正關心的應該是結果。而這個世界上更沒有永遠的朋友或敵人，只有永恆的利益。

在外交上必須採用軟硬兼施的手，面對胡小天的強硬，薛靈君只能選擇退讓，她此趟出使的真正目的一是為了刺探胡小天的實力，二是盡可能從胡小天這裡獲取更多的利益，帶走秦陽明為首的俘虜就是她的用意之一。

離開東梁郡之前，薛靈君再次拜會了胡小天，胡小天雖然此前和薛靈君針鋒相對，不過這廝很好地詮釋了何謂對事不對人，再次見到薛靈君的時候態度好了許多，臉上的表情如沐春風，居然改口又稱薛靈君為君姐，態度上的冰火兩重天，讓薛靈君真正體會到這廝變臉之快，以薛靈君的智慧都有些應接不暇了。

康都那邊的消息不斷通過飛鴿傳書送來，對自己有利的消息越來越多，龍宣恩在關鍵的問題上並沒有糊塗，沒有被大雍方面的和談條件給迷惑住，最終還是選擇支持胡小天，而胡小天也投桃報李，公開提出支援京城三十萬石糧食，這一消息已經刻意散播了出去，依著胡小天的意思，他要讓天下人都知道自己的慷慨和忠信，也要讓大家清楚一個事實，自己已經幾乎散盡存糧，不要將自己繼續視為眾矢之的。

薛靈君打著辭行的旗號而來，雖然經歷了上次和胡小天唇槍舌劍的一番互駁，今次見面卻沒有流露出任何的尷尬，彷彿此前的事情根本沒有發生過一樣，輕聲道：「小天兄弟，我這次來是特地向你辭行的。」

胡小天今天的態度也很好，笑瞇瞇道：「君姐怎麼突然要走？該不是因為我上次的事情而生氣了吧？」

薛靈君幽然歎了口氣道：「上次的事情原本就是我錯了，回去之後我好好想了想，換成是我也一定會生氣，是我錯了，不該用那樣的手段威脅余天星。無論你信或不信，那些話我只是說說，絕沒有那樣做的意思。」

胡小天笑道：「我也不對，我和君姐認識了這麼久，君姐的為人我還能不知道，我本應該相信你才對。」這番話說得模稜兩可，薛靈君的為人他當然清楚，此女絕非善類，相信也是相信她無所不用其極。

薛靈君微微一笑道：「我也明白，你做事從來是對事不對人，其實我此次前來也是受了陛下的委託，無論談判結果如何，我都不希望因為公事而影響到你我姐弟之間的感情。」

胡小天連連點頭道：「那是當然，公是公，私是私，兄弟我分得清楚。」

薛靈君道：「小天兄弟，此前你曾經答應過，會釋放秦陽明和上次被俘虜的數千將士。」

胡小天點了點頭道：「有過這事？你不說我倒忘了！」

薛靈君心中暗罵，臭小子，你這張臉皮真是越來越厚了，明明答應過的事情也能跟我裝糊塗，想要出爾反爾嗎？

胡小天當然清楚薛靈君勸降自己不成所以才退而求其次，先落實釋放俘虜的事情，此趟出使總不能空手而返。胡小天呵呵笑道：「君姐不用擔心，我向來言出必行，答應過的事情又怎能忘記，不過放人可以，我也有一個小小的條件呢。」

薛靈君點了點頭，知道這廝絕不是一個小小的條件那麼簡單，臉上的表情古井不波道：「小天兄弟有什麼條件只管明說。」

胡小天道：「我思來想去，還是應該以和為貴，雖然兩場戰爭都並非是我挑起，可是冤冤相報何時了，這樣彼此爭鬥下去，對誰都沒有好處。」

薛靈君一時間不知這廝心中打的究竟是什麼主意，微笑道：「小天兄弟早就該明白這個道理。」

胡小天道：「所以我決定以德報怨，不但將這些俘虜交還給你們，還打算將東洛倉還給你們。」

幸福來得實在太過突然，薛靈君幾乎不能相信自己的耳朵，天下間怎麼可能會有這麼便宜的事情？以胡小天的性情，他又豈肯輕易吃虧？白白將東洛倉還給大雍？怎麼可能！薛靈君好不容易才讓自己平靜下來，輕聲道：「小天兄弟不妨說說你的條件。」

胡小天道：「君姐應該明白我現在的處境，皇上讓我前來管理東梁郡，實際上卻是對我的一種變相放逐，我抵達這裡之後，所有人都將我當成了一塊肥肉，人人都想咬上一口，不瞞你說，兄弟我一點安全感都沒有。」

薛靈君沒有回應，心中默默盤算著這廝到底想說什麼？

胡小天道：「我的原則從來都是人不犯我我不犯人，本來我在東梁郡好好的，沒人招惹我，能有個容身之地也就渾渾噩噩地混上一輩子了，我從沒想過去主動招惹別人。可唐伯熙偏偏不讓我如願，非要撕毀協議，攻打東梁郡，想要以此城作為禮物取悅你們的新君，我自衛反擊總不為過，好不容易擊敗了唐伯熙那幫人，我這邊準備跟大雍和談，還未來得及派出使節，秦陽明又糾集七萬兵馬前來，君姐，大康不敢和你們正面為敵，我總不能坐以待斃，所以才背水一戰，本來抱著與城俱亡的心思，卻想不到秦陽明如此膿包。」

薛靈君對這番話倒是認同，唐伯熙、秦陽明全都是膿包，帶這麼多人圍攻東梁郡，最後竟然落得這樣的下場。

胡小天道：「東洛倉是你們的地方，我也承認，佔領東洛倉原是我的不對，可是卻是我無奈之下的一個選擇，如果不將東洛倉占了，我東梁郡等於門戶大開，你們什麼時候想攻打我，什麼時候大軍就能暢通無阻地蜂擁而至，有了東洛倉我就多了一道門戶，多了一份保障。」

薛靈君道：「你剛才不是說要將東洛倉還給我們？」她才不關心什麼是非曲

直，真正關心的是能否將東洛倉順利要回。

胡小天點了點頭道：「說過的話豈能不算呢？君姐，我是這樣想，我準備和大雍簽署一份停戰協定，從今以後，咱們停兵休戰，永結同好，不知意下如何？」

薛靈君充滿警惕道：「那當然是最好不過，我此次就是為了和談而來，只是不知小天兄弟的協定內容是什麼？」

胡小天道：「也不甚複雜，秦陽明和那些俘虜我全都無條件放了他們，東梁郡本來就是我的領地，希望貴國以後不要再興兵征討。」

薛靈君道：「東洛倉呢？」她並不相信胡小天會將好不容易得來的東洛倉還給他們，其實胡小天就算還給他們也只剩下一個空殼，裡面的糧草估計也會被他搬空。

胡小天道：「東洛倉我會還給你們，只是現在不行。」

薛靈君早就猜到不會那麼順利，胡小天這麼說還不和不還一樣，當下淡然笑道：「剛剛你又說將東洛倉還給我們？」

胡小天道：「還一定要還，只是我還了東洛倉就等於將東北門戶向你們敞開，實在是放心不下，君姐，我想借東洛倉五年，五年之後，我必然將東洛倉原封不動地還給你們。」

薛靈君秀眉微顰，胡小天居然想出了借城的計策，還真是出乎她的意料之外，什麼借城？根本就是他不想還了，還不是換湯不換藥。薛靈君道：「既然早晚都要歸還，何必要等到五年之後？小天兄弟，我可以保證，只要你歸還東洛倉，十年之內大雍絕不入侵東梁郡一寸土地。」若是說永不侵犯，薛靈君自己都不相信，其實十年也沒有太大可能，只要大雍內部局勢穩定下來，接觸北疆危機，那麼下一步就是滅掉大康，只要順利滅掉大康，區區一個東梁郡又算什麼。

胡小天道：「原因我都已經說過，東洛倉我是一定要借。」

薛靈君道：「兄弟打得好一番如意算盤，東洛倉內儲有軍糧五十萬石，五年之後，是不是打算還一座空城給我們？」

胡小天道：「五年之後我不但將東洛倉還給你們，還會將東洛倉的糧倉儲滿，那五十萬石糧食會原封不動地歸還給你們，君姐覺得我夠不夠誠意？」

薛靈君將信將疑，胡小天的葫蘆裡到底賣的什麼藥？有一點可以斷定，他想借東洛倉五年，無非是緩兵之計，可轉念一想，現在東洛倉在他的手裡，他就算不給自己也沒什麼辦法，到最後唯有通過戰爭解決，胡小天答應五年後歸還等於給了自己一個台階，自己返回雍都之後，也好在薛道洪的面前交代。

薛靈君道：「此事我不能做主，須得回去請示皇上。」

胡小天微笑道：「我等君姐的好消息。」

薛靈君道：「那些俘虜我想帶回去。」

胡小天道：「本來我也是這樣想，可現在卻不得不緩上一緩。」
薛靈君皺了皺眉頭道：「什麼意思？」
胡小天道：「勞煩君姐派人將余天星的家人送來。」
薛靈君不由得呵呵笑了起來：「小天兄弟，你真是一個精明的商人啊！」
胡小天道：「再精明也難以望及君姐的項背。」
答應將東洛倉還給大雍，並以五年為限完全是胡小天的主意，這廝壓根就沒想過好借好還的事兒，欠債的才是大爺，古往今來啥時候都是這個理兒。先用緩兵之計將大雍穩住，如能順利換得五年的時間，那麼他就可以從容不迫地發展，在此地紮穩腳跟。
胡小天答應支援朝廷三十萬石糧食的消息很快就傳到了康都，一時間康都城內百姓都因為這個消息而喜氣洋洋，雖然三十萬石糧食不可能解決整個大康的災情，可是對康都百姓來說這卻是觸手可及的利益，處在天子腳下的他們應該可以分一杯羹。
比起這些百姓，朝廷內的震動顯然更大，胡小天此舉可謂是大大出乎眾人的意料之外，龍宣恩派樊宗喜前往東梁郡最初也只是打算要十萬石糧食，卻想不到胡小天居然答應給他們三十萬石，龍宣恩當初拒絕大雍和談條件之初，朝內還有不少臣子對此深表不解，畢竟現在大康深陷糧荒之中，無論大雍此舉的動機如何，都可以讓大康獲得喘息之機，想起那五十萬石糧食就痛惜不已，現在胡小天的三十萬石糧食讓文武百官內部的態度也發生了分化。

李沉舟並沒有因為和談不成而表現出太多的沮喪，這段時間他逐一去拜會了大康朝廷要員，另外就是抽時間陪著妻子簡融心在康都遊玩，看似已經完全放下了此行的使命。

這本該是康都一年中最冷的日子，氣溫卻反常提升起來，因為暖濕氣流的作用，臘月的康都居然少有地下起雨來，雨並不大，卻延綿不絕，一連下了兩天兩夜仍未有停歇的跡象，就在這樣一個淫雨霏霏的天氣中，李沉舟來到了太師府。

對文承煥來說，這場見面早已期待多時，他一直都知道這樣一個兒子，可是因為自身肩負使命的緣故，始終沒有能和兒子相認，他不知兒子是不是已經知曉了他們之間的關係？更不知道此次出使，父子兩人有沒有相認的機會。

李沉舟走入會客廳，看到文承煥正在花架前修剪著盆景，看到父親微駝的背影，李沉舟的心頭一陣酸楚，李氏一門忠烈，究竟是怎樣的意志才支撐父親孤身一人潛入異國，為大雍臥薪嚐膽鞠躬盡瘁，捨棄家人捨棄親情，這些年父親忍受了多少的痛苦，多少的孤獨。

李沉舟恭敬道：「大雍特使沉舟參見文太師！」

文承煥手上的動作停頓了一下，慢慢放下花剪轉過身來，表情和藹而平靜，雖然內心早已波濤起伏，望著近在咫尺的親生兒子，文承煥心中百感交集，他點了點頭道：「李大人來了，請坐！」

李沉舟微笑點了點頭，從父親面部輪廓的細節上，他找到了某種熟悉的成分，在父子兩人目光交流的剎那，突然就有一種熟悉的感覺湧上心頭。血脈相連，有很多感情是言語所無法形容的。雖然彼此已經猜到對方已經知道了自己的身分，可是誰都很好地控制著自己的感情。

李沉舟將手中的一個錦盒遞了過去：「文太師，小小禮物，不成敬意。」初次登門，贈與禮物也是再尋常不過的事情。

文承煥嘴上說著客氣了，卻仍然伸手接了過來，展開錦盒，卻見其中放著一塊雙魚玉佩，兩魚交接的部分裂痕清晰可見，文承煥的內心劇烈抽搐了一下，一切都已經完全明瞭，兒子將這塊玉佩出示給自己的用意就是表明了身分，文承煥好不容易方才平復了內心的激動，點了點頭，將錦盒合上，重新遞給了李沉舟：「這禮物太貴重了，老夫不能收！」他緩緩站起身來：「聽聞李大人詩畫雙絕，老夫新畫了一幅花鳥圖，不知可願指點一二。」

李沉舟道：「太師客氣了，沉舟剛好可以藉著這個機會向太師學習一下，指點二字萬不敢當。」

文承煥帶著李沉舟來到了自己的書齋，書齋的畫案之上只有一幅尚未完成的花鳥圖，文承煥進入房內，表情肅穆，低聲道：「你將房門關上。」

李沉舟將房門關好從裡面插上，一言不發，撲通一聲就跪倒在文承煥的面前，低聲道：「不孝兒沉舟參見父親大人！」

文承煥上前一步撲倒在兒子的面前，一把抓住他的臂膀，臉上已經是老淚縱橫，壓抑多年的思念在剎那之間全都湧上心頭，連文承煥都已無法控制自己的感情，他哽咽道：「我愧對你，愧對咱們李家……」

李沉舟搖了搖頭道：「爹，您始終都是孩兒心目中的大英雄，爺爺臨終之前說過，您是他最疼愛的兒子，也是他這一生中最大的驕傲！」

文承煥聽到這裡更是淚如雨下，父子兩人相攜相依站起身來。文承煥指著書案之上那張未完的花鳥畫道：「那幅畫是你兄弟去大雍出使之前親手所繪，看來再沒有完成的機會了。」

李沉舟勸慰道：「人死不能復生，爹爹也不用始終沉浸在悲痛之中。」

文承煥長歎了一口氣，來到書架前擰動機關，打開密室的房門，帶著李沉舟來到密室之中，這間密室，除了他之外，也只有兩個兒子來過。

父子兩人先來到李玄感的牌位前上香，以這種方式告慰他的在天之靈，文承煥恭敬道：「爹，孩兒終於和沉舟相認，您泉下有知應該放心了。」

李沉舟跟著父親給爺爺的牌位磕了三個頭，上香之後，父子倆來到一旁坐下。

文承煥道：「兒啊，龍宣恩已經下定決心，拒絕大雍的和談條件，他應該是已經看清了大雍目前的狀況，短期內不可能掀起戰事。」

李沉舟點了點頭，龍宣恩比他預料的更加狡詐，對而今局勢判斷也非常準確。

文承煥歎了口氣道：「先皇怎麼會突然就駕崩了，想當初我離開大雍之時，先皇曾經在我面前親口說過，有生之年，必橫掃江南，一統中原，想不到先皇壯志未酬身先去……」說到這裡，又是一陣唏噓。

李沉舟道：「天有不測風雲，人有旦夕禍福，皇上的故去實在突然。」

文承煥因這句話想到了已經慘死的兒子文博遠，低聲道：「博遠怎樣？」

李沉舟道：「我將他妥善安葬了，爹爹放心。」

文承煥抿了抿嘴唇道：「博遠乃是被胡小天所害，我有生之年必除此賊子為博遠報仇雪恨！」他雖然沒有確實的證據，但是仍然能夠斷定愛子之死和胡小天必然有關，早有害死胡小天之心，只是幾次下手非但沒有將胡小天置於死地，卻眼睜睜看著胡小天一天天勢力壯大，這讓文承煥感到無奈且悲哀。

李沉舟道：「爹爹，此事交給孩兒去辦。」

文承煥道：「胡小天絕非尋常人物，他現在手中掌控了庸江三城，實力更是今非昔比。只是沒想到，那昏君會拒絕大雍的和談條件。」

李沉舟道：「他應該是已經得到了一些確切的消息。」

文承煥皺了皺眉頭道：「沉舟，新君是不是權力未穩？」

在父親的面前李沉舟當然不會隱瞞，他點了點頭道：「大皇子雖然如願登上了皇位，可是並不能讓群臣信服，朝中有不少人支持七皇子薛道銘。」

文承煥歎了口氣道：「我就猜到一定是大雍內部出了問題，否則不會給胡小天可趁之機。」

李沉舟道：「還好有老太后在背後支持，朝中不會出什麼亂子，只是新君上位之後，這兩場仗打得實在太過冒失，非但沒有通過這兩場戰爭讓百官信服，反倒讓許多人看到了皇上的不足。」

文承煥道：「咱們李家一向是保大皇子的，沉舟，你務必要幫助皇上穩固權力。」

李沉舟道：「還好，皇上能聽得進我的話，胡小天那邊的事情，看來是要放一放了。」

文承煥道：「君子報仇十年不晚，切不可因為咱們李家私人的仇怨而壞了國家大事。」

李沉舟望著父親，目光中充滿崇敬之色，父親為國付出了青春年華，甚至不惜隱姓埋名，犧牲了親生兒子的性命，而這一切都只為了一個忠字，父親有生之年最大的希望就是能夠看到大雍一統中原，這樣他才能堂堂正正的以李家子孫的身分返回大雍。看著父親斑白的兩鬢，不知上天還會不會留給他這麼多的時間。

文承煥道：「胡小天剛剛答應支援京城三十萬石糧食，這小子果然頭腦清晰，明白匹夫無罪懷璧其罪的道理，搶了東洛倉，得了那麼多的糧草是個大麻煩，除了留給他自己必要的那些糧草之外，其他的全都送給了朝廷，一來撇開了他可能謀反的嫌疑，二來還可以轉嫁矛盾，在大康國內博得一個忠君愛國的好名聲。」

李沉舟道：「胡小天的運氣不錯，若非黑胡突然在北疆製造麻煩，他絕不會獲得喘息之機。」

文承煥道：「此子不容小覷，切記，局勢安定後，第一步就要將他剷除。」

李沉舟點了點頭。

文承煥道：「沉舟，爹這些年來掌握的大康全部秘密全都在這裡，爹一一說給你聽！」

咻！一隻羽箭追風逐電般向雪野射去，雪野之中原本凝固不動的褐色小點卻突然躥了出去，卻是一隻野兔，野兔出於本能的反應宣告這一箭落空。

胡小天慌忙再度彎弓搭箭，準備第二次施射之時，已經錯失了目標。崩！弓弦在他身側響起，展鵬及時射出一箭，這一箭正中目標，遠方棕色的小點停下不動。

胡小天哈哈大笑起來，向展鵬豎起了拇指，這段時間雖然展鵬教給了他不少的射箭技巧，可是胡小天的進境卻非常緩慢，胡小天道：「展大哥，我這輩子只怕是修不成百步穿楊的箭法了。」

展鵬笑道：「無他手熟爾！」說這話的時候不由得想起剛剛胡小天跟他講過的賣油翁的故事。

胡小天道：「很多事情還是要講究天分的，我在射箭方面的確沒什麼天份。」

展鵬道：「主公只是火候不夠，假以時日，必有突破。」最近多數人都已改口稱呼胡小天為主公了。

胡小天卻不認為自己在射箭方面能有太大的突破，練了這麼多天仍然沒什麼進展，看來他在射術方面的確沒太大的天份，抖了一下韁繩，小灰發出嗚律律一聲嘶鳴，向前方獵物處奔去，眼看就要接近獵物，從天空之中，一隻黑雕俯衝而下，竟然搶在胡小天之前將那隻野兔抓起。

展鵬雖早已看到眼前一幕，卻沒有及時射箭，他想要將這一目標留給胡小天。

胡小天眼看著到手的獵物被黑雕搶走，不由得笑罵道：「孽障，居然敢搶我東西！」他勒住馬韁，從馬鞍上摘下長弓，再從箭囊中抽出羽箭瞄準黑雕射擊，這會兒功夫黑雕已經扶搖直上，在他的視野中只剩下了一個小黑點，胡小天接連射出兩箭，全都錯失了目標。

展鵬也已經彎弓搭箭，準備隨時補上一箭，可就在這時卻發現空中發生了變化，一道白光掠過天際，阻擋住黑雕的去路，乃是一隻體型俊偉的雪雕從高空中俯衝而下，和黑雕交錯的剎那，竟然用翅膀猛擊在黑雕的身上，黑雕體型和雪雕相差甚巨，被雪雕一翅拍得暈頭轉向，竟然一個倒栽蔥從空中跌落下來，雙爪自然抓不住野兔，那野兔掉落下來。

雪雕在空中閃電般改變方向，盤旋俯衝，搶在黑雕之前將野兔抓在爪中，然後震動雙翅向高空中飛去。

胡小天本來想射，可是看到那雪雕如此雄奇俊偉，心想這可是珍稀動物，若是射殺就太可惜了，而且此前他曾經見過羽魔李長安騎乘雪雕，這隻雪雕看起來和羽魔的那一隻體型很像，胡小天非但自己沒射，還向展鵬揮了揮手，示意他不要動手，展鵬向來箭無虛發，這樣的距離下，這麼大的目標肯定無處可逃。

展鵬催馬來到胡小天身邊，那隻黑雕下墜了一段距離，很快就清醒了過來，發出一聲淒厲的雕鳴，獵物的得而復失激起了牠彪悍的凶性，不顧一切向雪雕撲了上去。

胡小天心中暗忖，這黑雕真是自不量力，那雪雕比牠大了五倍有餘，就算獵物被搶，也應當識時務者為俊傑，懂得進退，這種不惜一切的拚搏等於自尋死路，以卵擊石。

可形勢卻未像胡小天想像中那樣發展，此時天空中黑點一個接著一個出現，竟然有三十多隻黑雕同時出現，黑雕擺成陣列阻攔住雪雕的去路。

展鵬雖然出身獵戶，也從未見過今日之場面，來到胡小天身邊勒住馬韁，驚歎道：「黑雕和雪雕要開戰了！」

說話間那群黑雕已經將雪雕團團圍住，瘋狂向雪雕衝去，雪雕體型雖然大出黑雕數倍，可是黑雕在數量上完全佔據了主動，而且黑雕性情極其凶悍，一旦投入戰鬥就視死如歸。

空中頓時陷入一場混戰之中，那雪雕雖然神勇，但畢竟只是單打獨鬥，加上牠始終不願捨棄那隻獵物，只能用嘴喙和雙翅作戰，黑雕體型雖小，勝在靈活，而且黑雕性情狡黠，居然懂得配合作戰，通常是幾隻黑雕引開雪雕的注意，然後其他黑雕從左右後方瘋狂攻擊，短時間內，雪雕用強勁的翅膀將三隻黑雕擊暈，黑雕直墜而下，從高空中墜落在地上摔死當場，有一隻就摔死在胡小天的馬下。

淒慘的雕鳴聲不斷，黑白雙色羽毛四處亂飛，然後悠悠蕩蕩飄落在地上，如同下了一場黑白相間的大雪，雙方殺得難解難分，那雪雕畢竟勢單力孤，身上被啄傷多處，叫聲越發淒厲。

第八章

黑白大戰

雪雕將辛苦得來的野兔丟在李長安的面前，
李長安望著那染血的野兔，不由得眼角含淚道：
「雪兒，你為了給我找食物，居然弄成了這般模樣，都怪我無用……」
說到這裡，他感到胸口一熱，「噗！」的一聲噴出一口鮮血，
落在雪地之上顯得觸目驚心。

胡小天迅速在心中做了一個決定，低聲道：「幫雪雕！」他彎弓向空中射去，箭如流星，直奔一隻黑雕而去，這一箭居然射了個正著，從黑雕的胸部穿過，那黑雕倒栽蔥摔了下來。

展鵬得了胡小天的命令，連續向空中施射，他箭法出眾，射出的五箭竟然有三箭都達到了一箭雙雕，五箭射殺了八隻黑雕，此等效率看得胡小天嗔目結舌，也極大地震撼了黑雕軍團。

胡小天射箭的速度雖然不慢，可是準頭實在太差，射出十箭，卻僅僅射中了一隻。雖然如此黑雕軍團也已經開始潰敗，雪雕得到兩人相助越戰越勇，這會兒功夫又拍落了三隻黑雕。

黑雕卻沒有被嚇退，剩下的黑雕仍然在瘋狂發起攻擊，有一隻黑雕竟然從高空中俯衝而下，直奔胡小天撲去，胡小天連續兩箭居然全都射空，眼看那黑雕就來到面前，正準備抽劍砍殺的時候。一支羽箭咻地一聲射出，從黑雕的頸部穿過，卻是展鵬及時出箭將之射殺。

胡小天鬆了一口氣，轉向展鵬笑了笑。

展鵬向空中努了努嘴，胡小天趕緊抬頭望去，卻見又一隻黑雕向自己撲來，慌忙拉開弓弦，這一箭射了個正著，從黑雕口中射入，直接將牠的腦袋貫穿。

空中黑雕在兩人和雪雕的聯手攻擊之下越來越少，眼看三十多隻黑雕只剩下了最後兩隻，那兩隻黑雕終於放棄了繼續攻擊，調轉身軀向遠方飛去，胡小天和展鵬同時射出一箭，展鵬箭無虛發，這一箭又射落了一隻黑雕，胡小天瞄準的另外一隻卻成功脫逃。

再看那隻雪雕也沒有追趕，而是振翅向正北的方向飛去，雪雕經歷剛才的那場大戰，此時已經筋疲力盡，飛行的高度和速度都明顯受到了影響，胡小天向展鵬道：「跟過去看看！」

展鵬點了點頭，以為胡小天擔心雪雕的安全，途中可能還會受到黑雕的阻殺。於是兩人縱馬跟著空中的雪雕一路奔行，雪雕雖然飛行緩慢，但是速度仍然超出正常馬匹不少，展鵬的坐騎遠比不上胡小天的神駿，眼看胡小天越追越遠，他雖然奮起揚鞭，無奈坐騎有心無力，望著越走越遠的胡小天，展鵬在後方叫道：「主公，別再追了！」

胡小天雖然聽到了展鵬的聲音，可是仍然沒有放棄的打算，因為他看到那隻雪雕越飛越低，要麼是飛不動了，要麼是準備降落。胡小天催動坐騎，小灰兩隻耳朵支楞起來，四蹄生風，展開一場地面對空中的追逐戰，前方雪野已經到了盡頭，胡小天看到那雪雕落入前方松林之中，他翻身下馬，拍了拍小灰的臀部，低聲道：「在這兒等著，我去看看。」

胡小天一是心中好奇，一是藝高人膽大，所以才不怕逢林莫入的準則，進入樹林沒有多遠就聽到雪雕的低鳴之聲，胡小天藏身在樹後向前方望去，卻見那隻雪雕就在不遠處，樹下一名白髮男子就靠在樹幹上站在那裡，那男子看到雪雕遍體鱗傷，白色羽毛之上沾染了不少的血跡，驚聲道：「雪兒！你怎麼了？什麼人將你傷成這個樣子？」聲音虛弱，有氣無力。

胡小天聽到那人的聲音已經可以斷定那白髮男子就是羽魔李長安無疑，再看他的背影果然只剩下一條左臂，李長安在伏擊須彌天的時候因為中毒所以才自斷右臂保住了性命，胡小天當時就在現場，所以知道得清清楚楚。

雪雕將那隻辛苦得來的野兔丟在李長安的面前，李長安望著那染血的野兔，不由得眼角含淚道：「雪兒，你為了給我找食物，居然弄成了這般模樣，都怪我無用……」說到這裡，他感到胸口一熱，「噗！」的一聲噴出一口鮮血，落在雪地之上顯得觸目驚心。

雪雕因主人噴血而驚聲鳴叫起來。

胡小天這才知道羽魔李長安居然受了重傷，難怪他並未和雪雕在一起，李長安此時也發現野兔的異樣，看到野兔身上仍然插著一支箭鏃，心中疑雲頓生，蹲下去，左手撿起那隻野兔，喃喃道：「周圍有人……」

胡小天本以為被他發現了自己的蹤跡，正準備現身相見，卻感覺到地面發出一陣陣沉悶的震動。

這腳步聲已經足夠震撼，究竟是什麼人腳步聲如此沉重，胡小天循著聲音傳來的方向望去，卻見雪松林中，一個龐大的身影緩緩出現，那身影絕不屬於人類，卻是一頭巨大的黑熊，因為直立行走一雙後腿支持身軀的緣故所以遠遠望去就像是一個黑色的巨人。

黑熊走起路來橫衝直撞，將周圍樹枝擠壓斷裂，劈啪之聲不絕於耳，來到前方空地，一雙前掌重重落在地上，落地處積雪飛濺而起，黑熊周身肥厚的脂肪帶動油光滑亮的皮毛波浪般起伏，然後昂起碩大的腦袋，發出一聲低沉的狂吼，震得樹梢之上的積雪簌簌而落，一雙小眼睛盯住前方的目標凶光畢露，四隻腳掌在雪地上的節奏從緩慢到快速，向李長安全速撲去。

雪雕一聲長鳴已經振翅飛起，胡小天心中一怔，他本以為這雪雕會不惜一切護主，卻沒有想到雪雕在危急關頭竟然飛起。

羽魔李長安若是沒有受傷，這頭黑熊雖然凶悍，他也有能力收拾，可是現在他根本無力對抗，大聲道：「雪兒快走……」

那雪雕飛起之後，震動雙翅，來到黑熊上空，胡小天這才看清，原來雪雕的雙爪之間抓著一塊磨盤大小的石塊，從半空中瞄準了黑熊的頭顱砸了過去。石塊雖然不小，也準確命中了目標，怎奈雪雕飛行的高度太低，而且這黑熊皮糙肉厚，頭顱骨骼更是極其堅硬，石塊砸在牠的腦袋上竟然毫髮無傷。

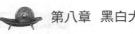

黑熊的衝刺速度根本沒有減緩下來，雪雕看到形勢不妙，從空中俯衝而下，雙爪抓向黑熊的面門。

胡小天在林中看得真切，雪雕雖然神勇，可在地面上絕不是黑熊的對手，他彎弓搭箭瞄準黑熊的左眼射去，這一箭居然如有神助，正中黑熊的左眼，黑熊痛得慘叫一聲，因疼痛而徹底激發了凶性，頸部的毛髮全都豎立起來，與此同時雪雕也俯衝而下，雙爪狠狠抓在黑熊的面門之上，雖然沒有抓中黑熊的右眼，但是尖銳的爪尖還是抓住了黑熊的鼻子，雪雕的利爪堅逾金鐵，這一下將黑熊的鼻子撕裂，頓時血流如注。

黑熊看似蠢笨，實際上的反應速度卻是奇快，在雪雕撕裂牠鼻尖的剎那，右掌猛然橫掃出去，重重擊落在雪雕身軀之上，將雪雕橫掃而出，一道白影被黑熊拍打得橫飛出去，那雪雕重重撞在兩丈外的樹幹之上，震得樹冠之上的積雪紛紛落下。

看到眼前一幕，李長安目眥欲裂，慘叫道：「雪兒！」他將雪雕自小馴養，彼此之間感情甚篤，看到雪雕因為保護自己被黑熊擊中，心中自然是痛不欲生。

那黑熊眼看就要來到李長安的面前，李長安有羽魔之稱，是超一流的馭獸師，可是他無論利用怎樣的手段卻無法影響黑熊一分一毫，眼看就要葬身於黑熊之口，斜刺裡一個身影衝了出去，揚起手中大劍狠狠向黑熊劈落。

胡小天的這一劍雖然沒有揮出劍氣，卻成功砍中了黑熊的右前腿，以他的力量再加上藏鋒的鋒利，黑熊的右腿頓時被他齊根斬斷，鮮血橫飛，失去一條前肢的黑熊控制不住前衝的身體，失去平衡，噗通一聲摔倒在地上，在雪地之上劃出一道長長的血痕。

那黑熊也實在凶悍，摔倒之後，馬上又從雪地上爬了起來，以兩條後肢支撐著身體直立起來，揚起左掌，意圖向面前的不速之客胡小天狠狠劈下。

咻！咻！密林之中接連射出兩箭，這兩箭準確無誤地射中了黑熊的兩隻眼睛，卻是展鵬及時趕到，看到眼前的凶險一幕慌忙出箭相助。

其實以胡小天的武功就算展鵬不出手，他也應該足以應付這頭黑熊，身後展鵬出聲提醒道：「主公，刺牠胸口的白毛！」他是獵戶出身，自然知道這些野獸的弱點所在。黑熊的弱點就在胸口的三角白毛區域，現在黑熊的體位等於完全將弱點暴露出來。

胡小天下手毫不猶豫，此時也顧不上什麼保護動物了，生死相搏的時刻當然是救人要緊，挺起藏鋒狠狠刺入黑熊胸前的白色三角地帶，藏鋒噗的一聲刺入黑熊的體內，直至末柄，胡小天刺殺之後隨即向後退出，以免黑熊臨死前的瘋狂反撲傷到自己。

那黑熊果然凝聚全力揚起左掌向胡小天拍去，因為胡小天退得及時拍了一個空，橫掃在一旁柏樹之上，碗口粗細的柏樹竟然被牠攔腰拍斷，那棵柏樹緩緩向下方倒去，正是李長安所在的位置，李長安看到那棵倒下的柏樹，心中暗歎，吾命休矣！想不到終究還是無法逃過一劫，就在生死一線之間，領口卻被一人從後方抓住，將李長安拖到一邊，卻是展鵬在關鍵時刻趕了過來，將李長安從死亡的邊緣拉了回來。

柏樹倒在李長安剛剛所在的地方，激起一片雪霧，積雪飛濺到幾人的身體上，過了好一會兒方才平歇。

胡小天看到那小山般倒地的黑熊，走過去用力踹了一腳，確信牠已經死去，這才拖著牠的左掌將牠翻轉過來，從黑熊的胸口拔出大劍。

李長安跌跌撞撞來到雪雕旁，展開臂膀將雪雕抱起，含淚道：「雪兒！雪兒！」那雪雕因為剛才被黑熊擊中，顯然已經無法活命了，原本精芒四射的雙眼此時竟然連睜都睜不開了，李長安望著奄奄一息的雪雕，一時間悲不自勝：「雪兒……」那雪雕在他耳邊哀鳴了幾聲，似乎在說些什麼臨終遺言，李長安一邊流淚一邊點頭。

胡小天和展鵬兩人對望了一眼，兩人誰也聽不懂這一禽一人之間的對話，誰也不知道應該如何安慰李長安。

李長安感覺到懷中雪雕的身體漸漸冷卻，終於接受了這個現實，他搖搖晃晃站起身來，從腰間抽出匕首，走向那隻業已死去的黑熊，撲到黑熊身上，揚起匕首瘋狂向黑熊的身體插落，白髮飄飄，臉色鐵青，顯得極其駭人，連展鵬這個獵人都看不過去了。胡小天心中暗歎，好好的一張熊皮就被李長安給糟蹋了。

李長安發洩過後，也已經是筋疲力盡，無力坐倒在雪地之上，黯然道：「多謝兩位救命之恩。」其實胡小天已經是第二次救他了。

胡小天看到李長安已經恢復了理智，來到他的面前道：「李先生，鳥死不能復生，您還是節哀順變。」這貨說出這番話的時候，心中不由得想笑，可又覺得現在不是笑的時候，不然豈不是往傷口上撒鹽，李長安搞不好會跟自己翻臉。

李長安默然無語，胡小天又道：「李先生，你受了傷，不如跟我先回城，先養好傷再說？」

李長安道：「胡公子的好意我心領了，只是我不能就這樣離去。」他的目光望向雪雕的屍體。

胡小天猜到他應該是不忍心雪雕曝屍荒野，點了點頭道：「李先生放心，我幫你將牠好好葬了就是。」

李長安抿了抿嘴唇，他向來性格孤僻，不喜受人恩惠，可是今天卻不得不接受胡小天的這個人情。

胡小天和展鵬兩人準備前去挖坑埋葬雪雕之時，卻聽李長安道：「閻虎嘯在追殺我，用不了太久時間，他就會找到這裡。」

閻虎嘯乃是和他齊名的馭獸師，人稱獸魔！

胡小天他們當然不知道李長安的這些私人恩怨，不過兩人也不想招惹太多的麻煩，畢竟這些馭獸師不能單以武功而論，他們最為強大的地方是可以驅策野獸，一名高明的馭獸師可以組織起一個讓人生畏的野獸軍團。

胡小天和展鵬兩人合力，不一會兒功夫就將坑挖好，將雪雕就地埋了，這也避免了雪雕的屍體被林中野獸吃掉。至於那頭黑熊就沒有那麼好命了，胡小天割下黑熊的四隻熊掌，與其留下來浪費，不如拿回去和兄弟們一起品嘗珍饈，再說這樣也等於間接幫助李長安報仇。

三人準備離開密林之時，李長安卻似乎有所發現，低聲道：「且慢！」

胡小天傾耳聽去，似乎聽到有野獸的哀嚎之聲，心中暗叫不妙，難道獸魔閻虎嘯這麼快就已經到了？

李長安指著東北方向道：「咱們去那邊看看！」

展鵬道：「還是我一個人過去吧，主公，你們在這裡等我。」

胡小天點點頭，他對展鵬還是相當放心的，低聲叮囑道：「務必要小心。」

展鵬快步進入林中，他也聽到了剛才的嚎叫聲。

胡小天和李長安兩人等了盞茶功夫，終於看到展鵬回來，手中居然還拖著三隻肉乎乎的小黑球，卻是三隻小黑熊，只有兔子一般大小，毛茸茸胖乎乎，一個個顯得憨態可掬，小眼睛水汪汪地，可憐巴巴望著三人。胡小天趕緊將四隻熊掌包裹好了，隱約猜到這三隻小黑熊十有八九是剛才那隻大黑熊的子女。

李長安看到那三隻小黑熊，臉上頓時充滿了殺氣，他將匕首抽出，咬牙切齒道：「我這就為雪兒報仇……」因為對雪雕的感情太深，李長安竟然要殺這三隻熊崽子洩憤。

胡小天趕緊一把將他的手腕握住：「李先生，使不得，使不得，這些熊孩子何其無辜，牠們父母做過的事情跟牠們也沒有任何關係，再說那隻大黑熊也是受了馭獸師的控制，你可千萬不能如此。」

李長安也知道胡小天說得有道理，黯然垂下頭去。

胡小天向展鵬使了個眼色，本意是讓展鵬將這三隻小熊放走，可展鵬道：「主公，現在放了牠們跟殺了牠們沒有任何分別，小熊實在太小了，失去了家人的庇護，在這山野之中只有死路一條。」

李長安這會兒也完全冷靜了下去，低聲道：「不錯，留牠們在這裡也是死路一條，若是想牠們活命，還是先帶走餵養，等到成年之後再放歸山林。」

臨行之前胡小天思來想去還是將那四隻熊掌扔回到黑熊身邊，倒不是這廝保護動物的情節作祟，而是他良心突然發現，若是吃了這四隻熊掌，以後應當如何面對那三隻可愛的小熊，雖然事實上他已經成為三隻小熊的殺母仇人，可那三個熊孩子也不知道啊，儘管如此，還是多積點德的好，總不能幹掉了牠們的娘親，再把熊掌給吃了，罪過罪過！

胡小天的這場外出打獵無功而返，當然也不能說毫無收穫，救回了一條性命，順便帶來了三隻小熊，在飼養動物方面，他們這群人可沒什麼經驗，如果硬要說有，也就只有唐家兄妹，人家過去畢竟是養馬的，可養馬和養熊實在是相差太遠，唐輕璇一聽說是養熊，馬上謝絕了這個艱巨任務，雖然三隻小熊很萌很可愛，但是正因為如此，才不能在自己的手中委屈了牠們。

熊天霸聽說胡小天帶來了三位本家倒是表現得意趣盎然，主動申請要收養他們，自己是熊孩子，牠們仨也是熊孩子，如果收養成功，四個熊孩子就能湊成一桌麻將了，胡小天雖然對這種場面也很期待，可他也清楚熊孩子絕不是一個當養父的好角色，毫不猶豫地拒絕了他。

思來想去還是李長安最為合適，這三隻小熊也唯有在李長安的手中，才能健康成長。

經過兩天的靜養，李長安的身體明顯恢復了許多，情緒也基本平復了下來。聽聞胡小天的意思，李長安歎了口氣，心中暗忖可能這就是天意，上天奪走了他的雪雕，卻給他送來了三隻小熊，就是要讓他懂得以德報怨。

李長安道：「胡公子，你放心吧，我懂得你的意思，一定會善待這三隻小熊，幫忙將牠們撫育長大。」

胡小天道：「李先生，你身上的傷怎麼樣了？」

李長安道：「還好，多虧胡公子出手相救，不然李某此次可能要葬身熊腹了。」

胡小天有些不解道：「李先生因何會受到追殺？」

李長安沉吟片刻方道：「此事李某卻有不得已的苦衷。」

他既然不願說出真正的原因，胡小天當然也不便多問，微笑道：「李先生只管在東梁郡內安心養傷，在我這裡安全應該可以得到保障。」

李長安卻搖了搖頭道：「多謝胡公子好意，我經過這兩天的休養，身體已經恢復了許多，我準備明天就離開這裡。」

胡小天愕然道：「這麼快？」

李長安道：「實不相瞞，我是被天機局追殺，獸魔閣虎嘯御獸的能力不次於我，我擅長驅策飛禽，而他更長於控制走獸。前日那隻攻擊我的黑熊應該就是受了他的控制。」

胡小天道：「若是如此，李先生就更不用逃，天機局跟我也沒什麼交情，他們也不敢輕易來我的地盤抓人。」胡小天對此還是很有信心的。

李長安微笑道：「胡公子的心意我領了，只是李某還有心事未了，必須馬上趕往漠北邊陲。」他口中的漠北邊陲位於大雍以北。

胡小天之所以盛情挽留李長安，其實也是有目的的，李長安御獸之術讓胡小天甚為欣賞，若是能夠得到此人相助，豈不是可以組織起一隻讓敵人聞風喪膽的野獸軍團。在普遍缺乏空中力量的當今時代，若是可以組建起一支空中軍團，那麼在對敵之時豈不是占盡優勢？胡小天仍然記得當初護送安平公主渡江之時，就是空中飛禽利用石塊將船隻擊沉。

胡小天道：「李先生傷勢未癒，豈能遠行，再說這三隻小熊也無法跟隨先生走那麼遠吧？」

李長安道：「走路應該不礙事，至於這三隻小熊，我說過幫忙撫育牠們長大就一定會做到，回頭我寫一份如何飼養牠們的方法交給公子。」

胡小天聽到這裡不由得大失所望，他想要的可不是這個。

李長安道：「胡公子連續救了我兩次，李某永銘於心，我身無長物也不知如何報答公子。」

胡小天道：「李先生不用這樣說，我救你可不是想你怎樣報答我。」

李長安道：「李某有一位小師弟，他叫夏長明，自小就在我師尊身邊學藝，我師尊七年前亡故之後，他在墳前結廬代我等守孝七年，苦學馭獸之技，始終都未出山，我曾經有意保薦他進入天機局做事，可是天下時局動盪，大康前途暗淡，考慮到他的未來發展，我又打消了念頭，胡公子現在正值用人之際，若是胡公子相信我的眼光，我推薦他來公子麾下效力，不知意下如何？」

胡小天聞言大喜過望，雖然李長安不肯留下為他效力，可是他推薦小師弟過來也是一樣，就算本領比不上他，至少也是個一流的馭獸師。當下連連點頭道：「如此就麻煩李先生了。」

李長安道：「我剛才已經修書給他，讓他過來助我，若是順利的話，這兩天他就應該到了。」

胡小天道：「原來李先生的小師弟距離我這裡如此之近。」

李長安微笑道：「算不上遠，三千餘里。」

胡小天瞠目結舌，三千餘里兩天之內居然能夠趕到，你當是坐高鐵還是坐飛機？轉念一想像李長安這種馭獸師不能以常理而論，自己是騎馬，人家是騎鳥，李長安不是有一隻雪鷹嗎？身為他的師弟也應該差不到哪裡去，心中驚歎之餘又不由得有些期待，若是這位夏長明真可以為自己所用，那麼自己豈不是等於如虎添翼？

這世上的許多事速度都在胡小天的意料之外，胡小天雖然答應送三十萬石糧食給朝廷，可是並沒有想到朝廷的運糧隊伍來得如此之快，在樊宗喜離開東梁郡七天之後，朝廷的第一批運糧隊伍已經抵達武興郡外三十里。

胡小天接到這一消息時，不由得感到意外，難不成這幫人也是騎著大鳥飛過來的？

朝廷派出的運糧隊伍若是從康都出發，當然不會來得如此迅速，而是老皇帝龍宣恩在得到胡小天願意提供三十萬石糧食的消息之後，就馬上行動起來，他讓鄖陽城守姜正陽組織兵馬車隊前來運送糧食。

胡小天雖然和這位鄖陽城守姜正陽沒有打過照面，可曾經打過交道，此前不久，姜正陽曾經派手下祖達成過來借糧，被自己一口回絕，想不到這次皇上竟然將運糧的任務交給了他，胡小天不由得暗歎龍宣恩昏庸，糊塗成這個樣子，大康不亡國簡直是天理不容。看來龍宣恩急於將這三十萬石的糧食弄走，生怕自己反悔，從另外一方面也表明龍宣恩對自己根本就不信任。

姜正陽對此次押運糧食的人物也頗為重視，派出了一支兩萬人的隊伍，共計三千輛騾車，胡小天初步估算，這一趟就能拉走十萬石糧食，第二批運糧軍隊是從康都出發，可能要在半個月後才能抵達這裡。

胡小天對鄖陽城的情況非常清楚，姜正陽現在已經到了揭不開鍋的窘境，老皇帝讓他來運糧，等於是讓一頭餓狼過來護送肥羊，這肥羊不遭殃都奇怪了。

在這一問題上，余天星等人也和胡小天有著相同的看法，展鵬道：「根據我們所瞭解到的情況，鄖陽軍糧告急，城內守軍過去曾有三萬，因為最近糧餉供應不上，陸續逃走萬人之多，我看他們宣稱護送運糧的隊伍有兩萬，實際上可能還要低於這個數字。」

李永福道：「主公，姜正陽親自前來押運糧草，情況好像有些不對，他這次幾乎是全軍出動，鄖陽方面成了空城。」李永福也是得到消息之後，馬上過來向胡小天稟報。

胡小天皺了皺眉頭：「皇上怕我反悔，反倒信任姜正陽，他難道不怕姜正陽吞了這批糧食？」

熊天霸道：「三叔，我就不明白了？咱們辛辛苦苦搶來的糧食為什麼要送給朝廷？明明是朝廷應該給咱們發糧餉？咱們為朝廷效力，現在怎麼倒過來了？」

胡小天笑道：「你少跟著摻和，讓你做什麼你做什麼就是。」

熊天霸歎了口氣道：「得，我不說，總之你要是打仗，別忘了讓我當先鋒就成。」

胡小天站起身來，緩緩走向沙盤，看了一會兒，低聲道：「姜正陽最缺的就是糧食，如果斷糧，他會面臨什麼？」

一旁高遠道：「他若是斷糧，手下如同一盤散沙，現在鄖陽城的逃兵事件就層出不窮，還有不少士兵強搶百姓，和強盜簡直沒什麼分別。」

胡小天道：「給了他這些糧食，他如果平安送到了朝廷，你們以為朝廷會給他多少？」

李永福道：「朝廷都自身難保，就等待著這批糧食救急，能夠分給他十分之一就已經不錯了。」按照目前的糧食估算，姜正陽可能得到的糧食也就是一萬五千石左右，這點兒糧食對他而言肯定是杯水車薪，只怕連塞牙縫都不夠。

胡小天向熊天霸道：「如果是你，你會不會將糧食送去康都？」

熊天霸愣了一下，撓了撓頭。

胡小天道：「不用考慮，想到什麼就說什麼。」

熊天霸道：「當然不送，自己和弟兄們都餓著肚子，我憑什麼把糧食便宜那個狗皇帝？」

眾人不禁莞爾，熊天霸這貨就是個直腸子，果然是想到什麼就說什麼。但是話糙理不糙，換成是他們也會有這樣的想法，其實多數人都不理解胡小天為何要將到手的勝利果實送給朝廷，在場的人中頭腦最為清醒的那個要數余天星了。

胡小天微笑望著余天星道：「軍師，說說你的看法！」余天星雖然已經被胡小天明確了軍師的地位，但是僅憑著兩場勝利仍然無法讓眾人全都對他心悅誠服，胡小天也有意加強他在眾人心目中的地位，其實對姜正陽運糧之事的未來走向，胡小天已經看得清清楚楚，但是他仍然要將這個分析的機會留給余天星，讓余天星展示才華的同時，也要加強他的信心，畢竟余天星的身上還有一些不成熟的地方，胡小

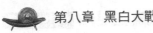

天必須要幫助他改變，而這種幫助又要儘量做得不留痕跡。

余天星道：「天霸的心思代表著多數人的心思，姜正陽已經別無選擇了，他這次幾乎全軍出動，一方面證明他對運糧任務的看重，還有一方面表明，鄖陽在他的心目中並不重要。」余天星來到沙盤前，站在胡小天的身邊，望著鄖陽的位置道：「鄖陽的地理位置極其重要，西北兩條重要的道路都從此經行，雖然距離大雍和西川尚遠，但是大家不要忽略了一件事情。」他的手指向西北移動，指向距離鄖陽三百里的一座城池。

李永福道：「興州！」身為武興郡的守將，他對大康北方的局勢顯然要比其他幾人更加瞭解。

余天星點了點頭。

李永福道：「興州郭光弼，已經坐擁六萬兵馬，乃是大康叛軍之中最為強大的一支，他佔據興州，在周圍一帶四處出擊搶劫，現在已經站穩腳跟。」

余天星道：「姜正陽若是動了這批糧草的心思，必然會想好後路，鄖陽雖然地理位置重要，但是並無天險可守，姜正陽就算搶走了糧食，也無法守住，搶糧之事非同小可，不但會遭到朝廷的征討，而且很可能會引起周邊同僚的敵對，姜正陽作為一個經驗老道的將領，很可能已經想好了接下來的退路，我仔細研究過這一帶的形勢，如果想要站穩腳跟，姜正陽唯有前往興州投奔郭光弼。」

胡小天點了點頭，帶著十萬石的糧食投奔，誰都不會拒絕這樣一支軍隊。

展鵬道：「軍師為何算準了他一定會反叛？」

李永福一旁歎了口氣道：「皇上一心為了自己，不反哪還有活路。」

高遠道：「既然如此，讓他投奔興州的叛軍，還不如勸他投降了咱們。公子，不如提前派人勸降他。」高遠始終將胡小天當成主人相待，還是習慣性地稱呼他為公子。

胡小天道：「他還未反，咱們去招降了他，豈不是等於公開向天下人表明，我們也是叛軍？」

高遠一時間不知如何回答，以他現在的見識顯然還無法瞭解胡小天正在下一局好大的棋。

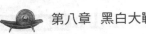

胡小天道：「無論姜正陽會不會反，未雨綢繆總是好事，我們絕不可掉以輕心，只要姜正陽膽敢吞沒這批糧草，我們就要出手將之粉碎。」

眾人此時隱約明白，胡小天應該是在下一盤大棋，這十萬石的糧食很可能是他故意拋出的誘餌。

姜正陽前往武興郡運糧的大軍全都駐紮在城外十里的地方，在沒有獲得胡小天的應允之前，他們還不能貿然進入武興郡。在人屋簷下怎敢不低頭，雖然有皇命在身，可畢竟是前來找人家要東西，總感覺有些低聲下氣。論身分胡小天其實比他高不了多少，無非是個未來的駙馬，可畢竟還沒有成為現實，但是胡小天最近連續敗了大雍兩次，氣勢正盛，再加上人家搶佔了東洛倉，已經解決了溫飽問題，姜正陽唯有羨慕的份兒。

此前姜正陽曾經派出祖達成前來借糧，可是卻被胡小天毫不留情地拒絕，姜正陽因此也對胡小天深惡痛絕，不知在背後罵了這廝多少次，冷酷無情，見死不救。聽聞胡小天決定將三十萬石糧食送往京城，他方才釋然，的確，人家把糧食給自己不如給皇上，至少還能落得一個忠君愛國的美名。

姜正陽抵達武興郡的當天已經是傍晚時分，他也沒有急著入城，而是先派人前往武興郡通報，第二天上午方才前往武興郡商談運糧之事。

胡小天在得到消息之後也是連夜動身前往武興郡，在他前往武興郡的同時，也將調度兵馬的權力賦予余天星，做好一切防範措施。

可以說在對待姜正陽的問題上，胡小天等人已經達成了一致，這廝得了糧食之後絕不會送往京城，十有八九是在騙取糧食之後選擇據為己有，根據他們的分析，鄖陽並不易守，姜正陽若是退守鄖陽，或許就會面臨群起而攻之的局面，非但保不住這些糧食，還可能會全軍覆沒。姜正陽若是明智必然會選擇一條穩妥的退路，向南深入大康腹地，等於自投羅網，向東會和胡小天正面相逢，向北不遠就是庸江，以上皆不可能，余天星判斷出姜正陽若是後退必然選擇向興州。

興州乃是反賊郭光弼的地盤，地勢險要，扼守東西，易守難攻，自從吸納兩萬皇陵勞工之後，郭光弼一方實力大增，新近又偷渡庸江在大雍搶奪了不少的糧草，氣勢正盛，姜正陽和他達成協議最為可能。

胡小天和李永福同船抵達武興郡，來到過去的提督府，還未來得及休息，就聽聞鄖陽太守姜正陽前來拜會的消息。

胡小天並不急著和姜正陽相見，讓李永福先去應付，自己去洗了個澡睡了個覺，足足讓姜正陽在外面等了一個時辰方才過去相見。

姜正陽在廳內等得正有些不耐煩，忽然聞到一股誘人的香氣，卻是幾名奴僕端著酒菜送了進來，一轉眼的功夫，八仙桌上已經擺滿了美味佳餚，姜正陽和陪同他前來的兩名副將看到眼前一幕，肚子都咕咕叫了起來，畢竟他們一早過來，直到現在都沒有吃飯，姜正陽雖然貴為鄖陽太守，這段日子也過得清苦非常，雖然比普通士兵強些不至於餓著，可也有數月沒見過葷腥了，看到眼前的美味佳餚，也是口舌生津，說不想吃那是假的。

李永福看到姜正陽幾人的表情，心中暗歎，國家敗落，處處饑荒，連姜正陽這等身分都已經被逼到了這種份上，想想胡小天這種做法的確有些不夠厚道，可是在當前的局勢下，對他人仁慈就等於對自己殘忍，胡小天目光遠大，其胸襟抱負卻非自己能及，自己只需做好本分就好。

姜正陽強忍腹中的饑火，向李永福道：「李將軍，不知胡大人何時才能到來？」他的話音剛落，就聽到外面傳來一陣爽朗的大笑聲。

「有朋自遠方來不亦樂乎！姜大人，胡某來遲，讓你久等了！」聲音過後，卻見一個衣飾華美的貴介公子一步三搖地走了進來。

姜正陽也未曾見過胡小天，聽身邊祖達成介紹，方才知道這個一臉紈絝相衣飾華美，舉止招搖的富家公子居然就是胡小天，看到胡小天錦衣玉食，不由得聯想起己方的饑寒交迫，姜正陽心中更是鬱悶不平，上天為何如此不公？他才不相信這油頭粉面的小子能有多大本事。雖然姜正陽心底對胡小天有一萬個看不起，可表面上仍然得裝得恭敬客氣，抱拳道：「胡大人好，早就聽說胡大人年輕有為，果然是聞名不如見面，姜某這廂有禮了。」

胡小天也是滿臉笑容，如春風拂面，拱手作揖道：「我也久聞姜大人的大名，果然是百聞不如一見，姜大人丰神玉朗翩翩風采，實在是讓人心生崇敬。」

姜正陽心中暗罵，真他奶奶的虛偽，這廝一看就不是什麼好東西。

胡小天向李永福道：「李將軍，怎麼還沒請幾位大人入座啊？」

李永福陪著笑道：「正要請，大人這就來了。」心中不由得有些想笑，胡小天過去穿著雖然並不寒酸，可也沒那麼浮華誇張，看來顯然是穿給姜正陽一行看的，這不是故意虐人家嘛。

姜正陽道：「胡大人，不必了，我等奉了皇上的旨意前來護送糧食，皇命在身，不敢耽擱。」雖然眼前的美味佳餚勾起了肚子裡的饞蟲，可想起那十萬石糧食，姜正陽馬上就忘記了眼前的誘惑，還是正事要緊。

胡小天呵呵笑道：「這都是正午了，幾位大人還未吃飯吧，先用過飯再說。」

姜正陽無奈只能入席，眾人入席之後，胡小天讓人上酒，端起面前酒杯道：「幾位大人從鄖陽到這裡而來，一路奔波，僕僕風塵，想必也遭遇了許許多多的辛苦，胡某就以這杯薄酒表達對各位到來的欣喜之情。」

眾人將這杯酒乾了，胡小天邀請眾人用餐，姜正陽等人開始還矜持，可是美味就在眼前，過了一會兒就顧不上這麼多了，每個人都開始大快朵頤，姜正陽還算是顧及自己的形象，看到胡小天唇角的笑意，總覺得這廝不懷好意，應該是在取笑他們，當下停箸不動，輕聲歎了口氣。

胡小天聽到他歎氣，故意道：「姜大人何故歎氣？」

姜正陽道：「忽然想起鄖陽城的百姓，如今正是每年最冷的時候，鄖陽城內的百姓每天都有無數凍死餓死，我身為鄖陽地方官，每念及此，都是心如刀絞，食不下嚥。」

胡小天朝他面前的那堆骨頭看了一眼，心想你剛才可沒少吃，吃飽了才說食不下嚥，怎麼沒見你把吃進去的全都吐出來。由此可見，這姜正陽也是個虛偽的貨色。胡小天也跟著歎了口氣道：「國內處處饑荒，哪兒還不是一樣，大家都不容易。」

姜正陽道：「胡大人不用過謙，大人連獲兩勝，更智取東洛倉，你的境況實在是讓我等羨慕啊。」大家都是明白人，你胡小天居然揣著明白裝糊塗，還在我面前哭窮有什麼意義？

胡小天歎了口氣道：「姜大人有所不知啊，武興郡、東梁郡、東洛倉，加起來也有二十多萬人，想要讓這麼多人吃飽穿暖，哪有那麼容易。」

姜正陽心想，你東梁郡和東洛倉兩城位於江北，可沒有受到災荒波及，他低聲道：「胡大人在這種狀況下還能向朝廷提供三十萬石糧食，真是忠心可嘉。」

胡小天道：「有些事情不提也罷。」

姜正陽微微一怔，難道胡小天提供這三十萬石糧食也是被逼無奈？看來應該是迫於朝廷的壓力，不然誰會肯將已經吞到嘴裡的肥肉吐出來。姜正陽道：「胡大人，咱們還是說說糧食的事情，皇上讓我護送第一批糧食前往京城救急，京城災情嚴重，刻不容緩，還望大人儘快安排運糧之事，我等也好儘快出發。」

胡小天向李永福道：「李將軍，糧食有沒有準備好？」

李永福道：「已經準備好了，十萬石糧食隨時都可裝車。」

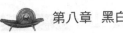

胡小天道：「姜大人此行帶來了多少輛車馬？」

姜正陽道：「三千輛馬車。」

胡小天心中暗自盤算，姜正陽在這麼短的時間內居然可以組織一支三千輛的車隊，也可謂是效率驚人，以每輛馬車運送兩噸糧食來算，三千輛剛好可以將十萬石糧食運完。別的不說，就算車隊首尾相連，也要排列出二十多里地，這麼招搖，當真以為不怕人搶？胡小天道：「姜大人此行一共帶來多少兵力護衛糧食？」

姜正陽道：「兩萬，加上每輛馬車配備三名車夫又有近一萬人，共計三萬。」

從胡小天的問話之中，他就已經聽出胡小天是在擔心這批糧食的安全問題，姜正陽道：「我們已經聯繫沿途城鎮，所到之處都有當地兵馬幫忙護送，再說都是大康境內，不會有任何的問題。」

胡小天意味深長道：「大康境內亂民四起，現在處處饑荒，可不太平啊。」

姜正陽道：「正因為如此，我才不敢掉以輕心，這次可謂是傾全城之力護送糧食，若是有絲毫的閃失，姜某也要擔心項上人頭。」

胡小天點了點頭道：「姜大人還需小心為上。」

姜正陽道：「胡大人放心吧。」

胡小天道：「姜大人打算走哪條路線前往京城？」

姜正陽被他一問，不由得愣了一下，旋即又笑了起來，看了看左右道：「此事不方便在這裡說。」他的表現並不奇怪，畢竟運糧路線乃是機密，知道的人越少越好。

胡小天道：「李將軍，你馬上就去安排運糧之事，即刻配合姜大人他們進行裝車運糧，力爭一天一夜之內將所有事情完成，另外，切記消息不可洩露，不得讓百姓知道這件事。」

李永福領命和姜正陽的那幫手下去了，胡小天擺了擺手示意周圍奴僕退下，大廳內只剩下他和姜正陽兩人，姜正陽向胡小天歉然道：「剛才姜某不便說出實情還望胡大人海涵，不瞞胡大人，姜某打算親領這兩萬人經由白泉城前往京城。」

胡小天點了點頭，白泉城位於武興郡正南二百三十里，姜正陽應該不是說謊，可是白泉城也不是什麼戰略要塞，姜正陽因何會選擇那裡？難道是他們想錯了，姜正陽根本沒有想過要謀反？又或是他只是想在白泉城作為中轉？

姜正陽向胡小天拱手道：「胡大人我先走了，運糧之事非同小可，我必須親自監督。」

胡小天也沒有挽留，將姜正陽送出門外。

回到房間內，馬上來到大康疆域圖前，原本他們料定姜正陽很可能在得糧之後即刻向西北，取道倉木，這條路線在道理上雖然向西方繞行，可畢竟說得過去，一旦抵達倉木就遠離了武興郡，姜正陽可以派一部分人護送運糧車隊繼續西行，剩下的那些人留下阻擊可能發現他們動向的追兵。然而姜正陽卻出乎預料地選擇了直接向南，途經白泉城卻是一條前往京城的捷徑。

這實在有些出乎胡小天的意料，胡小天盯住地圖，姜正陽因何會選擇南下，難道他想要通過這種方式來迷惑眾人，向南行一段距離然後再折返向西？還是他已經和白泉城的守將達成了默契，抵達白泉城之後雙方合兵一處。

胡小天的手指輕點著白泉城，白泉城並無稀奇之處，然白泉城西南五十里卻有一面湖泊，乃是大康境內面積最大的淡水湖雲澤，胡小天忽然想起了什麼，向門外道：「來人，馬上將李永福給我叫來！」

胡小天雖然也抽空研究了大康的地理，可是論到對周邊地形之熟悉還是比不上李永福。

李永福聽胡小天說完，想了想道：「通過白泉城前往康都的確是最近的一條道路，白泉城的太守左興建，此人曾經在姜正陽的麾下效力，姜正陽選擇這條道路表面上來看並無奇怪之處。」李永福到現在也並不能確定姜正陽會謀反，他雖然對胡小天惟命是從，但是並不代表他這次一樣認同胡小天和余天星的判斷。

胡小天卻認定了姜正陽必反無疑，他搖了搖頭道：「此事必有蹊蹺，我本以為他會取道倉木，前往興州投奔郭光弼，可是現在看來，他很可能還有其他的退路，是咱們此前並未考慮到的。」

李永福道：「白泉城駐軍不足五千，本身又是個小城，姜正陽應該不會選擇這座城池作為據守之地。」

胡小天道：「距離白泉城五十里就是雲澤，白泉城有沒有水軍？」

李永福搖了搖頭。

胡小天道：「雲澤內是不是有一座大島？」

李永福道：「碧心山，長五十里，寬二十里，高一千丈，這碧心山之上倒是早有水賊佔據。」

胡小天點了點頭道：「是了，一定是這個原因，姜正陽若是從陸路前往興州，這樣規模的車隊必然行進緩慢，所以他不得不放棄這個方案，表面上選擇在白泉城進行中轉，其真實的用意卻是要前往雲澤碧心山，我查過雲澤的情況，庸江支流望春江正是注入雲澤，也就是說姜正陽很可能經由望春江進入雲澤，未必一定要前往白泉城。」

李永福倒吸了一口冷氣，若是真的如此，那麼這件事只怕相當的麻煩，在沒有證據之前，他們不可能大規模對姜正陽出兵阻攔，一旦姜正陽進入白泉城境內，他們又會鞭長莫及。不過到目前為止，一切都還是胡小天的個人推測，若是姜正陽沒有謀反之意，以上一切的推測就不復成立。

胡小天道：「馬上讓人通知余天星，可能我們的計畫要有所調整。」胡小天主要的計畫是要在落實姜正陽謀反的前提下拿下鄖陽城，在庸江南岸構築起互為呼應的雙城防線，可是他同樣不想這十萬石糧食落入姜正陽的手中。

李永福道：「望春江江面情況複雜，部分江面狹窄難行，我們的大型戰船無法通行，想要經由望春江抵達那邊，唯有動用中小型的戰船，目前武興郡可供使用的約有七十艘。」

胡小天點了點頭道：「必須提前做出準備，你去安排，讓七十艘戰艦分批前往雲澤，一定要保密，決不可打草驚蛇，我有種預感，雲澤的水賊或許和興州郭光弼也有聯絡。」

李永福道：「主公，我這就去安排。」

胡小天道：「還有，儘量拖慢他們的裝車速度，留給咱們充分的時間。」

「是！」

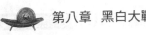

姜正陽就在運糧的現場，看到糧食源源不斷地裝上己方的馬車，他的心中不由得激動起來，十萬石糧食，對他來說可謂是雪中送炭，有了這十萬石糧食，他麾下的將士就能度過這個嚴冬，大康完了，胡小天也是一個蠢材，到手的肥肉卻要白白送給大康，姜正陽恨不能將這三十萬石糧食全都據為己有，但是以他目前的能力，

根本沒有那麼大的胃口，就算皇上將所有運糧的任務都交給了他，他也沒有消化的能力。

姜正陽盤算過，十萬石已經是他所能承受的極限。

祖達成來到姜正陽的身邊，低聲道：「大人，以目前的速度想要全部裝車完畢，恐怕需要三天。」

姜正陽點了點頭道：「儘量加快裝車的速度。」

祖達成道：「不如大人再去跟他們說一聲，讓他們多多配合咱們。」

姜正陽皺了皺眉頭道：「說得太多只會引起他們的疑心。」

祖達成又向周圍看了看，確信遠離眾人，方才小聲道：「剛剛收到消息，碧心山那邊已經準備妥當，我們抵達白泉城之前，會有五百艘船隻前往青玉灣接應。」

姜正陽道：「你去通知他們一切按計劃進行。」

越來越多的消息傳到了東梁郡這邊，興州方面有一支兵馬正在向東推進，從表面上看，這支軍隊似乎有東進的意圖，可姜正陽在三天運糧之後，分成兩批選擇陸續南進，目標是白泉城，從目前的行程來看尚無異樣，姜正陽應該是選擇前往康都最短的道路。

胡小天在將最新得到的情報通知給余天星之後，余天星和他做出了幾乎相同的判斷，姜正陽十有八九是放棄西行，畢竟陸路運輸緩慢，這樣規模的運糧隊伍想要順利抵達興州很難，在重新分析形勢之後，余天星也認為姜正陽很可能要帶著十萬石糧食前往雲澤，放眼大康，唯有雲澤才是他能夠躲過圍殲，立足發展之地。

八百里雲澤，其中擁有數百島嶼，島嶼之上盤踞著大小水賊勢力近二十支，可其中最大的一支還是碧心山黑水寨，黑水寨匪首馬行空，號稱屬下擁有兩萬之眾，戰船八百艘，可在事實上黑水寨的水賊勢力不過八千，大小船隻也只有六百餘艘，這其中多半還是漁船。儘管如此，已經足夠馬行空稱霸於雲澤。

余天星和胡小天最初的計算忽略了雲澤，他們並沒有料到姜正陽敢於向南進發，在姜正陽護送十萬石糧食離開武興郡的同時，興州方面開始調兵遣將，大有趁著鄖陽空虛進攻鄖陽之勢，可在實際上卻是在製造動靜吸引外界的注意力。根據種種跡象判斷，在姜正陽、馬行空、郭光弼之間或許早有默契。

而事實正是如此，碧心山黑水寨的水賊和興州郭光弼的義軍已經悄然達成聯盟，姜正陽在和興州郭光弼私下聯絡之後，以他的本意是要帶著這十萬石糧食前往興州和郭光弼會師。郭光弼手下也有高人，首席謀士田更為他謀劃了這個讓姜正陽前往雲澤，藏糧於碧心山的計策，也只有如此才能最大限度地躲開康軍追殺，將十萬石糧食完好無恙地掌控在己方手中。在姜正陽出動的同時，郭光弼派出以賈安雙為首的一萬兵馬前往鄖陽城，此行的目的絕非是為了奪城，而是製造影響，吸引周邊勢力的注意力，為姜正陽的順利逃脫創造條件。

姜正陽並沒有想到自己無意中說出的白泉城竟然引起了胡小天的懷疑，讓他想到了雲澤。

胡小天決定親自前往雲澤一趟，派往雲澤執行任務的七十艘中小型戰船運送士兵的人數有限，一共載有六千名水師精銳，這些船隻陸續從庸江逆流而上，經由望春江前往雲澤。胡小天分得清輕重，拿下鄖陽才是重中之重，最早和余天星定下的大計並沒有改變。此次前往雲澤最終的目的並非一定要奪糧，只要保證這批糧食不會被姜正陽順走就好。

為了避免太早引起注意，胡小天一方面授意拖慢姜正陽的速度，一方面悄然從武興郡陸續發船，所有船隻都取下旗幟標誌，進行偽裝。只要保證這七十艘戰船在姜正陽抵達白泉城之前到達雲澤，並在雲澤藏匿起來。

第九章

逆天的運氣

胡小天做出兵分兩路決定是為了應對運糧船分批離開青玉灣，
當他知道那些裝滿糧食的船隻並沒有及時前往碧心山，
而是在灣口等待集結，
所有船隻一起離開青玉灣的消息時，
胡小天真是感覺到自己運氣逆天了，
不但老天爺幫自己，連對手也這樣幫忙。

胡小天準備離開武興郡之時，高遠帶著一人前來相見，卻是李長安的師弟夏長明，這兩天胡小天一直忙於應對姜正陽方面的事情，幾乎忘記了李長安推薦他師弟的事情，聽聞夏長明來了，趕緊讓高遠將他請進來。

夏長明比胡小天預想中還要年輕，今年剛滿十九歲，膚色黧黑，長相憨厚，粗布衣服漿洗得有些發白，上面還打著幾個極其顯眼的補丁，給人的感覺相當樸實，如果不是李長安的推薦，胡小天也不會留意到這個扎在人堆裡根本找不出來的年輕人。

胡小天當然不會以貌取人，極其熱情地走了過去，笑道：「夏先生，我聽李先生說起你很久了，這兩天一直都在等著你到來呢。」

夏長明不善交際，面對胡小天顯得有些拘謹，拱手行禮道：「長明參見胡大人！」

胡小天微笑點頭，看到他腰間懸掛著一支竹笛，心中暗自猜度，這竹笛難道就是他駕馭鳥獸之用？

高遠看出胡小天和李永福這身裝扮是要出門，有些好奇道：「公子是要出門嗎？」

胡小天點了點頭道：「是！」

高遠道：「不如帶上我一起！」他畢竟還是個孩子，聽聞胡小天要出門，表現得非常興奮。

胡小天笑了起來，目光落在夏長明身上：「夏先生，跟我一起去吧？」

夏長明恭敬道：「長明從命。」

胡小天他們所乘坐的乃是一艘小型戰船，共載六十人，行船速度，一個時辰在三十里左右，也就是說，從武興抵達目的地雲澤大概需要一天一夜的時間，比起姜正陽的車隊速度要快上許多。

胡小天很快就發現自己的運氣實在不錯，登船不久，就下起了雪，雪雖然不大，可是飄飄灑灑籠罩天地，為他們的行船提供了絕佳的掩護。他們組織的這支船隊分批行進，約定在進入雲澤之後在落霞灣會合。

李永福讓人在船艙內支起小桌，點燃火爐，弄了幾樣小菜，胡小天叫上夏長明、高遠一起來到船艙內飲酒。

高遠此時方才知道胡小天順著望春江南下，不僅僅是為了觀賞雪景，真正的目的在切斷姜正陽逃跑的道路。

李永福至今仍然不能確定姜正陽肯定會挾糧逃走的事，可是胡小天既然如此斷定，他也只能選擇相信，從此前的兩次戰役來看，胡小天的判斷還是極其正確的。

胡小天從李永福的一些表現上早已猜到了他的心思，其實這也可以理解，畢竟直到目前姜正陽都未表現出任何謀反的跡象，唯有用事實來驗證自己的猜測，讓這些心存疑慮的將士對自己心悅誠服。

李永福道：「主公，假如姜正陽當真謀反，他手下有近三萬人，再加上白泉城的五千兵馬，就是三萬五千人，還有碧心山黑水寨的水賊約八千人，他們的總兵力會在四萬以上，而咱們卻只有六千人，力量有些懸殊啊。」

胡小天微笑道：「力量懸殊的仗咱們打的也不是第一次，更何況咱們這次根本不需要跟他們正面作戰，姜正陽的三萬和白泉城的五千根本不用去管他們，如果我的判斷正確，姜正陽會將這十萬石糧食運往雲澤碧心山，只要咱們切斷這條水路，姜正陽這群人就會被困在岸上。」

李永福道：「就算黑水寨的八千水賊力量也不容小覷。」

高遠道：「他們不可能傾巢而出，如果姜正陽和水賊勾結，黑水寨的水賊派出船隻的主要目的是運糧運兵，除了必要的水手之外，他們會儘量減輕負擔，保持空船狀態，也只有這樣才能盡可能多的運走糧食。」

高遠的這番話讓李永福感到汗顏，自己身為一個經驗老道的水師將領，見識竟然不如一個小孩子，這麼淺顯的道理居然沒有想到。

胡小天看出了李永福的尷尬，拍了拍他的肩頭道：「智者千慮必有一失，這場水上作戰永福兄還要儘早籌畫，咱們力爭在姜正陽和黑水寨的水賊會合之前，將派去接應他們的船隊擊潰，斷了姜正陽的後路。」

李永福道：「只是現在我們對雲澤方面的情況還不清楚，對那些黑水寨水賊的動向缺乏瞭解，我雖然已經派出前方輕舟去查探動向，不過消息回饋回來最早也要到明天了。」

一直沒有說話的夏長明此時開口道：「胡大人，長明不才願前往打探軍情。」

胡小天抬頭望向夏長明，夏長明有些不好意思地笑了笑道：「我有辦法在兩個時辰內往返雲澤，查看那邊的具體情況。」

李永福瞠目結舌，心想這小子莫不是胡說八道，從他們現在的位置到雲澤約有二百三十里，他兩個時辰內可以往返，怎麼可能。不知主公從那裡招攬的這種人才？貌似忠厚，怎麼說起大話來毫不臉紅。

胡小天卻對夏長明的話深信不疑，他曾經隨同李長安騎乘過那隻雪雕，雪雕的飛行時速應該在兩百里以上，一個時辰內就可以飛出四百里的距離，排除身上載人的因素，兩個時辰往返雲澤應該沒有半點誇張之處。當下點了點頭道：「長明，那就辛苦你了。」

夏長明告辭後來到船頭，他並未動用腰間的竹笛，而是將右手的食指和拇指圈起含入口中，吹了一個響亮的呼哨，胡小天幾人都跟著出來看熱鬧，胡小天抬頭望去，卻見漫天飛雪之中，兩道白光猶如急電般向下方投射而來，卻是兩隻身形巨大的雪雕，每隻雪雕的翼展都在兩丈左右，其中一隻雪雕俯衝到船舷右側，夏長明足尖一頓，身軀淩空飛起，穩穩落在雪雕的背上，另外一隻雪雕在前方引路，兩隻雪雕沿著望春江一前一後飛了出去，轉眼之間已經消失在眾人的視野之中。

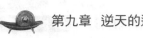

李永福舌頭伸出半截，好半天都沒能縮回來，此時他方才知道天下之大無奇不有，想起自己剛才的那番想法，不由得臉皮發燒，是自己有眼不識泰山，想不到這夏長明居然如此厲害。

胡小天也是第一次親眼見到夏長明駕馭雪雕，而且同時駕馭兩隻，應該是為了提升效率，中途交換使用，單憑夏長明剛才展露出的手段，就能夠斷定他雖然年輕，馭獸的水準卻已經爐火純青，就算不如他的師兄李長安，也應該相去不遠。

胡小天心中喜出望外，雖然李長安將夏長明推薦給自己的目的是為了報恩，可是像夏長明這樣的人才實在是不可多得，胡小天的身邊缺乏一個可以駕馭鳥獸的馭獸師，夏長明的出現不但讓他的情報刺探有了本質上的大幅提升，而且還補充了他在兵種上的不足。

高遠充滿羨慕地望著夏長明遠去的方向，喃喃道：「改日我一定要拜他為師，跟他學習騎鳥兒的方法。」

胡小天笑道：「術業有專攻，你馬車趕得也不錯。」

高遠紅著臉道：「趕車怎麼能跟騎鷹相比？」

姜正陽的運糧車隊距離白泉城只有一百里了，越是臨近雲澤，姜正陽的內心越是激動，真是上天眷顧，此前自己捨棄顏面，放下自尊派人前往東梁郡借糧，卻被胡小天毫不留情地拒絕，本來他已經做好了不惜一切代價攻打武興郡搶糧的準備，卻想不到老皇帝居然將護送糧食的美差交給了自己。龍宣恩啊龍宣恩，你果然是個老糊塗，糧食到了我的手中，你還想我交出去嗎？姜正陽禁不住冷笑。

胡小天也不像外界傳言的如何精明厲害，他居然毫無戒心就將這十萬石糧食交給自己，姜正陽望著前方延綿不斷看不到頭的運糧車隊，心中是如此的溫暖而踏實，有了這十萬石糧食，自己麾下的這支軍隊就暫時沒有了後顧之憂。朝廷並不知道他已經和興州郭光弼達成了協定，更不知道雲澤黑水寨早已投靠了郭光弼。

在姜正陽和郭光弼的計畫中，他第一步是將糧食運抵雲澤碧心山，調整之後，等到麾下士兵恢復狀態，就集結大軍，從南部向武興郡發起進攻，與此同時，郭光弼會從興州發兵，雙方合力拿下武興郡，徹底控制住庸江南岸的局面，而胡小天孝敬朝廷的三十萬石糧食也決計逃不出自己的掌心，想到這裡姜正陽不禁一陣得意，唇角露出會心的笑意。

身後一名將領縱馬趕上，來到姜正陽身邊抱拳道：「姜大人，武興郡方面並無追兵前來。」

姜正陽點了點頭：「很好。」

那將領又道：「武興郡調動水師溯流而上，往鄖陽方向去了，應該是被興州方面的兵馬調動所吸引。」

姜正陽嗯了一聲，心中充滿得意，胡小天啊胡小天，你終究還是太嫩了，我的計畫豈是你能察覺的？鄙視胡小天的同時，姜正陽又對郭光弼的遠見卓識讚歎不已，投奔郭光弼也是他無可奈何之下的選擇，最初他在心底根本看不起郭光弼，認為這廝只不過是一個走了大運的農民，然而郭光弼這位農民的發展卻讓姜正陽刮目相看，他不但成功佔據了興州，組織起一支三萬規模的大軍，而且在後續發展中不斷壯大，如今兵力接近六萬，在當今的時世下，統領六萬大軍或許算不上什麼，可是能夠帶著這樣一支隊伍吃飽穿暖卻是非常了不起的事情。

郭光弼是個極富野心之人，他的眼界絕不僅限於一座興州，在瞭解郭光弼已經收復雲澤黑水寨之後，姜正陽就已經知道郭光弼的最終目的是要奪去整個大康，他首先要成為庸江北岸的一代霸主。胡小天支援京城的三十萬糧食成為了姜正陽和郭光弼聯合的紐帶，共同的利益讓他們走到了一起，想要解決糧食問題，想要成為庸江北岸最有實力的那個，他們就必須聯合，擊破武興郡，搶奪胡小天的勝利果實。

姜正陽認為一切的發展都是理所當然，最初是胡小天拒絕了自己，他坐擁東洛倉，竟然吝惜到不肯借一粒米給自己，眼睜睜看著自己和兄弟們走向絕路，如果當初胡小天肯借糧給自己，姜正陽或許不會投奔郭光弼，或許不會下定謀反的決心。

祖達成也從隊伍的前方來到姜正陽身邊，恭敬道：「大人，白泉城方面有兩千軍已經前來相迎。」

姜正陽微笑道：「左興建還是那麼沉不住氣。」

祖達成深有感觸道：「左大人那邊也幾盡斷糧了。」

提到糧食，姜正陽的目光不由自主又投向前方運糧的隊伍，頓時變得熱切起來，從現在開始他們再不用擔心糧食的問題，只需半個月，他手下的這些將士就能夠修正完畢，就能夠恢復昔日生龍活虎的模樣，到時候他們揮師北上，聯手郭光弼攻下武興郡，奪走胡小天手中所有的糧食。你逼我的！姜正陽在心中默默道。

倉木縣也在下雪，展鵬快步走入余天星的營帳內，取下斗笠，抖落了肩頭的雪花：「軍師！」

余天星道：「情況如何？」

展鵬道：「主公昨日中午已經親自率領六千水師前往雲澤，估計最遲今晚就能夠抵達，姜正陽方面的運糧隊伍，因為下雪，行軍速度有所延誤，看來要今日半夜時分才能抵達白泉城了。」

余天星點了點頭，走向北牆，面對牆上懸掛的地圖注目良久，低聲道：「看來姜正陽的真正目的地果然是雲澤。」

展鵬不解道：「軍師，從目前姜正陽的行軍路線來看並無可疑之處。」

余天星道：「姜正陽目前的狀況是自身難保，皇上讓他前來運糧，他又豈肯坐失良機，吞沒十萬石糧食已成必然，只是我沒有想到他居然會選擇南行。」

展鵬和很多人都一樣，到現在都無法確定姜正陽一定會謀反。

余天星解釋道：「鄖陽城將士幾乎傾城而出，這本身就是疑點重重，姜正陽身為一個擁有多年領軍經驗的老將豈會犯下這種低級錯誤，在他的西北就是興州，放棄防禦等於主動向郭光弼敞開大門。」

展鵬道：「所以主公和軍師才會懷疑姜正陽和郭光弼早已在暗地裡達成默契。」

余天星點了點頭道：「我忽略了雲澤，還是主公目光如炬，及時發現了姜正陽另外一條可能的退路，若是姜正陽和雲澤水賊達成協議，一旦將糧食運往雲澤，我們再想找回就難了。」

展鵬道：「為何一定要冒險奪糧，姜正陽的手下畢竟有三萬將士，而郭光弼的麾下也有六萬之眾，以我們目前的狀況好像不適合樹敵太多。」在他看來，反正這三十萬石糧食都要送出去，給誰還不是一樣。

余天星道：「姜正陽若是反了，這十萬石糧食足以讓他麾下的將士恢復實力，僅僅依靠這十萬石糧食，姜正陽是不可能徹底解決問題的，所以他的下一步很可能就是聯手郭光弼夾攻我們。」

展鵬道：「所以這十萬石糧食決不能落在他們的手中。」

余天星點了點頭道：「興州方面派出的兵馬意在吸引咱們的注意力，好讓我們忽略對姜正陽方面的關注，照我的估計，他們真正發動進攻也要在確保糧食安全抵達目的地之後。」

展鵬充滿憂慮道：「主公只帶了六千水師前往雲澤，可對方的兵力要在四萬之上，這次豈不是風險極大？」

余天星微笑道：「主公乃大智大勇之人，他要對付的並非是姜正陽，而是前去接應姜正陽的雲澤水賊，只要將水賊前去接應的船隻毀去，姜正陽也就斷了退路，接下來他只剩下一個選擇了。」

展鵬聽到這裡方才完全明白，對余天星更是佩服。

一聲雕鳴過後，兩隻雪雕的身影出現在望春江之上，夏長明在雪雕凌空飛過船首的時候，從三丈高度騰躍而下，輕飄飄落在船頭甲板之上，宛如枯葉落地，沒有任何聲息，一去一回，剛好是兩個時辰。

胡小天幾人出艙相迎，胡小天微笑道：「長明回來了，情況如何？」

夏長明躬身抱拳道：「幸不辱命！」

胡小天招呼道：「艙內暖和暖和再說！」

夏長明沿著望春江飛抵雲澤，在雲澤青玉灣發現敵船蹤跡，約有五百艘大小船隻已經齊聚青玉灣，應該是準備接應，具體人數不詳，不過船隻大都放空，應該不會存有太多兵力，他從雲澤返回之時，選擇沿官道行進，途中發現運糧車隊，目前車隊距離白泉城五十里左右，預計今日晚間可以抵達青玉灣。

聽完夏長明彙報的情況，李永福已經對胡小天此前的判斷深信不疑，青玉灣的五百艘船隻必然是有備而來。

胡小天讓夏長明先去艙房休息，李永福取來一張雲澤周邊的水系圖，手指青玉灣的所在，低聲道：「主公，就是這裡了！」

胡小天道：「姜正陽應該不會前往白泉城，他會選擇直接前往青玉灣，儘快將這十萬石糧食運往碧心山。」

李永福道：「咱們只需搶在姜正陽抵達青玉灣之前，將這五百艘船隻擊沉即可。」

胡小天卻搖了搖頭道：「攻擊不能太早，要等姜正陽將糧食裝入船隻之後再發起進攻。」

李永福愕然道：「為什麼？」旋即就明白了胡小天的用意，胡小天是要毀掉這批糧食，若是提前發動攻擊，姜正陽必然帶著這批糧食逃走，最可能的選擇就是進入白泉城，雖然白泉城並非軍事要塞，可是擁有十萬石糧食，坐擁近四萬將士，其實力不容小覷，在被斷去後路之後，說不定姜正陽會選擇短暫調整之後背水一戰，向武興郡發動瘋狂反撲。

可是如果這批糧食被毀掉，那麼姜正陽就被逼入了絕境。

李永福佩服胡小天手段的同時，心中又有些不忍，畢竟姜正陽是他的同僚，而姜正陽手下的將士也都同屬大康，可李永福也明白，胡小天帶領他們在大雍大康之間求生存，能有今天的局面實在不易，決不可因為婦人之仁而斷送了他們的勝果。

李永福今日方才明白胡小天拋出三十萬石糧食的真正用意，這三十萬石糧食已經不知激起了多少人的覬覦之心，若無這三十萬石糧食，或許姜正陽還不會決心反叛，可是轉念一想，如果胡小天堅持將所有糧食據為己有，那麼他們也難免會成為眾矢之的。胡小天的做法無非是將矛盾遠離自己的地盤，順便清掃周邊的障礙。

胡小天看出李永福有些於心不忍，拍了拍他的肩頭道：「永福兄，那些士兵是無辜的，此戰過後，姜正陽的勢力必然土崩瓦解，對鄖陽的士兵咱們可以網開一面。」

李永福道：「只是，咱們目前的儲糧只怕無法供養那麼多的士兵。」

胡小天微笑道：「天無絕人之路，只要渡過這個嚴冬，咱們就會有春暖花開之時。」

李永福眨了眨眼睛，從胡小天的話中他似乎意識到了什麼，難道胡小天對未來的發展已有了明確的規劃，他對這位主公已經是心悅誠服，胡小天的遠見卓識絕非自己所及，對自己來說只需安心做好一個將領的本分。

夜幕降臨之時，運糧車隊已經經過了白泉城，雖然全體將士都已經疲憊不堪，然姜正陽卻仍然沒有下令休息的意思，對他們來說時間極其重要，必須要搶在胡小天一方沒有發覺之前將所有糧食運抵碧心山，只要完成這次戰略上的轉移，他們就可立於不敗之地。前方探子來報，雲澤黑水寨的五百艘船隻已經在青玉灣等待，只要他們抵達青玉灣，就可以開始裝船。

姜正陽仍然表現出十足的警惕，他讓祖達成率領一支三千人的隊伍先行，一來提前查清青玉灣周圍的狀況，落實周圍有無埋伏，還有一個重要任務就是逐一登船查驗，務必要確保船隻沒有問題。雖然他和郭光弼達成了協定，可是他對黑水寨的匪首馬行空缺乏瞭解，僅憑著郭光弼的關係，還不足以讓他對馬行空完全信任。

祖達成剛剛離去，白泉城太守左興建親自引領一千兵馬前來護糧，說是護糧，其實是左興建對姜正陽也不放心，生怕他將這十萬石糧食全都捲走，到時候自己豈不是竹籃打水一場空。

姜正陽當然明白他的心思，兩人並轡行進在隊伍之中，左興建望著那延綿數十里的車隊，臉上也笑開了花，十萬石糧食，這其中也有自己的一份。白泉城只是一個小城，如果不是姜正陽選擇了從這裡經過，分糧的好事不會落在他的頭上。

姜正陽的臉色卻並不好看，冷冷望著左興建道：「你忘了咱們的協定嗎？」他們此前的協定是，姜正陽留下五十萬斤糧食給他，不過要在姜正陽順利離開這裡之後。

左興建微笑道：「大人不必多心，卑職來此也是為了保障大人的安全，並不是懷疑大人的誠信。」雖然他已經離開姜正陽麾下多年，面對姜正陽的時候仍然保持著相當的恭敬。

姜正陽心中暗罵，才怪！你左興建的眼界就是那麼狹隘，擔心老子違背承諾不肯兌現給你的五十萬斤糧食？我姜正陽什麼人？怎麼會做這種出爾反爾的事情？心中雖然惱火，可是卻不得不強忍憤怒，沉聲道：「興建，我只是不想將你牽累進來。」他所說的也是實情，保住左興建，儘量不要讓別人以為左興建也參與了此次奪糧。

左興建如能置身事外，繼續鎮守白泉城，對他來說也是一件好事，日後反攻武興郡，左興建也可做出接應。姜正陽打的如意算盤，怎奈這左興建絕非做大事之人，只盯著那五十萬石糧食，看到這廝貪婪而惶恐的目光，姜正陽意識到自己找了一個豬一般的隊友。

左興建並非像姜正陽想得那樣愚蠢，他對形勢也看得很清楚，姜正陽捲走朝廷十萬石糧食絕非小事，此事發生在白泉城，自己萬難脫開干係，就算順利拿到了姜正陽給他的五十萬斤糧食，他在白泉城也待不下去了，這筆糧食的來路根本無法保守秘密，而今之計唯有跟著姜正陽一起共同進退，只有逃到雲澤碧心山，方才可能暫時逃脫朝廷的圍殲。

左興建並不想反叛，他只是想吃飯，朝廷不發糧餉，再這樣下去，他們不是凍死就是餓死，與其坐著等死不如放手一搏。左興建道：「胡小天居然真捨得將辛苦得來的糧食交出來。」在多數人看來，胡小天都做了一件蠢事。

姜正陽道：「他只是不想成為眾矢之的罷了。」

左興建一臉迷惘道：「什麼？」

姜正陽懶得跟他解釋，縱馬向前方行去。

江南的雪也是那麼溫柔婉約，細細小小，將整個天地籠罩在一片朦朧之中，夜幕降臨的時候，可視距離變得更短。胡小天走出溫暖的船艙，來到船頭甲板之上，他的目力要比普通人強勁許多，看到前方江面漸漸變得寬闊，在他們前方不遠的地方有燈火隱約閃爍，那是他們同行的戰船。

身後傳來高遠和夏長明的談話聲，自從看到夏長明操縱雪雕的場景，高遠對夏長明就佩服得五體投地，這會兒正纏著夏長明詢問馭獸的事情呢。

胡小天轉過身去，笑道：「高遠，你別總是纏著長明，讓他好好休息。」

高遠道：「是！不過我沒纏著他，是在請教！」

胡小天笑著向夏長明招了招手，夏長明來到他的身邊，恭敬道：「胡大人！」

胡小天道：「前面就是雲澤了。」

夏長明道：「大人要攻打那些水賊嗎？」

胡小天點了點頭道：「是，等到他們將糧食全都裝上船，駛離岸邊的時候，咱們就發動攻擊。」

夏長明道：「需要我做什麼？」

胡小天微笑望著夏長明，其實夏長明已經幫助他很多，提前掌控了敵人所在的地方，他承認自己對夏長明還欠缺瞭解，胡小天道：「長明可以驅策一批飛鳥先耗去他們的弓箭嗎？」雖然胡小天估計到水賊的數量不會太多，但是每艘船上還會配備必要的防禦力量，姜正陽不是傻子，在往船上裝載糧食的同時，他應該會派上自己手下的士兵進行護送，損耗對方的弓箭，可以最大限度地降低己方傷亡。

夏長明點了點頭道：「雲澤附近過冬的飛鳥眾多，我可驅策飛鳥對他們進行攻擊，雖然不會造成太大的傷亡，但是損耗他們的弓箭應該沒什麼問題。」

胡小天道：「長明，此事就交給你去做，切記務必要注意安全。」

夏長明領命之後轉身去了，呼喚雪雕前來，騎乘雪雕先行離去。

高遠望著夏長明的背影，充滿羨慕道：「我若是有長明哥那個本事就厲害了！」胡小天笑道：「那就跟人家好好請教，精誠所至金石為開，我看長明也是厚道人，只要你誠信學習，他未必不肯教你。」

李永福此時來到胡小天身邊道：「主公，已經進入雲澤，向左十里就是青玉灣，向右三里乃是落霞灣，先行抵達的船隻已經在落霞灣集合。」

胡小天道：「傳令下去，準備火箭，分成兩部分行動，三十艘船隻在從青玉灣前往碧心山的中途阻擊他們的船隊，另外四十艘前往青玉灣阻殺灣口尚未離開的賊船，這次必然要將賊船一網打盡，還有，不可亮出旗幟，不可表露咱們的身分，速戰速決。」

「是！」

姜正陽的運糧隊伍在抵達青玉灣之後，就看到灣口那密密麻麻的船隻，姜正陽心中暗自鬆了口氣，上天庇佑，雖然這場雪拖慢了他們的行進速度，但是也掩護了他們的行蹤，黑水寨的實力不容小覷，五百艘大船，雖然其中正規戰船只有不到十艘，但是對一個水寨來說已經很不容易。

黑水寨二當家阮景武前來拜見姜正陽，抱拳行禮道：「黑水寨阮景武參見姜大人！」

姜正陽抱拳還禮道：「阮當家請了！」

阮景武道：「我家大當家在碧心山備好酒宴，只等姜大人前去慶功。」

姜正陽的唇角不由得露出一絲笑意：「好！我提前感謝馬大當家的美意了。」他向阮景武道：「盡快裝船吧！你們來了多少人？」

阮景武道：「啟稟姜大人，一共五百艘船，兩千名水手，大當家說過，我們只需負責行船，沿途的安全由大人負責。」

姜正陽心中大悅，這馬行空看來也是個明白人，如果馬行空派來押船的人太多，肯定會引起自己的警覺，馬行空做出如此安排也是表現出相當的誠意。姜正陽心中暗忖，五百艘船，看來不用往返就可以將這十萬石糧食盡數帶走，此時剛剛天黑，他揮了揮手道：「傳令下去，馬上裝船。」

阮景武道：「放下長板，儘快裝船，裝滿之後馬上前往碧心山。」

姜正陽卻道：「不急！阮當家，還是將所有糧食裝滿之後一起走。」他臉上帶著謙和的笑意。

阮景武有些詫異，可馬上就明白了姜正陽的意思，人家還是信不過他們，要親自押著這五百艘船一起離開，他心中頗為無奈，暗罵這姜正陽疑心太重，可是現在這種局勢下也只能同意姜正陽的做法。

阮景武前往指揮裝船的時候，左興建來到姜正陽面前，豎起拇指道：「大人高明。」

姜正陽哼了一聲，冷淡道：「都不知道你在說什麼。」

左興建低聲道：「這些水賊反覆無常，不能掉以輕心，我派人檢查過這些船隻，除了裝走糧食之外，咱們大概還能有七千人隨船離去，必須要由咱們自己人將局勢掌控在手中。」

姜正陽可沒把他當成自己人，低聲道：「你不打算在白泉城待了？」

左興建意味深長道：「大人去哪裡，我就去哪裡，只有跟著大人，卑職才能有飯吃。」

此時的姜正陽對未來充滿了期望，而他並沒有想到，自己的多疑正在將自己一步步推向死路。

胡小天做出兵分兩路的決定就是為了應對運糧船分批離開青玉灣，當他知道那些裝滿糧食的船隻並沒有及時前往碧心山，而是在灣口等待集結，所有船隻一起離開青玉灣的消息時，胡小天真是感覺到自己運氣逆天了，不但老天爺幫自己，連對手也這樣幫忙。他馬上就明白肯定是姜正陽對黑水寨的水賊並不信任，所以才要等到裝船完畢一起出發。正應了一句話：天作孽猶可恕，自作孽不可活，姜正陽這樣的安排根本是自尋死路。

姜正陽也算得上是效率驚人，四更時分就已經將所有糧食運送完畢，除了這十萬石糧食之外，他們還有七千人登上艦船，姜正陽也身在其中，望著漸漸遠離的河岸，心頭高懸的石頭總算落地，抵達碧心山黑水寨之後，他和他的部下就可以養精蓄銳，等到這支部隊恢復元氣，就會和興州郭光弼的大軍兩面夾擊，將武興郡攻下。

左興建站在姜正陽的身邊，微笑道：「恭喜姜大人，賀喜姜大人！」

姜正陽因為勝利就在眼前，臉上的表情也多出了幾分和藹，微笑道：「何喜之有啊！」

左興建道：「有了這十萬石糧食，大人就可引領我們大展宏圖。」他湊近姜正陽耳邊，低聲道：「王侯將相，寧有種乎，卑職誓死追隨大人。」

姜正陽眉峰一動，旋即哈哈大笑起來，他指了指左興建的鼻子道：「話可不能亂說。」左興建的這句話卻說到了他的心坎之中，姜正陽雖然和郭光弼聯手，但是在他心中並沒有對郭光弼真正服氣，目前也是無可奈何的選擇，有了這十萬石糧食，他就有了和任何一方叫板的資本，黑水寨雖然是馬行空的地盤，可是馬行空總共也只有區區八千人，等到自己麾下的軍隊全都抵達碧心山，在實力上已經壓了馬行空一頭，到時候主動權就掌握在自己的手裡。

姜正陽越想越是得意，此時忽然聽到撲啦啦的聲音，姜正陽舉目望去，卻見從西邊的天空中，一大片黑色的雲層向這邊迫近，因為落雪的緣故，視線受到了不小的影響，等他發現雲層已經來到他們的頭頂，姜正陽有些奇怪，忽然一物從空中落下，正落在他的頭盔之上，姜正陽伸手摸去，卻摸到了一灘鳥屎。

姜正陽看到被鳥屎污穢的手掌，實在是有些哭笑不得，身邊左興建趕緊送上絲帕，他算得上是極有眼色之人，深諳逢迎之道。

姜正陽也沒跟他客氣，擦了擦手，皺了皺眉頭道：「奇怪，怎麼突然會有那麼多鳥兒？」他的話音剛落，頭頂的鳥群突然向下方飛撲而來。

成千上萬的鳥兒瘋狂撲向船上的士兵，利用嘴喙和利爪去啄食抓撓，一時間船上亂成一團，姜正陽慌忙道：「放箭！放箭！」

得了姜正陽的命令，手下將士彎弓搭箭，瞄準上方飛鳥開始射殺，一陣陣密集的箭雨射向空中，有不少躲避不及的飛鳥被射落下來，然而他們的射殺並沒有嚇退這些鳥兒，反而招來更為瘋狂的反擊，在船隊的上方，鳥群盤旋聚集，宛如烏雲壓頂，更有鳥群排成整齊的陣列，如同黑煙一般席捲到甲板之上，躲避不及的士兵被鳥群衝擊正著，宛如斷了線的紙鳶一般脫離甲板向湖心飛去。

另一艘船上的阮景武也被這突如其來的攻擊搞得目瞪口呆，他在雲澤縱橫多年，也從未見過如此詭異的現象，這些鳥兒瘋了，竟然主動攻擊他們。

姜正陽在幾名士兵的掩護下，狼狽逃向船艙，一邊逃走一邊大叫道：「放箭！趕緊放箭！」

弓箭手顯然對這場來自鳥類的攻擊缺乏準備，他們在驚慌中反擊，可惜鳥兒實在太多，他們的箭矢很快就已經用盡，甲板上的士兵抽出長刀短刃，不停在空中虛劈，只能以這樣的方式來對抗群鳥的瘋狂攻擊。

姜正陽在船艙內聽到外面不停撞擊艙板的聲音，臉色不由得有些變了，直到現在他還沒有意識到這場鳥兒的攻擊乃是人為策劃。

左興建滿臉是血地逃了進來，驚魂未定道：「大……大人……箭就快用完了……」

姜正陽對此也是一籌莫展，從舷窗的縫隙向外望去，卻見外面到處都是飛鳥，將士們仍然在和飛鳥苦苦作戰。

「奪！」的一聲，卻是一隻長喙從格窗的縫隙中戳了進來，險些刺入姜正陽的眼睛，姜正陽心中大怒，一把握住那只長喙，硬生生將之拗斷，鮮血染滿格窗。

甲板之上，數千將士正在和這些瘋狂的鳥兒展開肉搏戰，箭矢已經耗盡，他們也唯有苦戰，不少士兵點燃火炬，利用火炬去驅趕那些鳥兒，讓他們想不到的是，居然有鳥兒主動向火炬撲來，火炬點燃了鳥兒的羽毛，鳥兒發出淒厲的鳴叫，展開燃燒的翅膀向夜空中竄去。

那士兵看到火襲得手，不由得哈哈大笑，可他的笑聲戛然而止，那隻火鳥飛到中途竟然撞在了船帆之上。

火鳥引燃了船帆，轟的一聲燃燒起來，又有無數隻鳥兒為火光所吸引，不顧一切地撲向燃燒的船帆。

船上辛苦鏖戰的將士傻了眼，姜正陽雖然帶來了七千名士兵，可是這些士兵多半都是陸軍，並不擅長水戰，看到這種狀況也不知如何應付。

阮景武高呼道：「兄弟們，趕緊落下風帆！趕緊落下風帆！」

聽到阮景武的聲音，眾人方才回過神來，慌忙去落風帆，雖然如此，也有十多艘船失火。

夜空中夏長明騎在雪雕之上，從高空俯瞰著下方的狀況，他的唇角露出一絲笑意，唇角發出一聲呼哨，雪雕在上方盤旋一圈改變方向，投向遠方。

與此同時，七十艘戰艦借著夜幕的掩護同時出動，李永福揮動手中令旗，船隊擺開雁形陣，所有弓手站在船舷之上嚴陣以待。伴隨著李永福揮動令旗，一支響箭拖著彗尾射向黑沉沉的夜空。

雁形陣的兩翼舒展開來，七十艘戰船一字排開，三千名弓手點燃手中火箭呈四十五度角瞄向夜空。

「放！」

「咻！咻！咻！咻……」

飛鳥剛剛散去，阮景武看到不遠處的天際閃過無數流星，他以為是自己的錯覺，眨了眨眼睛，當他看到那數千點火星正從高處俯衝向下，飛速接近的時候，方才意識到了什麼，他聲嘶力竭地吼叫道：「有埋伏！迎戰……」

密集的火箭從高空中俯衝而下，射落在運糧的船隊之中，落在甲板上、桅桿上、船艙上、纜繩上，還有火箭直接穿透了甲板上士兵的軀體，一輪射罷，緊接著又是一輪。

阮景武近乎瘋狂地叫道：「大家散開！大家儘快散開！」五百艘船隻全都聚集在一起，無疑是一個龐大而又顯眼的目標，可是在這種狀況下，他的命令根本無法傳達出去，這些水賊畢竟不是訓練有素的水軍士兵，慌亂之中，已有多艘船隻相撞，現場亂成一團。

胡小天一方雖然只有七十艘戰船，可是他們這一邊卻全都是訓練有素的水師精銳，在李永福的指揮下，井然有序地向對方船隊發動攻擊。他們並不急於靠近，而是利用火箭進行遠距離攻擊。

反觀姜正陽一方，卻因為剛才的那一輪飛鳥攻勢，而將羽箭耗盡，失去了遠距離攻擊的武器，在對方火箭的攻勢下，完全處於被動挨打的局面。姜正陽顧不上外面火箭不停落下，手持盾牌冒險登上船艙，放眼四望，卻見周圍船隻大都已經起火，姜正陽整個人懵在那裡，他不知因何會發生這種狀況，甚至搞不清到底是何人在阻擊自己，左興建站在艙門處大喊道：「大人進來，大人……」奪！一支火箭正中艙門，嚇得左興建又把腦袋縮了回去。

姜正陽道：「趕快離開這裡……」不遠處一艘大船已經完全燃燒，緩緩向湖水中沉去，甲板之上，一個個燃燒的火人向湖面跳去，場面慘不忍睹。

姜正陽用力咬住下唇，甚至連咬出鮮血都渾然未覺，糧食，他的糧食。

胡小天和夏長明並肩站在船頭，望著不遠處熊熊燃燒的湖面，火光映紅了天際，也將他們的面龐映照得分外明朗，胡小天向夏長明瞥了一眼，眼前的場面實在慘烈，他擔心夏長明會心生不忍，可是看到夏長明的表情卻平靜如昔，胡小天不由得有些好奇，故意歎了口氣道：「真是慘烈啊！」

夏長明道：「弱肉強食，優勝劣汰，是這個世界上永遠不變的準則。」

胡小天詫異於他的冷靜，忽然想起夏長明的身分乃是馭獸師，身為馭獸師自然對這些自然準則參悟得很透，也許在他眼中，這些人類之間的殘殺和動物之間的弱肉強食並無半分的區別，所以才會如此的鎮定。

胡小天點了點頭道：「不錯！弱肉強食，優勝劣汰，歷來都是森林法則！」

五百艘運糧船在毫無反擊能力的情況下幾乎全部被火箭點燃，在無法升起船帆，僅憑著水手划槳的狀況下，他們的行進速度很慢，根本無法逃脫對方船隊的追擊，短短的半個時辰內竟然有半數船隻沉沒。

李永福再次發出號令，從船隊之中衝出十艘戰艦，這些戰艦乃是他們新近改造的小型破甲船，雖然規模和威力無法和大雍破甲船相比，但是對付這些水賊的船隻已經足夠，十艘破甲船破浪衝向對方的船隊，所到之處無不披靡，船頭的巨刃無情撞破對方的船體，以摧枯拉朽之勢給予倖存船隻致命的打擊。

姜正陽看到周圍一艘接著一艘的運糧船沉沒下去，整個人如同傻了一樣，頭盔不知何時掉落，他的頭髮披散下來，滿面血污，喃喃道：「天亡我也……天亡我也……」

一隻羽箭當胸射來，幸虧身邊護衛及時用盾牌擋住，兩名護衛分別攙住他的臂膀道：「大人！快走！大人快走！」

姜正陽的精神已經抽離了軀殼，他甚至不知道自己身處何處，在兩名護衛的攙扶下來到救生小艇前方，此時那小艇已經落下，左興建率先跳入小艇之中，看到姜正陽在兩名護衛的扶持下也趕了過來，他向身邊士兵大聲道：「走！」

姜正陽身邊的護衛大聲道：「左大人，等等我們，等等……」

生死關頭左興建自顧不暇，哪還顧得上姜正陽，不停催促道：「不必管他，咱們走！」

聽到左興建的聲音，姜正陽此時忽然清醒了過來，他怒吼道：「左興建，你這背信棄義的小人……」

話音未落，一條破甲船重重撞擊在他們所在艦船的右側，蓬！的一聲，將右舷撞出了一個大洞，湖水從洞口中灌入，船身的震動讓姜正陽立足不穩，重重摔倒在地上，艦船很快就開始傾斜，姜正陽沿著傾斜的甲板向下滑落。

他雙手拚命揮舞著，幸運地抓住了一條纜繩，可隨即船身傾斜得越發厲害，姜正陽發出驚恐的大叫，看到甲板和湖面近乎垂直，若是緊握纜繩不放，很可能會被這艘艦船反扣在水下，他猛然鬆開了纜繩，一邊慘叫著，一邊落入冰冷的湖水中，沉重的盔甲帶著他向水下沉去，姜正陽竭盡一切地扯去盔甲，可是身體仍然在不停下沉，他雙手無助揮舞，居然幸運地抓住一根圓木，氣喘吁吁地爬了上去，看到自己剛才所乘坐的艦船正緩緩沉入湖水之中，他的身邊到處都是慘叫呼救的士兵。

不遠處一條小船從他的面前駛過，小船之上一人握刀而立，卻是黑水寨的二當家阮景武。

姜正陽彷彿看到了救星一般，聲嘶力竭地喊道：「阮當家救我……」

阮景武聽到了姜正陽的聲音，可是他並沒有轉身，一旁手下道：「二當家，是姜大人！」

阮景武咬牙切齒道：「不必管他，就讓那隻蠢豬自生自滅吧！」如果不是姜正陽堅持所有船隻一起離開，也不會落到如今的這步田地。姜正陽看似精明，實則蠢材，阮景武相信這支訓練有素的船隊必然是循著姜正陽的隊伍而來，一直都埋伏在這裡伺機而動，就是等待這個將他們一網打盡的機會。

阮景武望著燃燒的湖面，他並不心疼姜正陽帶來的十萬石糧食，讓他感到痛心疾首的是這五百艘艦船，為了運送糧食，他們黑水寨幾乎出動了所有的艦船，馬行空為了讓姜正陽安心，並沒有派太多水軍隨行，這樣的決定卻導致了他們船隊的滅頂之災。

姜正陽抱著那根浮木，近乎絕望地望著遠去的那條小船，剛才他還在為未來的宏圖而激動不已，轉瞬之間就已經落入了萬劫不復的深淵。辛苦得來的十萬石糧食就這麼沒了，最可笑的是，直到現在，他竟然不知是誰向自己發動了這場襲擊。

東方的天空泛起了一絲魚肚白，水天之間出現了越來越明朗的分界，黎明在血腥中到來，在李永福的指揮下，船隊在現場開始巡弋，射殺仍然倖存的士兵。

胡小天悠然自得地坐在甲板上喝著香茗，他背身朝著戰火未盡的一方，目光專注望著黎明最早到來的東方，天就要亮了，龍宣恩將會為他的識人不善而吞下一顆苦果，至於姜正陽，只不過是一個跳樑小丑而已，此人的眼界和格局實在太差。

李永福興沖沖來到胡小天的身邊向他彙報最新的戰況，黑水寨的五百艘運糧船被他們殲滅殆盡，無一倖免，除了少數水賊乘坐救生小艇逃離，多半敵軍都已經葬身在冰冷的湖水之中。對方的主將姜正陽倒是命大，剛剛被他們俘虜了。

李永福道：「主公，姜正陽怎麼辦？」

胡小天望著東方的天際，天水之間正有一顆朝陽緩緩升起，將天空和湖面映照的血一般紅豔。胡小天抿了口茶，輕聲道：「帶回武興郡，我要問清楚他和興州方面的計畫。」

「是！」

第十章

空城計

祖達成滿面狐疑，
雖然他猜到對方可能使空城計，可仍然充滿了顧慮，
如果使空城計的人是左興建，他肯定會毫不猶豫地引兵入城，
可是通過倉皇逃竄的經歷，他對胡小天畏懼到了極點，
看到那胡字大旗，打心底感到發寒。

姜正陽留在青龍灣還有兩萬兵馬，由祖達成負責留守，湖面燃起火光的時候他們就已經注意到，可是因為距離實在太遠，他們不知到底發生了什麼，隱約猜到可能發生了戰鬥，卻又不知交戰的雙方是誰，戰況到底如何，他們的手中又無船可用，只能在青龍灣發呆，直到黎明時分，方才有逃生的士兵乘著救生小艇回到青龍灣，哭訴被襲擊之事。

祖達成方才意識到完了，主帥姜正陽不知是死是活，祖達成就成了這兩萬多人的主心骨，可是他們所剩的糧草實在有限，最多也就是維繫一天的食用，失去了糧食前往康都是死路一條，去投奔黑水幫，只怕人家也不肯接收，用不了多久姜正陽監守自盜的事情就會傳遍天下，他們這些人都會被株連。

祖達成思來想去還是率部先去白泉城再說，至少能有個棲身之所。領著這兩萬士兵來到白泉城前，卻發現城門緊閉，吊橋高懸，祖達成向城牆上喊話開門，卻想不到左興建已經提前返回了白泉城，看到祖達成率眾前來非但不肯開門，反而下令放箭驅逐。

祖達成無奈只能放棄進入白泉城的打算，目前唯一剩下的可能就是返回鄖陽了，可是從白泉城前往鄖陽，就算日夜不停的趕路，也需要三天三夜的時間，他們剩下的糧草不多，根本無法支持到那裡。再說手下將士突然失去了十萬石糧食，從興奮的巔峰瞬間滑落到了低谷，一個個情緒都變得無比沮喪，他們都知道前途渺茫，就算抵達鄖陽，也免不了會被朝廷追剿，可是在眼前的狀況下，他們已經無路可退了。

發生在雲澤的這場水戰並未掀起太大的波瀾，胡小天一方當然不會主動張揚，黑水寨的那幫水賊吃了大虧，他們也無法斷定那七十艘戰船來自何方，馬行空經此一戰，可謂是元氣大傷，非但沒有從十萬石糧食中分得一杯羹，反而損失了大半船隻，馬行空唯有龜縮在碧心山休養生息，想要恢復元氣只怕需要數年的時間。

至於左興建，他返回白泉城之後馬上向朝廷稟報，為了撇清自己，他當然不會說自己和姜正陽相互勾結之事，將所有一切責任都推給了姜正陽，又說姜正陽見糧起義，監守自盜，勾結雲澤的水賊意圖帶著糧食前往碧心山投奔黑水寨的水賊，怎料到那黑水寨水賊想要私吞糧食，於是在雲澤設下圈套，把登船的那些人一網打盡，搶走了糧食。

左興建認定姜正陽必死無疑，自然是死無對證，而姜正陽剩下的那兩萬多殘部也如同喪家之犬，惶惶不可終日，惹下如此大禍必將陷入人人喊打的局面之中。左興建雖然帶了數千手下前去迎接姜正陽，可是誰也不知道他和姜正陽達成了協定，幫忙護送運量隊伍也是他的本份，非但無罪反而有功，當然這廝現在是不敢邀功了，若是能夠撇清關係，渡過眼前的這場難關就已經萬幸了。

姜正陽的運糧隊伍在一夜之間就失去了影蹤，祖達成率領兩萬殘部沿著望春江向北而行，雪雖然停了，可是氣溫突然下降了許多，這些將士都知道發生了什麼，過去之所以願意跟著姜正陽，還不是看在能夠填飽肚子的份上，現在糧食也沒了，還落下一個盜取皇糧的罪名，誰也看不到未來的前途所在，祖達成只說要帶著他們先返回鄖陽，可是走了一天不到，逃走的士兵就有五千餘人，祖達成對此也無可奈何，帶著剩下一萬多人馬在饑寒交迫中來到通源橋，想要從這裡渡過望春江，前往鄖陽。

來到通源橋前，卻見橋的正中心一員黑盔黑甲的大將騎在一匹黑馬之上，手握雙錘傲立於通源橋上，乃是胡小天手下猛將熊天霸，在熊天霸的身後還有五千名精兵嚴陣以待。

熊天霸奉了余天星的命令在這裡等候多時了，余天星算準姜正陽的殘部會從這裡渡河，逃往鄖陽，按照余天星預先的估計，到這裡或許會剩下一萬五千人，可事實上對方士兵逃亡的狀況比他想像中更為嚴重，來到通源橋剩下的只有一萬兩千人了。

熊天霸揚起右手大錘，威風凜凜喝道：「呔！我乃胡大人手下先鋒熊天霸是也，爾等速來受死！」

熊天霸的威名早已通過對大雍的接連兩戰傳揚了出去，他一人在白臘口擋住大雍一萬五千軍的事情更是廣為傳頌，祖達成聽到是他，臉色都變了，可是擺在他們面前的卻只有渡江這一條路，若是不能過江，就要被困在這片區域，用不了多久，各方勢力都會前來圍剿他們，他們只剩下死路一條。

祖達成道：「誰願率先掠陣？」

身後眾將一個個面面相覷，都說哀兵必勝，可是這些將士的士氣如此低落又怎能有取勝的機會，祖達成一連問了兩遍，身後方才有一人道：「將軍末將願往！」

祖達成轉身望去，卻是遊擊將軍詹宏盛，平時和他素來交好，危難之時方見真情，他點了點頭道：「務必小心。」

詹宏盛摘下大槍，淡然道：「一個乳臭未乾的孩子罷了，他能有多大本事，將軍看我將他的人頭取下來！」詹宏盛縱馬提韁，從佇列中出來緩緩走上橋面。胯下烏騅馬在踏上橋面之後停頓了一下，詹宏盛朗聲道：「我乃鄖陽姜大人帳下遊擊將軍詹宏盛，識相的速速退去讓開道路，否則我定然要了你的性命。」他這番話說得氣勢十足，身後將士聽到他的這番話似乎恢復了一些信心，紛紛為他鼓勁，要說這詹宏盛也是鄖陽數得著的猛將。

祖達成心中暗暗祈禱，希望詹宏盛能擊敗熊天霸，也唯有如此才能讓這幫士氣低迷的將士重拾信心，才能強渡望春江，到了對岸，他們或許就能有一條活路。

熊天霸哈哈大笑：「姥姥的，費什麼話，過來送死就是！」

詹宏盛怒吼道：「小子猖狂！」他雙腿猛然夾了一下馬腹，烏騅馬發出嗚律律一聲嘶鳴，邁開步伐向橋心衝去，這匹烏騅馬頗為神駿，短時間內已經達到急速，端得是快如疾風，詹宏盛舉起手中大槍，人馬合一，人槍合一，槍尖破空發出毒蛇吐信一般車絲絲聲響，直奔熊天霸的咽喉刺去。

熊天霸紋絲不動，目光呆呆望著對面的方向，他可不是在看詹宏盛，而是看中了詹宏盛胯下的那匹烏騅馬，熊天霸雖然勇武過人，可是始終缺少一匹像樣的坐騎，雖然借過胡小天的小灰一次，心中也極為喜歡，可是總不能去奪人家心中所愛，熊天霸一眼就看中了這匹烏騅馬，他哈哈笑道：「不錯嘛！」

眾人都以為這廝是在誇詹宏盛的槍法，誰也不知道他誇的竟然是那匹馬。

眼看長槍已經來到面前，熊天霸左手錘橫撥出去，噹的一聲正撞在槍尖之上，熊天霸何等力量，這一下就將槍頭砸歪，槍桿震動如同狂蛇亂舞，詹宏盛根本就拿捏不住，雙手虎口依然被震得裂開血口，長槍脫手飛出，劃出一道弧線直奔濤濤江水而去，熊天霸的右手錘直奔詹宏盛的胸口，將詹宏盛從馬鞍之上砸得向後方飛了出去，一直飛出七八丈，方才重重落在橋面上，早已骨斷筋折，顯然無法活命了。

烏騅馬突然失去了主人，掉頭想走，熊天霸眼疾手快，左手握住雙錘，右手探身出去，一把抓住馬韁，大吼道：「哪裡走！給我停下！」他這一扯之下力量何其之大，硬生生將烏騅馬拉了回來，可也因為力量太大，胯下的大黑馬承受不住他的壓力，噗通一聲就跪倒在了地上，居然被他給壓趴下了。

祖達成看到詹宏盛連一個回合都沒撐到就被熊天霸奪去了性命，心中又是悲痛又是害怕，再看那黑小子殺了詹宏盛不算，還強搶他的坐騎，一時間恨到了極點，摘下長弓，彎弓搭箭，瞄準熊天霸的胸膛就射。

羽箭咻的一聲直奔熊天霸心口而去，熊天霸眼睛卻只盯著那烏騅馬，傻樂道：「哎呦喂，不錯哦！」

咻！也是一箭貼著熊天霸的身側飛了出去，卻是展鵬及時出箭，鏃尖準確無誤封住對方來箭的去路，雙箭相撞，火星四射。

熊天霸被撞擊聲驚醒，這才意識到祖達成向自己射冷箭，他抓起烏騅馬的馬韁，怒吼道：「敢暗算老子，我看你是活膩歪了。」他縱馬向敵方陣營衝去。

祖達成一方看到熊天霸率部氣勢洶洶殺了過來，嚇得轉身就逃，真可謂兵敗如山倒，祖達成在這種形勢下也只能撥馬就逃。

熊天霸追得興起，冷不防那烏騅馬卻突然止住步伐，熊天霸的身體因為慣性從馬背之上騰空飛起，這貨嚇得將兩隻大錘扔了出去，捂住了腦袋：「乖乖……完了……」

熊天霸也是個馬大哈，只顧著強搶人家的坐騎，這烏騅馬也是通人性的，看到主人被熊天霸所殺，剛開始假意帶著熊天霸狂奔，然後突然停步，為的就是要將這廝甩到江裡去，為主人報仇。

熊天霸果然中招，大叫著直墜江心。

還好下方有他們的幾艘船負責策應，及時將熊天霸給打撈了上去，熊天霸狼狽不堪地爬到船上，嘴裡還嚷嚷著：「別讓牠跑了，別讓牠……阿嚏……」

余天星親自率領一萬人埋伏在鄖陽城西通往興州的必經之路上，梁英豪快步來到營帳內，向他稟報道：「啟稟軍師，賈安雙率領的那一萬人，距離這裡只有三十里了。」

余天星點了點頭道：「密切監視他們的動向。」

梁英豪得令之後離去。

一旁唐鐵漢道：「軍師，咱們是要在這裡伏擊他們嗎？」

余天星搖了搖頭道：「不必管他們。」

唐鐵漢道：「那豈不是將鄖陽城拱手相送了？」

余天星微笑道：「他們要是敢入城，那麼就休想出來了，咱們只需將鄖陽周邊的道路封鎖，以他們的糧草根本支持不了太久的時間，進入鄖陽等於自尋死路。」

唐鐵漢似乎明白了，眨了眨眼睛道：「怪不得軍師不肯入城。」

余天星微笑望著桌上的地圖，鄖陽城內幾乎糧草用盡，姜正陽全軍出動，勢必將鄖陽城內僅存的糧草全都搜刮一空，無論誰佔領了鄖陽城，都不可能從城內得到補給，賈安雙若是膽敢帶著那一萬人進入鄖陽城，他們就在這裡切斷補給，讓賈安雙在糧草耗盡之後，不得不選擇棄城離去，那時才是他們給予致命一擊的時候，興州方面若是膽敢增援，就中了他的計策，定然要他們來多少死多少。

余天星打的如意算盤，可是事情卻並未像他計畫中發展，賈安雙在推進到距離這裡還有十里的時候居然選擇撤軍了，放著唾手可得的鄖陽城居然不要，應該是收到了姜正陽在雲澤糧草盡失的消息。不過從對方不肯入城來看，此人的頭腦應該很不簡單。

姜正陽經過一個日夜的煎熬終於被人帶下了船來到了實地，他心中反覆在想著究竟是誰伏擊了自己，想來想去，最後疑點鎖定在胡小天的身上，在這一帶區域，能夠調動七十艘戰船的也只有胡小天了，姜正陽心中懊惱到了極點，離成功只差一步，卻全盤皆輸。他能夠想到自己現在的處境，不說監守自盜，勾結叛軍，單單是失去了十萬石的皇糧，這件事就足以讓他落入萬劫不復的深淵。

姜正陽知道自己必死無疑，可是對方為什麼會留下自己的性命？是準備送他去皇上那裡邀功請賞？還是要從他這裡得到什麼？應該不會等待太久，這一切就會揭曉。

頭頂的黑色面罩被人揭開，室內的光線並不強烈，只有一盞油燈閃爍，橘黃色的光芒讓姜正陽感到些許的溫暖，他此時方才意識到自己又冷又餓，已經整整一天一夜粒米未進了。

有人從外面走了進來，姜正陽抬頭望去，進來的那人正是胡小天，他的嘴囁嚅了一下，卻終於什麼都沒說，黯然垂下頭去，已然淪為人家的階下囚徒，還有什麼好說？

胡小天道：「姜大人，想不到咱們這麼快就見面了！」

姜正陽歎了口氣：「要殺就殺，何必多說。」

胡小天擺了擺手，有人送來一個食盒，打開食盒，裡面放著熱騰騰的飯菜，對姜正陽來說，飯菜的香氣擁有著幾乎無可抵擋的誘惑。

胡小天做了個邀請的手勢，示意手下人為姜正陽鬆綁。

姜正陽也不多說，拿起碗筷就吃，即便是死也要當一個飽死鬼。

胡小天的耐性很好，靜靜望著大快朵頤的姜正陽。

姜正陽風捲殘雲般將飯菜一掃而光，打了個飽嗝道：「好飽，我這輩子從來沒吃過這麼美味的飯菜。」然後望著胡小天道：「無論怎樣，我都得向你說聲謝謝，現在你可以殺我了。」

胡小天道：「我還是想先問姜大人幾個問題。」

「我未必會回答你。」

胡小天道：「你和郭光弼是否已經達成了協定？郭光弼和雲澤黑水幫之間又是

什麼關係？白泉城的左興建有沒有參與你的事情？」

姜正陽呵呵笑了起來：「天下間果然沒有免費的午餐，我只不過吃了你一頓飯，你卻提出了這麼多的問題，這代價也太便宜了。」

胡小天道：「你手下的兩萬將士仍然面臨走投無路的困境，你老老實實回答我的問題，我放他們一條生路。」

姜正陽臉上的笑容倏然收斂，他顯然被胡小天擊中了要害，對自己手下的那些士兵，姜正陽還是於心有愧的，他本想劫了這十萬石糧食，帶著他們找一條生路，可是最終卻是棋差一招，全盤皆輸，其實就算胡小天不說，姜正陽也能夠預見到自己那些下屬的命運，他抿了抿嘴唇，低聲道：「你怎麼知道我不會將糧食送往京城？」

「你的目光太貪婪，根本掩藏不住，本來我以為你會選擇去興州投奔郭光弼，可是你說會取道白泉城，這才讓我注意到雲澤的黑水幫，說起來還真是要謝謝你呢。」

姜正陽面如死灰，早知如此，他無論如何都不會多說那一句話，讓胡小天提前興起了警覺，這就是命，事到如今也無所謂後悔了，姜正陽道：「我信你，給我的兄弟一條活路。」

胡小天緩緩點了點頭。

姜正陽喘了口氣道：「不錯，我和郭光弼達成了協定，本想帶著糧食直接前往興州和他會合，讓他派人過來接應，可是郭光弼為了謹慎起見，建議我向白泉城進發，以免過早引起你的懷疑，雲澤黑水幫的馬行空已悄悄投奔了郭光弼，所以才定下我押運糧食前往白泉城，等到你們發現，我們已乘船進入雲澤上了碧心山。」

胡小天道：「計畫也算周密。」

姜正陽道：「左興建曾做過我的下屬，為了讓他配合，我許給他五十萬斤糧食。」

胡小天笑道：「你只怕還不知道，左興建已經回到了白泉城，而且還上奏朝廷，說你勾結碧心山水賊，監守自盜，吞沒皇糧。」

姜正陽咬牙切齒道：「那卑鄙小人，簡直是無恥之尤。」他轉向胡小天道：「我走到今日也是逼不得已，當初我派祖達成前來找你借糧，被你無情拒絕，鄖陽已經斷了糧餉，每天都有百姓和士兵餓死，我們已經沒有活路了。胡小天，你為何要將辛苦得來的糧食送給朝廷，你知不知道，就算他得了糧食，也不會發放給百姓，就算他良心發現，將糧食用來賑災，經過那些貪官污吏的層層盤剝，到百姓的手中也已經所剩無幾了。」

胡小天心中暗忖，姜正陽此話說得倒是不假。

姜正陽道：「我始終都不明白，你為何堅持不肯借糧給我？難道你對朝廷真是忠心耿耿？」說到這裡他又搖了搖頭道：「皇上將你派去東梁郡無異於流放，唐伯熙率領三萬水軍攻打你之時，是皇上下令讓所有人按兵不動難道你不清楚？他屢次害你，你居然還肯為他效力？」

胡小天淡然道：「我的事情無需姜大人操心。」

姜正陽黯然歎了口氣道：「是了，我到如今的地步又有什麼資格對你品頭論足，無論你忠於皇上也罷，另有圖謀也罷，都和我沒有關係，我只求你一件事，不要對我的那些下屬趕盡殺絕，他們為大康流血流汗，到頭來卻連一口飽飯都吃不上，若非被逼到了絕路，誰會投奔那些叛軍。」

胡小天起身道：「你放心，我答應過你的事情當然不會反悔。」

姜正陽望著胡小天的背影，忽然明白了，胡小天送給朝廷的三十萬石糧食絕沒有那麼簡單，他是要用這三十萬石糧食來攪亂大康內部的局勢，趁亂發展他自己的勢力，自己正是被首當其衝清除掉的那一個，姜正陽心中生出無限感觸，果然是英雄出少年，自己敗得不冤，他大聲道：「可否賜給我三尺青鋒，讓我自行了斷？」

胡小天停下腳步，稍一遲疑，然後道：「我會讓他們將你好生安葬了。」

諸葛觀棋被胡小天深夜請到府中，胡小天正坐在書齋的炕上看書，看到諸葛觀棋到來，他笑道：「觀棋兄，沒打擾到你休息吧？」

諸葛觀棋道：「我也正在看書，還未休息，不過這時候出來，只怕要被內人抱怨了。」

胡小天呵呵笑道：「都是我的不是，明個我過府去給嫂夫人道歉。」

諸葛觀棋道：「你不是已把維薩派過去安撫人心了嗎？她們姐妹倆好得很，估計這次要聊到天亮了，反正我也是在書齋待上一夜，來這裡還多個說話的人呢。」

胡小天請諸葛觀棋上炕說話。

諸葛觀棋也沒有表現出太過拘謹，脫下鞋子，上炕坐下。

胡小天道：「這次丟了十萬石糧食。」

諸葛觀棋道：「雖說丟了十萬石糧食，可是掃除了姜正陽，又重創了雲澤水賊，武興郡周圍三百里以內的地方再也無人可與大人爭鋒了。」

胡小天道：「我已經上奏朝廷，就說姜正陽運走了十五萬石糧食，趁著這事兒能省則省，你說是不是？」

諸葛觀棋聽到他如此狡黠，不禁笑了起來。目光望向小桌上的地圖，看到胡小天在白泉城畫了一個圈兒，故意問道：「大人想要攻下白泉城？」

胡小天道：「左興建是個老狐狸，這次姜正陽監守自盜他也有份，現在又裝成好人一樣，他手下只有不到五千兵馬，拿下白泉城應該很容易。」

諸葛觀棋微笑道：「如此說來，此人對發生過的事情最清楚不過，腦筋轉換得倒是夠快。」

胡小天不屑道：「齷齪小人一個，論人品還比不上姜正陽。」

諸葛觀棋道：「對於這種小人又何須用兵？他懂得欺瞞朝廷倒是一件好事。」

胡小天聽出他話裡有話，微笑道：「先生是不是有了什麼想法？」

諸葛觀棋道：「觀棋不才，願意前往白泉城一趟，幫大人說服左興建歸順於您。」

胡小天眨了眨眼，認識諸葛觀棋這麼久，他還是第一次主動表示願意為自己做事，胡小天的內心倍感欣慰，這是不是意味著諸葛觀棋從今日開始就會盡心輔佐自己？胡小天道：「白泉城可比不上觀棋兄重要，你孤身一人前去，我可不放心。」

諸葛觀棋哈哈笑道：「大人還是不信我。」

胡小天道：「不是不信你，也好，既然觀棋兄願意去，我也不反對，不過你帶高遠和展鵬過去，他們兩人應該可以保護你的安全。」

諸葛觀棋知道胡小天是為了自己的安危著想，點了點頭，心中也是一陣溫暖：「展鵬回來了？」

胡小天點了點頭道：「回來了，軍師讓他先回來報信，郭光弼派出的那一萬軍在鄖陽城外折返回程，他們放棄了進入鄖陽城。」

諸葛觀棋道：「如此說來，這個郭光弼很是明智，他應該看出此事有些蹊蹺。」

胡小天道：「我聽說郭光弼手下有位叫田更的謀士，很有謀略，郭光弼對他也是言聽計從。」

諸葛觀棋道：「我和田更曾經有過一面之緣，此人的確才華橫溢，而且在外交方面很有一套。」

胡小天道：「只是不知這樣的人才為何會投靠了郭光弼？真是明珠暗投了。」

諸葛觀棋不禁莞爾。

胡小天道：「我準備招降姜正陽的殘部，從中挑選一些訓練有素的士兵加入我方陣營。」

諸葛觀棋道：「那些士兵之所以追隨姜正陽謀反，也是因為走投無路，大人給他們一條明路，他們必然會感恩戴德。」

胡小天道：「鄖陽已經成為無主之城，興州方面不敢進，我們佈置在鄖陽周圍的兵馬也不敢輕易撤回，一切還需等到皇上下旨之後再說。」

諸葛觀棋道：「皇上十有八九會派一位厲害人物前往鄖陽，一方面為了對付興州郭光弼，還有一個用意就是要牽制大人的發展。」

胡小天點了點頭道：「很有可能，雲澤之戰，他們雖然沒什麼證據，可最終還會猜到我的頭上。」就算被朝廷猜到是自己所為，胡小天也沒什麼好怕的，畢竟做出讓姜正陽前來押解糧食決定的人是朝廷，朝廷自釀的苦酒當然要他們自己飲下。

諸葛觀棋道：「佔據的地盤大小並不能代表真正的實力，拳頭始終伸出去，不如縮回來再打出去力量更大！」

他所說的是最為樸素的一個道理。其實諸葛觀棋對胡小天還是存在一些擔心的，在眼前的大好局勢下，胡小天會不會被接二連三的勝利衝昏頭腦，進而會盲目樂觀，進入飛速擴張的階段，胡小天的總兵力目前剛剛五萬，這其中還有一萬多人並沒有擁有太多的戰場經驗，五萬兵力可以控制武興郡、東梁郡、東洛倉三城，可是如果盲目擴張，就會攤薄兵力，當然胡小天已經開始徵兵，但是隨著軍隊擴充所帶來的一系列問題也會漸漸凸顯出來。

諸葛觀棋的觀點是兵貴精而不在多，胡小天此前的幾次戰役也證明了這一點。

胡小天道：「觀棋兄的這番話我記住了，你放心，我目前沒有擴張的打算。不過單以地理位置而論，白泉城和鄖陽可都具有相當的戰略意義。」

諸葛觀棋道：「那要看主公下一步準備往哪裡發展。」

胡小天道：「雲澤有水賊，興州有反賊，此次皇上丟了十萬石糧食，恐怕要將矛頭指向雲澤了。」

諸葛觀棋微笑道：「對大人卻是一個絕好的機會，雲澤水賊之所以能夠在碧心山莊大發展，皆因其地理位置得天獨厚，周邊面臨大片水域，易守難攻，庸江分隔南北，成為大雍和大康兩國之間的天然分界，而望春江卻又將東西兩岸相隔，大人若是能夠掌控望春江，進而掌控雲澤，等於在大康內部擁有了一塊不敗之地。」

胡小天點了點頭道：「現在正是碧心山水賊最為薄弱的時候，他們的五百艘船隻被毀，其戰鬥力必然大打折扣。」

諸葛觀棋道：「碧心山位於整個雲澤的中心，若是在此建立一隻水師，未來大人出擊雲澤周邊任何重鎮，水師都可配合做到雙管齊下。掌控庸江和雲澤兩大水域之後，望春江就完全落入大人的控制之中。大人可以通過這條水系，在最短的時間內將軍隊輸送到任何需要的地方。」

左興建自從逃回白泉城之後，就處於惶恐不安中，雖然他已經派人向朝廷稟報，將所有一切責任都推到了姜正陽的身上，可是天下間沒有不透風的牆，他仍然擔心自己和姜正陽聯手想要吞沒皇糧的事情被人知道。

眼睜睜看著十萬石糧食沉入雲澤之中，左興建的內心是痛苦的，眼看就臨近新年，白泉城的存糧所剩不多，連他這位太守每日也只能以稀粥度日，其實整個大康無論哪裡的日子都不好過。可能武興郡那邊的狀況要好一些，左興建過去也曾經有過去武興郡借糧的想法，後來聽聞周邊城鎮前往那邊借糧，一個個都被無情拒絕，左興建也就打消了那個念頭，他自問自己沒那個臉面，去了也是徒勞無功。所以後來姜正陽找到他商談吞沒皇糧的事情，左興建毫不猶豫地就答應了。

只是計畫不如變化，左興建並沒有想到姜正陽會敗得如此之快，而且一敗塗地，那十萬石皇糧連響都沒有就跟著船隻一起沉到了湖水之中，隨之失蹤的還有姜正陽和他手下的一萬將士，想起姜正陽答應自己的五十萬斤糧食，左興建內心中不由得一陣肉疼，在雲澤扔下姜正陽不管他是有理由的，答應老子的糧食都沒了，我為何要救你？更何況你姜正陽活著對我來說就是一個隱患，萬一你落在朝廷的手裡，那麼豈不是要把我也供出來？只有你死了，我才能將所有的一切責任都推到你的身上，我才有可能免除罪責。

左興建坐在府邸院子裡一邊曬著太陽一邊想著心事，就目前的狀況而言，能曬太陽已經是很奢侈的事情。

手下師爺來到左興建的身邊，看到左興建閉著眼睛，一時間摸不清他究竟是睡著了還是醒著，不敢輕易出聲打擾。

左興建卻已經覺察到他的到來，睜開一隻眼，從鼻孔裡嗯了一聲道：「有事？」

那師爺笑道：「大人，有位從東梁郡過來的朱先生說要見您。」

左興建懶洋洋道：「不見！」他現在滿腹心事，什麼心情都沒有了。

師爺道：「朱先生說是特地幫城主給您送信的。」

左興建皺了皺眉頭，東梁郡的城主豈不是胡小天？胡小天給我送信？他霍然坐了起來，眨了眨眼睛：「快！請他進來！」

來人正是從東梁郡過來的諸葛觀棋，他此次原本想獨自前來，胡小天考慮到他的安全，讓高遠和展鵬兩人隨行，高遠雖然年幼，可是他從小就四處遊蕩，社會閱歷和應變能力方面都超人一等，展鵬武功高強箭法高超，為人也機警冷靜，有他們兩人陪同諸葛觀棋前去，就算遇到了什麼突發狀況，也應該可以保護諸葛觀棋全身而退。

諸葛觀棋卻不認為自己前來白泉城會遇到什麼危險，他今次前來的主要目的是要說服左興建，讓他認清形勢。

白泉城本身的地理位置在大康算不上重要，可是對胡小天未來的戰略發展卻擁有著相當重要的地位，以胡小天今時今日的實力，出兵拿下白泉城也不會有什麼困難，但是在沒有朝廷授意下的用兵只會引起朝廷更大的警惕。

諸葛觀棋這次要不費一兵一卒，讓左興建甘心為胡小天所用，將白泉城變成胡小天控制雲澤的前哨。

諸葛觀棋只帶了高遠前往，諸葛觀棋一身儒衫，高遠卻是書童打扮，看上去就像一對外出遊學的主僕。

左興建看到兩人並沒有提起太多的警惕，因為聽說諸葛觀棋是為胡小天送信，左興建也表現出了幾分客氣，起身相迎。

諸葛觀棋微笑道：「東梁朱觀棋參見左大人！」他抱拳示意。

左興建也抱拳還禮：「朱先生來此究竟有何見教？」

諸葛觀棋道：「沒什麼重要事情，就是奉了我家主公的命令，前來白泉城來證實一些事情。」

左興建一聽居然是這樣，心中疑竇頓生，此人只說是奉了胡小天的命令而來，可是口說無憑。他邀請諸葛觀棋坐下，讓人送上茶水。

諸葛觀棋道：「我剛剛來到白泉城，發現鬧市冷清，車馬稀少，和傳聞之中的富足繁華完全不同。」

左興建道：「白泉城自然比不得東梁郡，今夏水災，今秋蝗災，莊稼顆粒無收，百姓連飯都吃不上了，又談得上什麼富足繁華？」

諸葛觀棋道：「靠山吃山靠水吃水，背靠著這麼大的雲澤，就算是莊稼減產，一樣可以有飯吃。」

左興建道：「先生有所不知，雲澤水賊橫行，在雲澤周邊燒殺搶掠，百姓平日裡連打魚都要提心吊膽，不知有多少人因此而送了性命。」他一臉的憂國憂民狀，心中卻在暗自揣測著對方此次前來的目的，估計十有八九和那失去的十萬石糧食有關。

諸葛觀棋道：「左大人應該聽說前兩天發生在雲澤的事情了？」

左興建道：「不知先生說的是哪件事？」這就有些裝糊塗了，雲澤最近發生的大事也只有那一件。

諸葛觀棋道：「皇糧失蹤之事！」

左興建頓時皺起了眉頭。

諸葛觀棋道：「郎陽太守姜正陽奉旨押運十萬石皇糧送往京城，可是走到這裡卻失去了消息。」

左興建道：「先生此言差矣，姜正陽並未從白泉城路過，我本以為他會取道白泉城，還提前準備大開城門迎接，可是他帶著那十萬石糧食卻轉而去了雲澤，連我也搞不清楚他為何要去那個地方。」

諸葛觀棋故意道：「左大人知不知道他去雲澤之後又發生了什麼？」

左興建搖了搖頭道：「具體的情況我也不清楚，只知道他當晚率領三萬兵馬押運那十萬石糧食去了雲澤，第二天糧食全都不見了，他手下的兩萬多人氣勢洶洶前來攻打白泉城，我率領部下堅決抵抗，閉門不出，將他們擋在外面，有一點能夠斷定，那兩萬人並沒有和糧食在一起。」

諸葛觀棋道：「此事我倒有聽說，那兩萬人轉而去了通源橋，想從那邊渡河，胡大人察覺到事情有些不對，馬上派人在通源橋設伏，切斷了他們過河的道路，現在那些人走投無路，只怕又朝白泉城來了。」

左興建聞言不禁笑道：「怎麼可能，他們可是剛剛才被我趕走……」他的話還沒說完，手下副將氣喘吁吁從外面跑了進來：「報……報……大人……大事不好了……」

左興建聞言一怔：「不必驚慌，到底發生了什麼事情？」

那副將道：「那祖達成又……又率領手下殺過來了……目前已經到距離北門十里之處。」

「什麼？」左興建驚得站了起來，他壓根也沒想到祖達成會去而復返，這該如何是好，現在白泉城內所剩的兵馬不足三千，祖達成統領殘部也有一萬多人，這次回來是因為無路可走，必然會不惜代價攻打白泉城，麻煩大了。

左興建向諸葛觀棋望去，卻見諸葛觀棋淡定自若，端起茶盞不慌不忙品著香茗，心中不由得好奇，此人怎麼知道祖達成他們會來？難道他在事先已經得到了消息？

左興建道：「先生原來早就得到了消息。」

諸葛觀棋放下茶盞道：「姜正陽的殘部無法渡江，糧草所剩無幾，他們被困在庸江以南，望春江以東的區域，想要獲得喘息之機唯有尋找一座城池立足，選擇左大人這裡也實屬正常。」

諸葛觀棋雖然沒有明言，卻已經點出白泉城是實力最為薄弱的一個。

左興建道：「準備迎戰！」

諸葛觀棋道：「在下可否隨同左大人一起前去觀看戰況？」

左興建本想拒絕，可轉念一想，你既然是胡小天派來的，跟著去看看也無妨，就算城被攻破，老子戰死還多了一個墊背的。

諸葛觀棋和高遠隨同左興建一起登上白泉城的城樓，站在城樓之上，可以看到正北的天際有無數黑點攢動，應該正是姜正陽的殘部。諸葛觀棋這會兒對白泉城的兵力已經有了一個初步的瞭解，一旁左興建正在抓緊佈防，其實他也沒什麼好佈防的，自從雲澤回來之後，他派去接應姜正陽的三千人也所剩無幾，目前手下真正可用的士兵不過千餘人，想依靠這千餘人守城的確捉襟見肘。

諸葛觀棋道：「白泉城護城河只有兩丈，如果對方強渡，這條河應該攔不住他們，更何況這一萬多人已經到了無路可退的境地，他們必然不惜一切亡命相搏，大人手下的這些兵馬應該無法阻擋他們的進擊。」

左興建知道他所說的全都是事實，可是眼前狀況下唯有死守，還能有什麼辦法？他歎了口氣道：「面對這些亡命之徒，也只能險中求勝了。」他轉向手下人道：「讓城牆上所有人都退下去，打開北門放下吊橋。」

諸葛觀棋一聽就已經明白，左興建是要唱空城計，此人還是有些謀略的，在這種生死存亡的時候居然能夠想出空城計退敵，只是這種險中求勝的招數今次未嘗可以成功，諸葛觀棋道：「左大人是要唱空城計嗎？」

一語點醒夢中人，周圍人還以為左興建想要棄城投降，聽諸葛觀棋一說方才知道左興建原來是這種打算，主動打開城門利用對方疑心從而讓他們不敢輕易入城。

左興建被諸葛觀棋說破心思，表情顯得有些尷尬，心想此人可真是不簡單，我都沒說，他怎麼就能猜到。

諸葛觀棋道：「如果大人這樣想可使不得，他們乃是一群亡命之徒，現在的他們只會孤注一擲。」

左興建知道他所說的都是實情，可是眼前這種狀況下除了唱空城計也不知應該如何是好，他顫聲道：「那該如何是好？」眼看那一萬多人越來越近，左興建也亂了方寸。

諸葛觀棋微笑道：「大人若是信得過我，就按照我說的去做。」他附在左興建耳邊聲耳語了幾句。

左興建臉上的表情將信將疑，可是他眼前也沒有什麼太好的選擇，點了點頭道：「就依先生所言！」他向諸葛運春拱了拱手，居然下令主動撤去城樓上駐守的兵馬，並將白泉城的南門打開，吊橋放下，依然是空城以待，只不過執行者變成了諸葛觀棋。

諸葛觀棋站在城樓之上，望著遠方逐漸接近的軍隊，表情鎮定自若毫不慌張，身邊高遠心底有些沒底了，小聲道：「先生，他們會不會長驅而入？」

諸葛觀棋道：「會！」

高遠道：「那我們應當如何應付？」

諸葛觀棋尚未來得及回答，展鵬匆匆來到城牆之上，向他抱拳行禮道：「先生，左興建帶著手下兵馬從南門棄城逃走了！」

諸葛觀棋並沒有感到意外，左興建的膽子也實在太小了，微笑點了點頭道：「你將咱們帶來的那面大旗展開！」

展鵬應了一聲，從身後背囊中取出大旗，挑起在旗桿之上，一個大大的胡字在空中迎風招展。

諸葛觀棋向展鵬吩咐了幾句，展鵬連連點頭。

不一會兒功夫，祖達成帶領著一萬多名饑寒交迫的殘部來到白泉城前，有人向他稟報道：「將軍，白泉城吊橋已經放下，城門大開，城牆之上無人駐守。」

祖達成微微一怔，瞇起眼睛向白泉城的方向望去，卻見城牆之上只有寥寥可數的身影，這左興建究竟唱哪一齣？他帶著這幫殘兵在這片區域疲於奔命，猶如喪家之犬，惶惶而不可終日，當初從白泉城離開是為了返回鄖陽暫時安身，可是在通源橋受阻之後，他們不得不回頭，周邊城池雖多，可是他們卻沒有攻佔的實力，想來想去最可能攻下的地方還是白泉城，也只有這裡實力稍弱，於是又折返回來，走到這裡，祖達成他們所剩的糧草已經不多，已經抱著背水一戰的信念，今日就算是付出多大的代價也要將白泉城攻下。

其實祖達成心中明白，即便是佔領了白泉城也沒什麼用處，這裡也沒多少存糧，當初左興建如果不是因為糧荒，也不會那麼痛快就答應和姜正陽聯手。

大軍來到白泉城南門下方，祖達成下令眾人停下腳步，並不急於渡過護城河，抬頭望去，卻見城牆之上只有三人站在那裡，還有一面迎風招展的胡字大旗，看到那面旗幟，祖達成心中不禁一怔，難道白泉城已經投了胡小天？

城樓之上傳來展鵬的笑聲：「來的是祖將軍嗎？在下乃胡大人帳下將領展鵬，在此恭候多時了！祖將軍請入城，我等有要事和祖將軍相商。」展鵬中氣十足，聲音隨風遠遠送了出去，城牆內外聽得清清楚楚。

祖達成滿面狐疑，雖然他心中猜到對方可能是在使空城計，可仍然充滿了顧慮，如果使空城計的人是左興建，他肯定會毫不猶豫地引兵入城，可是通過這一陣倉皇逃竄的經歷，他對胡小天畏懼到了極點，看到那胡字大旗，打心底感到發寒。

展鵬道：「祖將軍忘了嗎？那天在俺們在通源橋曾經有過一次交手經歷，祖將軍的箭法不錯呢！」

祖達成聽展鵬這樣說，猛然想起，原來這城上之人就是那天射箭擊落自己箭鏃之人，他心中越發凝重，目光注視著城牆之上，展鵬和高遠分別站在諸葛觀棋的兩旁，祖達成心中暗忖，這中間秀才模樣的男子應該是他們中的領頭人。

諸葛觀棋始終沒有說話，氣定神閑地望著城下密密麻麻的兵馬。

祖達成身邊副將低聲提醒他道：「將軍，城內必然有埋伏。」

祖達成沒有說話，目光隔空和諸葛觀棋對視著。

又有一人道：「將軍，他們是故弄玄虛，想吸引咱們入城然後再一網打盡。」

諸葛觀棋微笑道：「祖將軍不必多疑，這城內已經沒有兵馬駐防，我們在這裡就是等待將軍前來，有要事和將軍相商，將軍可願入城一敘？」

祖達成抿了抿嘴唇，內心中在激烈交戰著，看得出他正在猶豫。

諸葛觀棋道：「將軍不用過慮，城內除了我們三個再無兵馬埋伏，左興建帶著他的餘部已經棄城逃走了。」

高遠和展鵬兩人都是暗暗心驚，諸葛觀棋怎麼這麼糊塗，居然將自己的底牌都交代了，這下麻煩了，祖達成這群人全都是走投無路的亡命之徒，他們得知了真正的狀況那還了得？

諸葛觀棋卻料定祖達成真正的目的是為了給手下士兵找一條活路，而不是攻城。不然他也不會敢提出要替左興建施展空城計，雖然如此，敢於獨自留下面對這一萬多殘兵也需過人的勇氣。

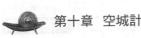

可諸葛觀棋越是這樣說，祖達成心中越是多疑，他猶豫了好一會兒方才點了點頭道：「好，我去見你！」

祖達成縱馬欲行，周圍將士慌忙勸阻他道：「將軍不可，這白泉城內必有埋伏，他們分明有詐！」

祖達成緩緩搖了搖頭道：「我一個人進去，任何人不得隨我入城，如果半個時辰之內，我仍然沒出來的話，你們再攻進去。」

「將軍！」

祖達成抬起右手，顯然心意已決。

望著祖達成單人匹馬向白泉城而來，諸葛觀棋的臉上流露出欣賞之色，心中暗贊，祖達成倒不失為一個有擔當的將領，比起臨陣脫逃的左興建，此人的人品無疑要高出不少。

祖達成在己方將士的注目之下越過吊橋，通過城門，諸葛觀棋算得不錯，攻城不是祖達成的目的，即便是奪下白泉城也不過是苟延殘喘罷了，無法從根本上解決問題，看到胡字大旗，剛才又聽到展鵬的那番話，祖達成心中已經認為白泉城落入了胡小天的手中。其實祖達成在逃離雲澤之後就無時無刻不在考慮他們這些人如何才能脫困，開始還希望渡過望春江前往鄖陽，可在通源橋受阻之後，祖達成就斷了這方面的念想，也明白了一件事，在這片區域之中唯一能夠保住他們性命的可能只有胡小天了，所以祖達成才決定單槍匹馬前往城內，他要和對方好好談談。

祖達成進入城內方才確信對方果然沒有任何的埋伏，空城計？祖達成唇角露出一絲苦澀的笑意，自己剛才還在猶豫，胡小天的手下果然都不是尋常角色，面對大軍兵臨城下居然還能夠做到這樣的淡定自若，換成自己只怕沒這個膽色。

高遠已來到城樓下迎接，微笑道：「先生在城樓上等你。」

祖達成點了點頭，緩步走上城樓，他對諸葛觀棋並不熟悉，反倒是和展鵬打過一次交道，對展鵬驚人的箭術仍然記憶猶新，能讓展鵬這樣出色的武將恭敬侍奉的人絕不是普通人物。

諸葛觀棋微笑道：「祖將軍來了！」

祖達成道：「先生是……」

諸葛觀棋道：「在下朱觀棋！」

「朱先生好！」祖達成能夠得到姜正陽的器重並不是毫無原因，他為人智勇雙全，而且擅長溝通方方面面的關係，在鄖陽之時，姜正陽基本上將所有的事情放手給他去做。

諸葛觀棋向下方嚴陣以待的軍隊看了一眼道：「祖將軍麾下還有多少人？」

祖達成並沒有隱瞞，照實回答道：「九千多人。」

諸葛觀棋道：「記得將軍逃離雲澤的時候應該還有兩萬人，這短短的幾天已經逃亡過半了。」

祖達成充滿無奈道：「天意弄人。」心中不由得抱怨起姜正陽的無能，如果不是姜正陽疏於防範，也許結局不該是這樣。

諸葛觀棋道：「祖將軍帶著他們將要去往何方？他們追隨著將軍，以為將軍能夠帶他們走出困境，將軍心中是否有一個明確的目的呢？」

祖達成被諸葛觀棋問住，默然無語，他根本看不到前途和希望，自從雲澤失去皇糧之後，他就已經失去了所有的目標，這幾天更像是一個沒頭蒼蠅一般亂撞，已經撞得頭破血流。

諸葛觀棋道：「就算將軍佔領了白泉城又能守得住嗎？又能從根本上解決這些將士的饑寒嗎？」

祖達成搖了搖頭，他解決不了。

諸葛觀棋道：「我給將軍指一條明路，胡大人正在招募新軍，這些士兵若是前往投軍，胡大人答應可既往不咎。」

祖達成雙目一亮，可隨即又黯淡下去，普通的士兵或許還有生路，至於自己已經無路可走了，失去皇糧罪無可恕。他低聲道：「雲澤的事情是不是你們所為？」

諸葛觀棋意味深長道：「不知者無罪！姜正陽勾結雲澤水賊，意圖監守自盜吞沒皇糧，那些水賊又見糧起義，意圖獨吞，所以雙方才在雲澤發生火拼，最終玉石俱焚，祖將軍難道不知情嗎？」

祖達成愣在那裡，過了好一會兒方才搖了搖頭道：「我做不到，姜大人也是為了給兄弟們找一條活路，不然絕不會做出這樣的選擇。」

諸葛觀棋在心底歎了口氣，這祖達成也算得上重情重義，事到如今仍然不願往姜正陽的身上抹黑。他望向城外的將士，低聲道：「他們到現在仍然追隨著將軍，這些人沒走是因為他們對將軍仍然抱有信任，他們堅信將軍可以帶著他們脫離困境，將軍的抉擇決定著他們的生死。」

祖達成內心劇震，他向城外望去，當他看到城牆下那些疲憊不堪的將士，看到他們一張張寫滿風霜和疲憊的面孔，看到他們仍然閃爍著希望的眼睛，祖達成鼻子一酸，雙目之中熱淚滾滾而下。

請續看《醫統江山》第二輯卷六 背後博奕

醫統江山 II 卷5 黑白大戰

作者：石章魚
發行人：陳曉林
出版所：風雲時代出版股份有限公司
地址：10576台北市民生東路五段178號7樓之3
電話：(02) 2756-0949
傳真：(02) 2765-3799
執行主編：劉宇青
美術設計：許惠芳
行銷企劃：林安莉
業務總監：張瑋鳳

初版日期：2020年11月
版權授權：閱文集團
ISBN ：978-986-352-870-8
風雲書網：http://www.eastbooks.com.tw
官方部落格：http://eastbooks.pixnet.net/blog
Facebook：http://www.facebook.com/h7560949
E-mail：h7560949@ms15.hinet.net
劃撥帳號：12043291
戶名：風雲時代出版股份有限公司

風雲發行所：33373桃園市龜山區公西村2鄰復興街304巷96號
電話：(03) 318-1378
傳真：(03) 318-1378
法律顧問：永然法律事務所 李永然律師
北辰著作權事務所 蕭雄淋律師

行政院新聞局局版台業字第3595號 營利事業統一編號22759935

定價：270元

國家圖書館出版品預行編目資料

醫統江山 第二輯／石章魚 著. -- 臺北市：風雲時代，2020.08- 冊；公分

ISBN 978-986-352-870-8（第5冊；平裝）

857.7 109009548